植物モンスター娘日記
～聖女だった私が裏切られた果てにアルラウネに転生してしまったので、
これからは光合成をしながら静かに植物ライフを過ごします～
水無瀬
Illustration riritto

ツォルンビーネ
（ハチさん）
ルストシュメッターリング
（てふてふ）
アルラウネ

ルーフェ

植物モンスター娘日記

～聖女だった私が裏切られた果てにアルラウネに転生してしまったので、これからは光合成をしながら静かに植物ライフを過ごします～

水無瀬

Illustration riritto

新紀元社

第一章

第二章

第三章

第四章

第一章

一　すべてのはじまり

人は命の危機が訪れると走馬灯を見るというのは本当だったみたいだ。

死の間際に人生を追体験したわけなのだけれど、なぜかその中には知らない記憶が混じっていた。

驚いた。どうやら私、前世は日本の女子高生だったらしい。

魔王を倒しにいく旅の途中。立ち寄った森の中で突然それはやってきた。

仲間の裏切りだ。

いきなり後ろから攻撃されて左腕を切り落とされた代償に、自分が転生者だったことを思い出す。

これはもう、天の配剤としか言いようがないね。きっとこんな危機的状況でも神様は私を見捨てていなかったんだ。

チート能力とかでこの絶体絶命を脱出できるようになるんじゃないかと、期待しちゃってもいいよね。でもそう思ったのも束の間、何も起こらなかった。

何かの力に目覚めることもなく、女神からのお告げが下りてくることもない。

私は私のまま。変化といえば別人の記憶が流れ込んだことで、以前の私とは少し違うような思考になったことです。それに前よりも少しタフになった気がしました。

せっかく転生者だとわかったのに、何も特典がないなんてあんまりじゃないか。命の危機なのだし、少しくらいはいいことが起きても罰は当たらないはずだよ。

だって、仲間だったはずの勇者様と聖女見習いの後輩に呼び出されたと思ったら、いきなり私を裏切り者だと決めつけて襲ってきたんだから。風魔法の鎌で腕を切り落としてきたくらいだし、私を殺す気できているよ。

二人を裏切った覚えはないし、こちらを敵視する理由もわからない。けれども、私だってただの娘じゃないんだよね。チート能力がなくともそう簡単にはやられない。

私は聖女。戦闘での傷を癒やすのが本職だ。

いつも通りの要領で切り落とされた左腕を超回復魔法で再生する。欠損した肉体を一瞬で再生できるのは国の聖女でも私くらいなのだ。

だけど、相手のほうが上手だった。腕が生えてくるのと同時に体勢が崩れる。

自分の両足が裏切り者に切断されていたのを目視したのと、激痛を感じたのはほぼ同時だった。

「いくら当代一の聖女様でも、一度に片腕と両足の再生はできないでしょう」

私が悲鳴を上げていることなど気にした様子もなく、嘲笑いながら裏切り者である聖女見習いの後輩が私に侮蔑の視線を送ってきた。

後輩が風魔法で私の右腕を切断する。ああ、血が噴き出る。これが夢だったらどれほど幸せか。

私がいったい何をしたというのだろうか。聖女として幼少の頃から国を支え、魔王を倒すために仲間を守りながら旅をしてきた。それなのに、最後は仲間に裏切られて殺されるのだ。

勇者様が私を嫌悪するかのように見下ろしていた。彼はガルデーニア王国の第二王子であり、幼馴染みであり、そして私の許婚でもある。

婚約者として私に微笑みかけてくれた、あの優しい瞳はもうそこにはなかった。なんで、どうしてこんなことを。せめて何か喋ってほしい。そして私を助けてほしい。

だが、そんな願いなど通じさせないというように、聖女見習いの後輩に頭を踏まれる。

「いい気味ですね。でもこれからが本番ですよ、イリス先輩」

私の名前が呼ばれると、超回復で再生したばかりの左腕に何かが巻き付いた。

蔓《つる》だ。

縄よりも太い植物の蔓が私の体を強引に引きずっていく。

「勇者様と国をたぶらかしたあなたの最期にふさわしいですね。アレに食われれば骨も残らずに消化されるでしょう」

蔓の先には花のモンスターが待ち構えていた。

巨大な食虫植物のような外見をしている。禍々《まがまが》しく大きな口が花の中心に開いていて、私を体内に引きずり込もうとしていた。アレに食べられたらもう助からないかもしれない。

「安心してください、今日から勇者様のお世話はわたくしが致しますので。昨夜だって寝かしてくれなくてすごかったんですから」

そうか、私は裏切られるだけじゃなくて、婚約者を寝取られたのか。なんか、もうどうしようもないね。散々だね。

「そういうことなので、先輩はここで死んでおいてくださいね」

水滴が頬を伝う。涙が止まらない。

私がいったい何をしたというんだ。

何も悪いことなんてしていない。勇者様も、国も裏切ってはいない。濡れ衣だ。

手を伸ばして蔓から抗おうとするが、右腕は空を切った。肩の先にあったはずの腕は後輩に切り落とされたままだった。

「たす……けてぇ………」

体が引きずられる。

最後の願いを拒絶するように、私は花のモンスターに食べられた。

狭い体内でぬめりとした液体が全身を包む。服が溶けていき、肌が焼けるように痛み出す。

これ、消化液で溶かされているよね。

噛み砕かれないのはいいけど、溶かされるのもご免こうむりたいよ。

残った魔力を総動員して、全身に回復魔法をかけ続ける。

外に脱出するために、右腕を超回復魔法で再生させてと、あ、ダメ、動けないや、これ。

このまま消化液の中で回復を続けていてもジリ貧だ。いずれ魔力が尽きて、骨まで溶かされて魔物の養分にされてしまう。

結局、前世があって日本から転生してきたとわかっても、何も起こらなかったね。神様のギフトもチートスキルも何もない。いったい何のために前世を思い出したのだと呪いたくなる。

前世があるということは、私は一度死んでいるということだ。

死ぬなんて怖い。嫌だ、まだ死にたくない。

生きたい、生き延びて今度こそ平和な人生を送りたい。

仲間に裏切られることもなく、学生のうちに命を落とすこともない。そんな平和な人生を……。

——まだ、諦めきれない！

最後の力を振り絞って回復魔法をかける。細胞がかつてないほど分裂を繰り返し、肉体を再構築していくのがわかる。何か得体の知れないものが体に混ざっていくのを感じたけど、気がつくと痛みがなくなっていた。それどころか目を開けようとしても開かない。腕も、足も何もかも動かない。耳も聞こえなければ匂いも嗅げない。ただ、体を抱え込むように丸まり、何か薄いものが全身を優しく包み込んでいることだけはわかった。

いったい、どれだけ時間が経っただろうか。

それは突然やってきた。

足の感覚がないまま、体が自然と起き上がる。

そして周囲を包んでいた何かが、広がるように開いた。

目を覚ます。

深い緑色の木々が視界に入った。

そうだ、私は森であの二人に襲われたんだった。あれだけの怪我をしても死んでなかった。

まだ生きているよ、私！　さすが国一番の聖女様だよ！

って、安心している場合じゃない。命が助かったのはいいけど、早くここから逃げ出さないと。

あれ、おかしいな、歩けないぞ。足が全く反応しない。

ふと下を見てみると、私の胸が見えた。

私、裸じゃん。

消化液で服が溶かされたから仕方ないけど、恥ずかしい。

けれど、そんな羞恥心が吹き飛んでしまうような不思議な光景がそこにはあった。

人間一人を簡単に包み込めるくらい大きな花の中に、私は立っていた。

もっと具体的にいうと、大きな花冠の中に私が生えている。

腰から上は人間の女性で、下半身は巨大な花。

まるで魔物図鑑に載っていた植物型のモンスター、アルラウネのようだ。

あれ……この感覚はもしかして？

赤い花冠を撫でてみる。花に触れる感覚だけではなく、手で触られているという体感まであった。

理解した。

知りたくはなかったけど、これは察せざるを得ない。

この花はすでに私の体の一部になっているということを。

ということはやっぱり、そういうことだよね。

仲間に裏切られて、腕が切られて、前世を思い出して、両足切られて、また腕が切られて、実は許嫁を後輩に寝取られていて、花のモンスターに丸飲みされてと波乱万丈で人生最悪なひと時だったけど、そんな人生ももう終わりを迎えていた。

どうやら私は、人間をやめて植物の魔物になってしまったらしい。

二　人生は終わったけどこれからは植物として生きていきます

いったい何が起きたのか。

花のモンスターに食べられて、消化されないようにと聖女の力をフル回転させて肉体を再生していたのまでは思い出せる。それが、気がついたら魔物になっていたなんて信じられるだろうか。そんな話は聞いたことがないよ。

ただ、私は死んではいない。まだ生きている。それだけでもありがたい。そう思うべきなのだろう。女神様から与えられたチャンスなのか、はたまた超回復のせいで花のモンスターと融合してしまったのか。

どちらにしろ、現状を把握するしかない。

上半身は見慣れた人間の姿のままだ。肌もそのまま。変わったことというと、髪が腰まで伸びてしまっているのに加えて、色が淡い金色だったのから薄緑色に変わっていることくらいだろう。

問題は下半身。

大きな花冠に私は生えていた。腰から下が花になっている。バラのように鮮やかで真っ赤な花びらは飾りたくなるくらい綺麗なのだが、この花ももちろん私の体の一部。なんだか不思議な感じがするね。花の下には葉っぱが数枚重なっていた。これも私の一部。

腰回りが花になっているのはわかったけど、やっぱり足はなくなっている。代わりに第二の体のようなものが存在していた。

花冠の下には巨大な球根のようなものが生えていた。その球根には、食虫植物のようなトゲトゲがついた大きな口がついている。乗用車を簡単に丸飲みできてしまうような禍々しい開口部は、きっと聖女であった私を捕食した花のモンスターの口が進化してしまったのだろう。食べられる前にチラッと見た時よりも邪悪そうな外見をしている。それに球根がやけに大きいせいで、周囲の雑草がかなり低い位置に見えるほど目線が高くなっています。人間部分のサイズは変わらないのにね。

そしてその球根の側面からは蔓が無数に生えており、私の周りは蔓の群生地のようになっていた。球根のさらに下には根っこが地面にあるようで、土から水分を吸収しているのが感じ取れる。

うん、私ったら完全に植物。

しかも結構凶悪そう。特に球根の口あたりが怖いよ。

ためしに下半身に力を入れてみたら、球根の口が動いた。ついでに蔓も手のように自由に動かせるみたい。腕が二本しかない人間だった時の感覚と違って変な感じだ。

植物なのにこうやって自我を持っているところも魔物っぽい。

冒険者に見つかったら、モンスターだと狩られる未来しか見えないね。

そんな私には一つだけ早急に解決しなければならないことがあったのだ。

私、いま、全裸！

下半身は花だし植物だから諦めるとしても、上半身が裸なのだ。

モンスターになってしまったとはいえ、元は人間。貴族生まれの令嬢としても、民から慕われていた聖女としても、全裸のままはありえない。野生化した植物モンスターに成り果てたとはいえ、女子的にこれだけは譲れなかった。とはいえ、服なんてものはこの場にはない。私が着ていたものも溶かされてなくなってしまったみたいだし。

仕方ないので、蔓を使ってブラを作ってみる。胸に蔓を巻き付けて、ハイ完成。お手軽だね。

隠せるものは隠せたし、いまはこれで良しとしよう。

え、下半身は？

わからない子だねえ。下半身は裸という概念を消滅させましょう。植物は普通、服を着ないの。球根がスカート穿いていたらおかしいからね。だから仕方ないの。植物だからね、裸じゃないの。

下半身は着衣なし。上半身は野性味溢れる蔓のお手製ブラ。こんなアマゾネスみたいな格好をするなんて、聖女の私としても、女子高生だった私としても想像できなかったよ。

私に前世の記憶があるなんて驚きだよね。アルラウネに転生してしまったのと同じくらいビックリ。

日本にいた時の名前は、小紫《こむらさき》菖蒲《あやめ》。

学校の休み時間にはボッチを紛らわすために子供の頃から好きだった植物図鑑を読み漁り、自宅ではオタクとしてアニメやゲームを嗜んでいたことは覚えている。

でもなんで自分が死んだのか、転生したのかということは思い出せない。どうやら好きだったことや興味があって印象深かったこと以外はうまく記憶が浮かび上がらないらしい。まあしょうがないね、前世のことだしね。

いまの時点で一番濃い思い出は、仲間に裏切られたことだ。

ガルデーニア王国で公爵家の次女として生まれ、光魔法の才能に目覚めて物心つく頃には聖女見習いとなった。体を再生できるほどの超回復魔法の使い手となって当代一の聖女として認められ、王国の第二王子であり許婚であった勇者様や他の仲間たちと魔王を倒すために旅に出た。

魔王の幹部を倒して、あと少しで魔王に近づけるというところでのまさかの仲間の裏切り。理由はわからない。けれども私の命は、あの時に一度終わってしまったのだ。

私はまだ十七歳だった。

聖女の修行はつらかったし、魔王を倒したら自由になれると思っていた。

勇者である王子様のお嫁さんになれることも誇らしかった。子供が生まれれば、男の子なら国を継ぐ王様になったかもしれない。女の子なら私と同じように聖女になったかもしれない。王族に血族を残したことで両親や一族のみんなに親孝行できたかもしれない。

魔物と戦わない平和な世の中でのんびりと余生を過ごせたかもしれない。

それら全ての可能性を奪われたのだ。

正直いって聖女見習いの後輩と元許婚の勇者は許せないし復讐してやりたいけど、それ以上に私の心は折れた。もうボロボロだよ。

裏切られて殺されたうえに、魔物になってしまったからね。

こんな姿であの二人と再会してしまった日には、そのあとどうなるのか想像したくもない。私だってバレたら恥ずかしい。これでも公爵家のお嬢様だったのだ。お父様やお母様にこんな姿は見せられないし、あの勇者と後輩に見られて笑われでもしたら自我を保てる自信がない。

それに、また退治されてもおかしくはないしね。

アルラウネが強いモンスターだと聞いたこともないから、きっと戦っても勝てないだろう。結局はモンスターとはいえ、植物だしね。ただのお花だからね。

そもそもな話、復讐するにしても地面に根を張っているのだから移動できないのだ。恨んだ相手に会いに行くことすら叶わないからどうしようもない。

だからこのことはとりあえず保留しておこう。考えるだけでイライラするし！

とにかくいったん落ち着こう。

いまの私は、前世が日本の女子高生で今生では元人間の聖女様だったわけで、現在は植物モンスターのアルラウネなのだ。

記憶がまだ混乱中なのも仕方ないことだろう。二度の人生の記憶を持って新しい体になっているということは、ある意味三周目ともいえるわけだしね。

というわけで、公爵家貴族令嬢の聖女としての私と、日本の女子高生でオタクをやっていた私、そして植物モンスターだった花の記憶を全部足して三で割ったような性格に落ち着いた。あとは時間がゆっくりと解決してくれるだろう。

くよくよしても何も始まらないのだから。

人間だった私はもういない。これが第二の人生なのだ。いや、前世があるから第三の人生？

そもそも花だし植物だから花生？

もうなんでもいいや。細かいことは考えずに、現実と向き合おう。それに人間に戻る手段だってあるかもしれないし。諦めないで生きていればきっといいことがあるさ。

よーし、頑張るぞー。えいえい、おー！

うん？

なんだか胸のあたりが濡れているな。いつの間に。

というか、胸から液体が流れ出てお腹を伝って花びらへと落ちていっている。なにこれ。

よく見てみると、胸元から甘そうな蜜がじわじわと流れていた。

具体的にいうと、胸の先っちょからそれが溢れるように出ているみたいで…………。

えぇー、ちょっとショックなんですけど。

女子高生としても公爵家の聖女としてもこれは無理。まだそんな年じゃないし、そういう経験だって一切ないのにこれはあんまりだよ。

もう泣きたくなる。涙だって出るよ、だって女の子だもん。いまは花だけど。

て、あれ？　これ、涙じゃなくて蜜だわ。目から蜜が滴っているよ。

他の場所からも出るみたいだね。ちょっと実験というわけで、意識してみれば、ほら！

よだれだと思っていたらこれも蜜。やったね！

蜜が溢れる場所をコントロールできるみたいだね。これからは口から蜜を出すようにしよう。よだれというのもどうかと思うけど、他の場所から出すよりはよっぽどいい。私、よくできました！

自分の体から出ているから味はわからないけど、匂いからするにかなり甘そう。触ってみるとベタベタしているし、ハチミツみたい。というか植物なのに嗅覚あるんだね。驚きだね。

指で蜜を触って暇つぶしをしていると、ふと誰かの視線を感じた。

周囲を見回してみると、前方の木陰から一頭のクマが現れる。

クマにしては大きい。けれど、一角獣のような角が生えているあのクマは普通のクマではない。

魔物だ。森の中で人間と出会うと、動かなくなるまで追い続けるという恐ろしいクマ。

執念深いだけでなく、森の主といわれるほど強いと聞いたことがある。

殺気立ったクマの気配を感じる。ヤル気だね、このクマさん。ちょっと怖い。

でも逃げたくても動けない。だって私、お花だもん。

ええ、ちょっと待って。植物って不利すぎない？

強敵と出会ったら逃走するのが自然界の定石のはずなのに、通用しないんだけど。

こんなの無理ゲーじゃん。やってられないですよ。

だ、誰かお助けをー！

そんな私の心の声はもちろん誰の耳にも入ることはなかった。無念。

こうして私は、アルラウネになって初めての命のやりとりをすることになったのだ。

三　わたし元聖女の植物モンスター娘、こっちはハチミツ大好きの変態クマさん

ラオブベーア。それがあのクマ型モンスターの名前だ。

角が生えているのが特徴で、人から恐れられる獰猛《どうもう》な魔物である。

鋭い爪は大木をも伐り倒し、甲冑を着た兵士の鎧を噛み砕くほど顎の力も強いとの噂だ。

たしか成長すればその辺に生えている木よりも巨大になるモンスターだ。だいたい大型トラックくらいの大きさになるはずだけど、あのクマはよくて体長二メートルくらいだろう。まだ子供みたいだね。

こちらをじっと見つめながら鼻をピクピクと動かして、犬のようによだれを滴り落としている。

思うにきっと、私の体から出ている甘い蜜に誘われてやってきたというところなんじゃないかな。

私の蜜はついつい立ち寄ってしまうくらい美味しそうなのかもしれない。もしかしてこれを売れば、ハチミツ屋さんとして街とかで生きていけるのではないだろうか。モンスターとして討伐されなければだけどね。

というかマズイねこれ、あいつの獲物は私ってことだよ。

クマにペロペロされるのはご免こうむりたい。

ハチミツ大好きクマさんとはいえ、襲われて無事に済むかもわからないしね。

問題は逃げたくても足がないから逃げられないってことだ。植物ってこういう時に不便だよね。

ラオブベーアが近づいてくる。

下半身の球根の口を大きく開けて威嚇してみる。うん、クマさん止まらないね。

この距離だからわかるけどこのクマさん、目がイっちゃってる。

何を排除してでも蜜を手に入れてやろうという気概が伝わってくる。そんなにこの蜜は旨そうなのか？　このままでは私の体はあの蜜狂いのクマさんの餌食に……。

よし、腹は括った。ラオブベーアと戦おう。

アルラウネは体から湧き出る蜜で人間や動物を虜にして誘き寄せ、それらを捕食して養分にすると聞いたことがある。つまりは敵に対抗する手段があるはずなのだ。

いまある武器は球根から伸びている蔓のみ。これでラオブベーアの動きを止めるしかない。

いけ、蔓のムチー！

某ゲームのように攻撃してみるが、全く当たらない。

思ったよりこのクマが素早い。まあ命中しないのは、私がまだ蔓を使いこなしていないことが一番の原因なんだろうけど。

だんだんと距離を詰められていく。

避けられるなら、動きを止めてから捕まえればいい。

前世の私の家は田舎だった。小さい頃は裏山に冒険に出たり、お父さんと川で魚釣りをしたりしていたのだ。

つまりこうだ。魚を釣るように蔓を釣り竿のように使って、クマを釣ればいいのだ。

餌はもちろん自前の蜜です。

蔓を自分の顔の前に持ってきてかぶりつく。これでよだれ、もとい蜜が蔓にべったりとついたよ。

その甘い蜜付きの蔓をハチミツ大好きクマさんの前に持っていけば、ほら！　蔓をペロペロと舐める従順なクマさんに。もう薬でもキメているんじゃないかと心配になるくらい、蜜に病みつきになってるよ。うわー、ちょっと引く。

だってあの蜜、私のよだれだもん。それで喜ぶ性癖を私は持ち合わせていない。

それに蔓は触覚にもなっているのだ。舐められている感覚が気持ち悪い。

蜜狂いの変態クマさんは捕まえちゃおうねーっと、蔓で捕獲。

だがクマさんは、さらなる蜜をご所望していた。暴れ出したのだ。駄々をこねる赤子のように蔓をかきむしる。ラオブベーアの鋭い爪が私の蔓の表皮を切り裂き、中の葉緑体が宙を舞っていた。

痛い痛い！

血が出るわけじゃないけど、痛覚としての信号が伝わってくる。蔓だからなのか激痛まではいかないけど、アルラウネになって初めての痛みである。すごくビックリした。

そのせいだろうか、腰の花冠のあたりから紫色の粉が噴射されたのだ。

花粉のように舞うそれは、暴君と化した変態クマさんへと降り注ぐ。

驚くことに、赤ちゃんが疲れて眠りについたように、突然クマさんが動きを止めた。

口から泡を吹いて、白目になった変態クマさん。反省でもしているのかな。いい子だね……て、なにこれ。

もしかしなくても、さっき私から出ていったのって毒ですよね？

毒の花粉。恐ろしや。どうやら私は変態クマさんを毒殺してしまったようだ。

私、意外と強いのかもしれない。ちょっと自信ついたね。

身の危機は去った。

あとはラオブベーアの死体をどうするかだけど、体を動かしたからか、私は妙にお腹が空いていた。栄養不足。エネルギーが足りないのだ。

野生としての本能が告げている。

あのクマを捕食しろと。

どうやればいいのかは考えなくてもわかる。食虫植物だって虫を捕まえて養分にしているのだ。植物型のモンスターであるアルラウネが、他のモンスターを養分にしない道理などないのだろう。

ただ、元人間としての自我が、クマを捕食することを拒絶している。

――――――――。

――――――。

――――。

ダメでした。

想像以上に、この植物の体は栄養不足だったみたい。

我慢できなかったよ。ごめんね、変態クマさん。

心の中で謝りながら、蔓を使ってクマさんを下の口へと運ぶ。

球根の口を大きく開き、パクリと飲み込む。

体内にクマさんを捕獲したのを感じる。あとは消化液で溶けるのを待つのみ。

クマさんは毒まみれになっているけど、そもそも私の体から噴き出たものだから私には効かないだろうし、そこは気にしなくてもいいでしょう。

クマをそのまま生で食べるだなんて人間の時には考えもしなかったけど、体が植物のモンスターになっているせいか、前ほどの嫌悪感はない。

人間の口で咀嚼するわけではなく、捕食する植物のようになっている球根の口で丸飲みして消化するというのも大きいだろう。食べている実感が人間の時みたいにはないんだよね。

徐々に体内に捕獲した肉が溶けて流れていくのを感じる。

大丈夫だよクマさん、私も一度そうやって消化液まみれになったことあるから気持ちはわかるよ。溶かされるけど、私が栄養にしてあげるから安心してね。

だけどまだ足りない。子グマ一匹くらいじゃこの空腹は満たされないよ。

予想だけど、人間と花のモンスターが融合してアルラウネになった際に、かなりのエネルギーを使ったんじゃないかな。ラオブベーアを食べたあとでも、まだ栄養不足ぎみみたい。

それにしても、クマ型のモンスターを丸飲みするとか、もう私は人間じゃないのだと再認識させられる。聖女の私がこんなサバイバルをしていると知ったら、国の皆はどう思うのだろうか。

いろいろと言われるだろうね。でも、もうそんなことは関係ない。

まだ現実の全てを受け入れることはできないけど、これだけは理解できる。

私は植物でありモンスター。

アルラウネという魔物になってしまったんだもん。

これからは植物らしく慎ましく生きていこう。

観葉植物のように静かに、穏やかに、優雅に。

四　誰か私を育てて植物園に売ってください

植物らしくってなんだっけ？

私はシカ型モンスターを毒花粉で行動不能にしながら、そう自問自答せずにはいられなかった。

野生の植物界は弱肉強食。世話をしてもらえる植物園とは訳が違う。

お嬢様みたいな世間を知らない植物じゃ、すぐに枯れて朽ちるのが関の山だろう。

ともかく私はお腹が空いたのだ。

栄養不足。ご飯を所望する！

パクリ。

お、このシカ肉、獲物としては意外と悪くないね。前世でジビエは苦手だったけど、アルラウネでなら何肉でも問題ないわ。溶かすだけだからね。味なんてわからぬ！

ともかくさ、植物らしさってなんだっけ？

日がな一日、日向ぼっこして光合成。お水が欲しいと根っこを伸ばそうと奮闘。太陽光おいしいとお昼寝。お腹が空けば、蜜に誘われてやってきた魔物に毒を噴いて動けなくしてから捕食。うん、植物だね。肉食だけど、普通の植物！

そんなこんなで数日が経ったけど、私は植物としてもモンスターとしてもそれなりにやっていけていた。人間としてのプライドとかはすぐになくなった。

森には人っ子一人いないし、現れるのは言語が理解できない動物か魔物だけ。

周りの目を気にすることもない。私はある意味、自由なのだ。

それに、郷に入っては郷に従えともいうしね。

体や環境が精神に影響を及ぼすとは聞いたことがあるけど、どうやら本当みたい。

モンスターであり植物であるのだから、それらしく生きていくしかないのだ。

それに体のことを調べてみた結果、いろいろと判明した。

まずは、私はモンスターではあるけど動物ではない。根本的には植物なのである。

日中にやることも特に何もない。だって動けないからね。しょうがないよね。

昼間は日向ぼっこをして、夜になると蕾を閉じて就寝。朝になると花を咲かせて起床。

それがいまの私の生活サイクルだ。

元人間として望むことは多いけど、植物としての私が望むことはそうは多くない。

基本的に、私の三大欲求はこれだ。お水、太陽光、そして栄養となる動物。

まずは水だ。

喉が渇く。実際に喉が渇いているわけではないんだろうけど、そう表現するのがわかりやすいだろう。生命活動に水が必要だと欲するのだ。もうお水さえあれば他はいらない。そう思えるほど、水が欲しい。ジュースなんていらない。水が欲しいの。そのために根っこをできるかぎり伸ばそうと意識する。というか、これしかできない。

次は太陽光。

太陽の光を浴びて光合成をすると気持ちがよくなる。嬉しい。全身の葉緑素が歓喜するのがわかる。光合成をすると幸せなのだ。植物は光というエネルギーを使って、水を分解して酸素を発生させ、空気中の二酸化炭素からデンプンなどの有機物を合成するのだ。つまりは光合成をするだけで養分が生まれて私のお腹が膨れる。気持ちがよくて私はハッピー。一石三鳥なのだ。

けれど、光合成をするたびに喉が渇く。水分が足りないのだ。やっぱりお水が欲しい。

もう水さえあれば、あとはそこそこの太陽光とちょっとの二酸化炭素以外は他にいらない。

誰か私に水やりとかしてくれないかな。

最後は餌だ。

光合成だけではエネルギーが足りない。人の形をしていて蔓とかまで動くし。そのためには栄養を摂取しなければならないのだけれど、これが一番難問なの。私は移動できないわけで、獲物がこちらにやってくるのを待つことしかできないわけ。紳士なクマさんを変態化させるほど強力な甘い蜜が出ているとはいえ、そう毎日獲物がやってくるわけではない。しかも戦いは命懸けだ。負ければ私が食われるか、殺されて終わりだろう。自然界は恐ろしい。

獲物を捕食したらしたで、私は激しい運動をした直後のような衰弱状態になる。植物だからか、体を動かすのはあまり得意ではないみたいで、かなりのエネルギーを消耗するみたい。すると当然、喉が渇いてくるのだ。お水が欲しい。

お水と太陽光、そして生き物を溶かして栄養にすること。この三つさえあれば私は満足なのだ。

満足なのはいいことなのだけれど、暇なのが最近一番の悩みだね。

なにせ娯楽がない。話し相手もいない。

ねえ、どうすりゃいいの？

なので、暇な時間はアルラウネの生態を研究することにした。

学校で植物図鑑を読んでいた前世が懐かしい。

ここ数日の結果だけど、甘い蜜を発して匂いで動物をおびき寄せて、それを捕まえるのがアルラウネの食事作法のようだ。これは経験済みなのでオーケー。

聖女だった頃の私の知識から思い出したのだけど、アルラウネは女性の外見から人をおびき寄せてフェロモンで誘惑する魔物だったはずだ。

となると、この見た目もハンティングのための餌のようなものなのだろう。

女性的な腰に、引き締まったくびれ。胸も結構大きい。聖女だった時の私はどちらかといえば小さいほうだったので、アルラウネの魅力溢れる豊満な胸部を見ると、ちょっと大人になった気分になれる。よかったよ、花になったけど私の成長期はまだ終わっていなかったんだね。

これであの忌々しい聖女見習いのクソ後輩にも引けを取らないだろう。年下のくせに私よりおっぱいが大きいとかあいつは生意気だったのだ。勇者様を寝取るし。きっと、あのおっぱいを使って誘惑したに違いない。まさに外道。私をハメて裏切り者に仕立て上げたあの泥棒猫らしい。

それにしても、もしこの森に人間が迷い込んできたらどうしよう。

私を見て悲鳴を上げるのか、それともモンスターだと斬りかかってくるのか。そうさせないようにする役目がこの肉体なのだろう。植物なのに人間の女の体がついているなんておかしいからね。

そういえばアルラウネは人間の男性の精を糧にするとも聞いたことがある。迷い人を誘惑して、

花の中に男をおびき寄せるのだ。そうして美しい外見を使って相手を虜にする。

どうしよう。

私にできる自信がない。

男の人を誘うとか恥ずかしくてできないよ。そんな経験、前世でもなかったしね。

聖女時代には婚約者がいたとはいえ、あの勇者はただの仲間だ。幼馴染みではあるけど、親が決めた許婚。別に特別仲がよかったわけではない。もし仲がよかったら、きっと私を殺そうと裏切ることはなかっただろうしね。

あ、ちょっと待って。そう現実をつきつけられると悲しくなってきた。

涙の代わりに蜜が出ちゃう。

というか男の精を取るって何をするの？　もしかして、ナニをするの……？

この体で？　どうやって？？

——うん、このことに関しては考えないようにしよう。早急に必要なわけではないしね。

それどころか一生その機会はなくていいや。全身が人間の姿をしている魔物だったらまだわからないでもないけど、モンスターでしかも植物なアルラウネに対して精を与えられてもどうしようもないだろう。多分だけど、養分としてエネルギーになるだけで終わるはず。

それ以上のことなんてないよね？

ここ日本と違ってファンタジーな世界みたいだから、ちょっと自信がない。

そもそもの話だけど、私って綺麗なのかな？　男の人が誘われるような妖艶な見た目なのだろうか。鏡がないからどんな顔なのかわからない。

やっぱり聖女の時と同じ顔なのかな。触ってみた感じだと輪郭は似ているから、多分そうだと思うんだよね。美人さんになっていればいいなあ。

花冠も赤く輝いていて立派だと思うんだけどな。美しい系の花だというのが個人的な感想だ。

バラに似ているけど少し違う気がする。何の花なのか全くわからない。

けれども、決してラフレシアのようなクリーチャー的な花ではないはず。そう思いたいね……。

化け物みたいな花だとは思われたくないし。

あ！　お客さんが来たみたい。

蜜に誘われてウサギ型のモンスターがピョコピョコとやってきた。

うんうん。可愛いねえ。白くてふわふわしてそうで手触りがよさそう。

小さくて捕まえるのは大変だけど、そこはご心配なく。花冠から毒の花粉を放出してウサギさんの動きを止めます。そうして蔓で捕まえて、標的の首を折ります。

痛いだろうけど心を鬼にしてやるのです。生きながらにして溶かされるのは嫌だろうなという私の優しい配慮なのです。一度、捕食した魔物が体の中で暴れて内側から裂けそうになったことがあったのは内緒だよ。

そうして蔓でウサギさんを引きずります。下の口を大きく開いて、パクリ。

うん、ごめんなさい。客観的に見て、いまの光景の私は化け物でしかないです。

でも信じて。化け物じゃなくて綺麗寄りのお花を目指しているの。

甘い蜜が魅力的なだけでなく、見ていて目の保養になるような美しいフラワーに成長するのだ。

あ、またウサギさんだ。一匹じゃなかったんだね。お友達もいたんだね。なら、お仲間のところに連れていってあげましょう。私は優しいから。これでも元は聖女と呼ばれていたからね。

下の口を大きく広げる。すると蛇に睨まれた蛙のように、ウサギが震え出した。

こわくないよー。ただの綺麗なお花だよー。

さあ、この蔓を握って、私と握手しましょう。怖がらせたお詫びに仲直り。その証しに、あなたを私の養分にしてあげます。

はい、パクリ。もぐもぐ。

ごちそうさまでした！

五　私はナス科の女

日本で女子高生をしていた私が、この世界で聖女として生まれて成長し、今度はアルラウネとして植物モンスター道を進むことになるとは、女子高生時代にも聖女時代にも想像できなかった。

けれども植物というのは女子高生であった私、小紫菖蒲にとっては少しだけ慣れ親しんだものだったのだ。

私はアニメ漫画ゲームを愛好していたのだけれど、学校ではそのことを秘密にしていた、いわゆる隠れオタクでした。その代わりに学校にいる時はいつも一人で本を読んでいた。

文学少女と勘違いされていたのかもしれないけど、本の内容は図鑑がほとんどだった。動物図鑑、魚図鑑、恐竜図鑑とか。その中でも一番多く読んでいて、かつ好きだったものが植物図鑑である。

学校にいる時だけの暇つぶしとして読んでいた図鑑だったけれども、いつの間にか私はお花を愛でるのを楽しみとする植物大好き少女になっていたのだ。

とはいえ、あくまで趣味の範疇。そこまで詳しい知識は持ち合わせてはいない。

そんな私だけど、アルラウネは元の世界でも名前だけは聞いたことがあった。オタクだったしね。

あくまで想像上のものとしてアルラウネを認識していたけど、アルラウネに似た植物について実際に本で読んだことがあった。

それがマンドレイクだ。フィクションではマンドラゴラともいわれ、魔法薬などの材料にされることが多い。マンドレイクを地面から引き抜く際に悲鳴を上げるとされていて、その声を聞くと気を失ってしまうという話は聞いたことがある人も多いはずだ。魔法使いが出てくる有名な映画とかでも登場していたしね。

それに加えて、私はもう一つ重要な情報を思い出していた。

たしか、マンドレイクはナス科だということを。

それでちょっと考察してみる。

個人的にだけど、アルラウネはマンドレイクと親戚のようなものなんじゃないかと思うんだよね。地面に生えている植物モンスターというのが似ているし。女子高生時代に読んだ本で、アルラウネのことをマンドレイクとしている記述も見たことがある。

ということは、アルラウネもマンドレイク同様にナス科ということになる。

じゃあ私ってナス科なの⁉

ナスは好きだよ。でもナスにはなりたくない。

ナス科というと、一つの花の中に雄しべと雌しべの両方を持つ両性花だったはずだけど、いまの私の体や花冠には雄しべはないみたい。ということは雌しべが進化したことによって雄しべは退化して消滅してしまい、結果として雌花となった単性花ということになる。

つまり私の性別は女ってことで間違いないよね。ちょっと不安ではあったのだ。元聖女であり、前世は女子高校生であった私には両性を持つ覚悟はない。

基本的に両性花である被子植物なはずなのに、裸子植物に多い単性花の特徴を持つ植物ということになる。たしかヘチマやキュウリ、スイカなども被子植物なのに単性花だったはずだ。

というか雌しべがない時点で薄々は思っていたけど、私のこの上半身、雌しべだよね。花の中心に一本だけ立っているものって普通、雌しべだし。

もしこの体が雌しべだとしたら、雌しべの付け根あたりに子房があるはずだ。

付け根というと下腹から腰のあたり。腰の下から植物に生え変わっているからそこら辺だろう。ここに子房があるなら、その中に種子の元である胚珠が存在するはずだ。前世の学校で習ったのが懐かしいね。人間でいうところ、子房が子宮で、種となる胚珠が卵子といったところだろうか。

お腹のあたりを触ってみる。

うん、子供を作る場所が人間の時と同じような場所になるね。不思議ダネー。

もし受粉でもしたら、キュウリやスイカみたいな実にでもなるのかな。

その時、私はいったいどうなってしまうのだろうか。

子房が膨らんだものが実。胚珠が熟したものが種となる。

受粉してお腹部分である子房が大きく膨らんでいく姿を想像してみる。妊婦さんみたいになるのかもね。でも私は植物。お腹はそのままもっと大きくなっていき、人間の体であるこの上半身は実に吸収されて消えてしまうのではないかな。

それは嫌だ。

きっともう私が私でなくなってしまう。

受粉だけはしないようにしよう。

それに、私自身が雌しべというのもいろいろとショックなので深く考えないようにするよ……。

私の気持ちが落ち込んでいると、遠くからブーンという音が聞こえてきた。

見なくともわかってしまう。

ハチが近づいてきたのだ。

ハチかー。虫は嫌だな。刺されたら痛いし。まあ人でなくなったいま、ハチに刺されても多分大事には至らないのだろうけど。それに花である以上、ハチとは縁が切れないのも事実だ。

よくよく考えてみると当たり前なのだけれど、私は花なんだよね。だから花の蜜を求めてハチがやってくるのは当然のことだよ。

そもそも、これまで虫がやってこなかったのが不思議だったのだ。もしかしたら虫が苦手なフェロモンが体から出ていて、小物の虫は近寄れなかったのかもしれないね。

というか、ちょっと待って。

なんだかヘリコプターのように重厚な音がしているんですけど。

そう思っていると、それが現れた。

ハチ型モンスター。

名前はたしかツォルンビーネ。ミツバチを人間ほどに巨大化させたような外見だ。

ミツバチというと、受粉活動が有名だよね。

働きバチであるミツバチさんが餌である花の蜜や花粉を取る際に、体に花粉が付いてしまうことがあるの。それで他の花に移動すると、その花の雌しべに他の花の雄しべの花粉を付着させちゃうの。それで雌しべしかない単性花でも、ミツバチさんのおかげで他の花の雄しべの花粉が得られて、実になることができるってわけ。花粉交配といって、農家さんは果物を作る際にこのミツバチを利用していたりするね。

簡単に言うと、ミツバチが花を移動すると他の花は強制的に受粉させられて実になっちゃうの。

花粉を運んで余所の花を受粉させて実にさせてしまう。

だからミツバチは別名、送粉者ともいわれているんだよね。

え………。

ちょっと、タイム！　ピーピー！

そこの君、動くのやめて！　お願いだから、ねえ。こっちに来ないで。近づかないで。

だってハチさん。あなたは私の蜜目当てですよね？　私の体に触るつもりだよね？

ということはだよ。

ハチさん、あなたが私に触れて、あなたに付着していた他の花の花粉が私の体に付くとだよ。

私、受粉しちゃうんじゃない？

だって私、雌花であり雌しべそのものなんだからね。

嫌だって。イヤイヤ。絶対、余所の雄花の花粉を体に付けて飛んでいるよね。

わかるって、私の雌花としての本能が告げているよ。

ああー。やっぱりこっち来た。私目がけて飛んできてるよ。

それにやっぱり、やつは花粉を体に付けている。

マズイッ！　本当にやばい!!

このままだと私、受粉させられてしまうッ!!

六　受粉の危機

緊急事態です。

聖女時代、仲間に裏切られたことに匹敵するんじゃないかと思えるほどの緊急事態。

このままでは私、あのハチに辱しめられてしまう。

怖すぎるのですけど！

こんな簡単に子孫を残そうとするなんて植物はどうかしている。

そこに愛はないの？　恋とかして好きな相手を選ばないの？

ええ、わかっているって。植物はそんなことはしないよね。

自然界は厳しい。気軽に子孫を残せないようではすぐに絶滅してしまうことでしょう。でも、私は例外にしてほしかったな。種とかいらない。ずっと独身の花でいたいの。

受粉したら私はきっと実になってしまい、最終的には種となるはず。そうなると、いまみたいに自我を保つことは難しいだろう。

そうなれば、このアルラウネという人生も終わり。ある意味で死に等しい。

というか、どこの誰とも知れない雄花の花粉を受粉させられるなんて冗談じゃない。

私はそんな安い花じゃないんですよ。なんといってもアルラウネだからね！

名無しの雄花さんよ。自己紹介がてらに写真とプロフィールを送ってから、しかるべき時に挨拶しに来なさい。お見合いだけなら許しましょう。

さて、ちょっと冷静になろう。

普通、雌しべの柱頭に雄しべの花粉が付着してしまうと、そのまま雌しべの中を花粉が進んでいって胚珠内で受精してしまう。

柱頭ってどこだろう。頭か？　髪の毛か？　花粉は柱頭から雌しべ内部に侵入して胚珠を目指すわけだから、もしかして口か。この口が柱頭なのか？

口に花粉が付くとマズイっていうのは、絵柄的にもマズイのですけど。私的にもお断りでしかないんですけど……。まあ吸い込むだけで終わりだろうから、変な図にはならないだろうけどね。実際には顔に花粉が付くだけだろうし。

顔でも頭でも髪の毛でも口でも、恐ろしいのは同じなので勘弁してもらいたい。

とにかくだ、あのハチを絶対に私に近づけてはいけない。貞操の危機。断固反対！

私の種から生まれた子アルラウネに、「あなたのお父さんはどこの誰とも知れない植物です」とは言いたくはない。

というか私がその種になるから言いたくても言えない。

純潔を守るためにも、私、戦います。

全神経を集中させて、迫りくるハチ型モンスターへ蔓を叩きつける。

けれども当たらない。ハチだからね、やっぱりすばしっこいや。

それでも、ミツバチと違ってやつはモンスター。大きさも人間くらいあるわけだから、的も当てやすい。だが、攻撃しやすいのは向こうも同じだった。

私の蔓をね、あのハチがかじり切ったのだ。

まさかハチに刺されるんじゃなく噛まれるとは予想だにしていなかったよ。痛いのと悔しいのと貞操の危機だということが合わさって、目から涙の代わりに蜜が滴り落ちる。

その蜜を見たハチさんがやる気が出ましたと奇声を上げた。

ヒィー！　怖いよ。もう、こっちに来ないで。

これでもくらえ！

毒の花粉を発射。ペロリストの変態クマさんですら一撃であの世へ旅立ってしまう私の最終兵器。

しかし、こいつには効かなかった。

さすがはハチ型モンスターのツォルンビーネ。どうやら毒の耐性を持っているみたい。小癪な。

いちおう警戒しているのか、ハチさんは私の蔓が届かない場所で滞空しはじめた。

涙目の私は、噛まれた蔓をよしよしと優しく撫でる。

こういう時、聖女だった頃ならすぐにでも回復魔法を使ったんだけどね。

そういえば、いまの私は魔法が使えるのだろうか。

ためしに、光魔法で光の矢をツォルンビーネ目がけて放ってみる。

——反応なし。光魔法は発生しなかった。

どうやら魔法は使えないのかも。まあ、魔物とはいっても植物だからね。仕方ないね。

てことは回復魔法も使えないかと思いきや、魔法に反応してなんと蔓がニョキニョキと伸びていき、ハチにかじられる前の姿に戻ってしまった。

なんだこれ。回復魔法の効果とは少し違う。蔓が回復というよりは成長していったみたいだ。

もしかして回復魔法を使うと、治癒する代わりに植物の成長を促進させる効果が発生しているんじゃないだろうか。

私の回復魔法は正式には光回復魔法。植物にとって光は重要なものであり、現在の私の三大欲求の一つでもある。だからなのか、光回復魔法と植物の体は相性がいいのかもしれないね。

ためしにと、他の蔓にも回復魔法をかけてみる。すると、蔓がみるみるうちに伸びていき、元の二倍の長さになった。それだけではない。蔓の数も倍以上に増えていった。

回復というよりは植物を急成長させる能力を得ていたみたいだ。

これならあのハチさんを倒せるかもしれない。

滞空中のツォルンビーネに蔓を差し向ける。だがまだ長さが足りない。

嘲笑するようにキィーと鳴き声を上げるハチさん。

でも、油断禁物だよ。

私は回復魔法を使う要領で、蔓を急成長させる。いきなり伸びた蔓には反応できなかったようで、ツォルンビーネの羽に蔓が当たった。バランスを崩したツォルンビーネ目がけて、成長させた他の蔓で一斉に攻撃。地面に向けて叩きつけて、締め上げる。

ギェエエエと鳴きながら必死に抵抗するハチさん。蔓をかじったり、お尻の針で刺したりしているが、蔓が傷つくだけで拘束は解けない。

これで終わりだよと、ツォルンビーネの胴体を蔓で引きちぎる。

私を犯そうとした者の末路である。慈悲はない。

勝ったよ……！　やったね！　これで私の純潔は守られた。

そう思ったのも束の間。

森の向こうからヘリコプターの連隊が近づいてくるような轟音が響き出す。

そういえばハチは自分が死ぬ間際に、仲間に救援の信号を送ると聞いたことがあった気がする。

さっきの鳴き声はそれか。そう納得した私は、非情な現実を目の当たりにして呆然とする。

空が黄色に染まっていた。一面ハチモンスターの軍団で覆われている。

数えられないくらいのハチの目が私の姿を凝視していた。

どうしよう。

私を手籠めにしようとしたハチさんを倒したら、手籠め仲間を呼ばれてしまった。

きっと、みんな花粉付けてるよね……。もう緊急事態どころじゃない。絶体絶命。

私の純潔はハチに穢《けが》され、知らない雄花の花粉を体に付着させられてしまうのだ。

もうダメ。あの数は無理。

私、受粉しちゃうかもしれない…………。

七　はじめてだから受粉は優しくしてね

こんなのってないよ、あんまりだよ。

前世の女子高生時代の私は、恋人いない歴＝年齢のオタク女子だったから相手なんていなかった。

聖女時代だって彼氏はいなかったけど、その代わりに婚約者である勇者様がいた。

だから、初めては勇者様に捧げると決めていたのに。

後輩の聖女見習いに婚約者を寝取られたうえ、私はいま、ハチ型モンスターの大群に蹂躙《じゅうりん》されようとしている。

しまいには、どこの誰とも知れない雄花の花粉を体にべったりと付けられて、無理やり花粉を口内へと入れられてしまうのだ。花粉はお腹の中の胚珠を目指して進んでいき、そうして私は受粉する。

子孫となる種を宿すのだ。

そして私のアルラウネ生は終焉を迎える。

そんなの、絶対にイヤだ！

後輩と勇者様に裏切られて殺された時だって、アルラウネになっちゃったけどなんとかなったのだ。だから今回もなんとかなるはず。

そう思いながら、球根へと力を込める。回復魔法を意識し、蔓をどんどん増殖させて、同時に成長もさせる。そうしてでき上がった蔓を体に巻き付けていき、繭のように全体をガード。

私が取った作戦はこうだ。

いのちをだいじに！　とにかく防御あるのみ。

だって仕方ないじゃん。いくら蔓を増やしても、あれだけの数のハチが特攻してきたら全部弾き落とせる自信はない。十匹くらいならなんとかなりそうだけど、百匹もいたら諦めるよね。

だから防御あるのみ。

予想通り、ツォルンビーネの大群は蔓の繭にまとわりついてきた。

すると、ムシャムシャと蔓をかじる音が聞こえてくる。

でもこれは計算通り。かじられても、すぐに成長させて穴を塞げば問題ない。

そうすればハチどもが本体まで侵入するのを防げるはずだ。持久戦といこうじゃないか。そう簡単に私の貞操は渡さないぞ。

ああ、喉が渇いてきたね。アルラウネとなった体は魔力を扱うことはできないけど、代わりに水分を消費するらしい。蔓を再生させるたびに喉が渇く。お水、欲しい。

早く終わらないかなあ。

ちょっと待ってよ。いつまでかじりついてんのさ、このハチどもは。

体感だけど、もう数時間は経っているはずだよ。

諦めて帰ってよ。巣であなたたちの主である女王バチがきっと帰りを待っているって。早く帰宅して家族そろって晩ご飯でも食べてよ。

あ、マズイかも。

お水が足りない。最初と比べると蔓がしなしなになっている。蔓の再生も、少しずつだけど遅くなってきた。このままじゃ蔓の繭が破られるのも時間の問題。

どうしよう。

いまから蔓で戦っても、勝てる自信はない。

なにせ一匹でも体に触れられたらアウトなのだ。全てを叩き落とすのは不可能。

なら体に触れられないでお帰り願うにはどうすればいいか。

考えろ、私。

そもそもだけど、このハチさんは何の用で私のところに来たんだっけ？

そうだよ、私の蜜が目当てだった。なら、蜜をあげれば満足してくれるんじゃないの？

そうと決まればと、顔付近の蔓をパクリと咥えた。舌を使って念入りに蜜を舐めつける。

そうして蜜付きの蔓を繭の外へと伸ばす。

驚いたよ。想像以上の食いつきようだね。

ザザッとハチの群れが私の蜜付きの蔓に移動したのがわかった。

足並みをそろえる軍隊のような規律ある行動にビックリしてしまう。

よし、これならいける！

私はせっせと蔓を舐めまわして、よだれを付けるように蔓を蜜まみれにする。それを片っ端から繭の外へと伸ばしていく。ハチさんが新しい獲物が来たと蜜採集を始める。その繰り返しだ。

体の中の蜜と水分が全てなくなり、干上がってしまったと目が回り出した時、繭の外から生き物の気配が消えていることに気がついた。

恐る恐る外を覗いてみると、空が真っ暗になっていた。いつの間にか夜になっていたようだ。

ハチどもの姿はどこにもない。

の、乗り切った………！

あの危機的状況から、私は無傷で生還したのだ。

もちろん蔓はボロボロだ。かじられて、舐められて、もうどうしようもないくらい蹂躙された。

けれども本体であるアルラウネの体には傷一つついていない。これは立派な勝利と言っても過言ではないだろう。

ああ、疲れたら眠くなってきたよ。

なにより喉が渇いた。雨とか降らないかなー。

そんなことを思いながら蕾を閉じて、就寝の準備をする。

安心したからだろう、すぐに眠りに落ちてしまった。

だが、悪夢は目が覚めてからやってきた。


翌朝。

蕾を開くと、数匹のツォルンビーネが私を出待ちしていたのだ。

あ、ハチさん、おはようございます。昨日ぶりですね……。

まさかこんなに早く再会することになるとは思ってもいなかった。

我慢できなくてすぐに会いに来たくなるほど、私の蜜を気に入ってくれたのかな。

それは嬉しいけど、君たちとは二度と顔を合わせたくなかったよ。

やはり私は、ハチに身を捧げて受粉する運命を受け入れるしかないのだろうか。

最後の抵抗だと、私は蔓に蜜を付着させて、それをハチさんへ伸ばす。

これでお帰りになっていただけないだろうかと、両手を合わせて懇願する。

すると不思議なことが起きた。

ハチさんが、大人しく私の蔓の蜜を回収しはじめたのである。そうして余すことなく蜜を取り終わると、私と対面するように滞空しはじめる。グェエエと奇声を上げるハチさん。

そんな声も出せたんだね。何言ってるかわかんないけど。

なんだろう、もっと蜜を寄こせと言っている気がする。

けれどもごめんよ。もう私はくたくたなの。自慢の花びらだって、ほら。しなびて艶がなくなっている。下半身の球根だって水っ気がなくなって口をへの字にしているし。

そんな私の満身創痍アピールが通じたのか、ハチさんは森の奥へと去ってしまった。

あれ？　私、助かっちゃった？

なんで襲われなかったのかと不思議に思っていると、ハチさんたちが舞い戻ってきた。

もうかい。ちょっと早いよ。まだ回復しきっていないから。蜜まだ出ないから。

そんな白目状態の私へ向かって、ハチさんたちが何かを落下させる。

ドサリと固形物が地面にぶつかった。

これは……イノシシ⁉

ハチさんたちが運んできたのはイノシシ型のモンスター、ヴァーンシュヴァインだった。

これ、もしかして私にくれたの？　プレゼントってこと？

困ったような視線をハチに向けると、彼らは頷くように上下に浮遊する。

まさか、このイノシシを食べて栄養にして、早く元気になってまた蜜をちょうだいね、ということだろうか。

信じられない……。

けれどもこの状況からして、他意は考えられない。

罠ではないかと疑いながら、ありがたくイノシシをいただくことにする。

パクリ。

うん、特に問題はないみたいだね。

私がイノシシを飲み込むのを見たハチさんたちは、満足したようにどこかへ去っていった。

そういえば花とハチは自然界で共生していると聞いたことがある。ハチは花から蜜や花粉を貰い、花はハチによって受粉させてもらう。ある意味、花とハチは共存関係を結んでいる仲なのだ。

それはハチ型モンスターであるツォルンビーネと植物型のモンスターであるアルラウネにもいえることだったらしい。アルラウネの蜜を求めて、ツォルンビーネが食事を与えてくれたのだ。

敵として無理やり私から蜜を搾り取ろうというのではなく、友好的に分け与えてもらう道を選んだ。私が受粉したくないということを忖度してくれたのだ。そうとしか考えられない。

それほどの魅力が私の蜜にはあるのだろうか。ハチのモンスターを従えてしまうような、何かが。

数匹のハチが私の周りを旋回する。

もしかして、私を守ってくれているの？

ハチが騎士に見える。まるで姫を守る忠実な親衛隊じゃないか。

女子高生時代、同好会に紅一点なせいでサークルの姫と化してる女子生徒がいたのを覚えている。

イメージはそんな感じである。

サークルの姫にはなりたくないけど、森の姫なら満更でもないね。

というか私、いまはこんな風になっちゃったけど、元々は公爵家のご令嬢だったから生粋のお姫様なの。そこのブンブン飛んでいるハチ、頭が高いわよ！

そんなこんなで、私が蜜を差し出すことを条件に、ハチが仲良くなってくれました。

アルラウネの蜜のすごさを認識するのと同時に、私はハチと友達になった。

植物になっての初めての友人である。ハチだけど。

八　森立アルラウネ女学院

このたび、私の蜜を提供する代わりに、餌の配給とボディガードをしてもらえることになりました。ハチに囲われる生活の始まりです。

まさに貢いでもらうアイドル気分。いや、お姫様かな。稀に私に襲いかかってくる子もいるけど、そのたびに蔓でメッと叩きつけて追い返すのです。悪い子はお仕置きよー。

そういえば、働きバチはみんなメスのはずだよね。

ということは、この騎士のように私を守ってくれるハチさんは女騎士ということになる。

ハチサークルは百合の園だった。アルラウネの私を中心に集まる女騎士たち。

同好会、いやサークル名はそうだね、『森百合会』とでも名付けましょう。

ごきげんよう。ねえ、お姉さまはどちらのハチさんですか？　なになに、巣にいらっしゃって女王様と呼ばれているですって？　女王陛下、いつも女騎士を派遣してくださって恐悦至極に存じます。この機会に是非、わたくしを義理の妹にしていただいて姉妹の契りを結びましょう。女王陛下の加護のもと生きていきたい所存です。なのでわたくしを姉妹に任命してください。そうなれば陛下のことを敬愛の証しにお姉さまとお呼びしますわ。

そういえばフランス語で姉妹のことを「スール」って呼ぶらしいね。オタクだと使うことのない変な知識ばっかり増えていくよね。お姉さま、ごきげんよう。

ついさっき、私を受粉させようと突っ込んできたので地面に叩き落としたハチがいたけど、あのハチはきっと悪役令嬢ポジションだろうね。先ほどみたいにまた頭の悪いことをすれば、私に食べられるというバッドエンドを迎えることになるでしょう。転生できるとはかぎらないからルートを間違えないよう命は大切にね。

こんな風にたまにおいたをしちゃう子もいるけど、みんな仲良くしてくれて、いい子たちなの。

いまもほら、私が昨日退治したこのサル型モンスターのバルバアッフェ。それがね、今日になってこいつのお仲間が、仇討ちに来ましたと一族総出でお礼参りにやってきたの。合計二十匹を超えるサルモンスターの集団。しかもこいつら知能があるようで、なぜか剣とか槍、なかには弓まで持っている個体もいるの。ちょっと物騒すぎやしないだろうか。

さすがに私一人では対処できない。

だってさ、蔓がね、サルにすっぱり斬られちゃったの。こんなの初めて。

なので私は救難信号を出すことにした。蔓を超回復させ、天高く伸ばす。

するとどうでしょう。どこからともなく何かが空を飛ぶ重低音が近づいてくるのです。

はい、女騎士の登場です。

私のお友達、ハチ型モンスターのツォルンビーネさんたちがＳＰのごとく現れたのです。

武器を持ったサル二十匹に対して、サルよりも大きいハチが約百匹。

もう圧勝だったね。いくら武器を持っていても、ハチの大群が同時に特攻してくれれば全てを叩き落とすことは不可能。おサル一家はあえなく壊滅しましたとさ。

気がつくと、どこからか飛んできた白い鳥がサルの亡骸をつついていた。カラスをペンキで真っ白に塗ったような鳥だ。鳥にまで追い打ちをかけられるとはおサル一家も哀れな。

さてと、じゃあそこの白い鳥さんよ、初めて見たしちょっと味見してみようかな。

あー残念、蔓を動かしただけで逃げられちゃった。

でも問題ない。ここには、たくさんのご馳走が準備されているのだから。

私の女騎士であるハチさんたちも何匹か返り討ちにあって地面に落ちちゃったけど、そんなハチさんは私が慰めてあげるのだ。もちろん、消化液でね！

パクパク。

今夜のディナーは生のおサル一家と、生のハチです。どうやらハチさんたちは、お仲間の死体が私の餌食になっても怒らないみたい。蜜のためとはいえ、すごい。

ハチさんたちはおサル一家の半数を抱えて、巣へと帰っていった。きっと家族で晩ご飯なのだろう。いいなあ、私はいつも一人飯なのに。

一人で静かに食事をしながら、私はこれからのことを考えることにする。

受粉の危機を経験して、私は決意しました。

そう、今後の目標です。

もう危険なことは嫌なの。裏切られるのもまっぴらごめんだし、退治されるのも勘弁。

だから、私は私が過ごしやすいような楽園を作ります。自然が豊かで私に友好的な植物が多く茂っている大きな森。私を慕ってくれる動物やモンスターに囲まれ、みんな仲良く平和に暮らす。

そうして光合成をしながら静かに植物ライフを過ごすのだ。

いまのこの状況はその第一歩。

この調子で森で勢力を伸ばしていって、安全安心な植物生活を手に入れてみせよう。

そう私が目標を定めた夜。

なんだか変なものを見てしまった気がするのだ。

あれは蕾を閉じてぐっすりと寝ていた時のことだった。

いきなり周りの温度が急上昇した気がしたのだ。私が人間だったら間違いなく寝汗がべっとりだったね。いまはそういった心配とは無縁になったけど。

蕾の中で目を覚ますと、ちょうど頭上を何かが通過していったのを感じたの。

こっそりと外を窺《うかが》うと、まるで炎上した飛行機が空を飛んでいるのが見えました。

光る謎のそれは未確認飛行物体。宇宙からやってきたという意味合いではないほうのＵＦＯだ。

いったい何だったんだいまのはと不思議に思ったけど、いまは草木も眠る夜の時間。

お花は寝る時間だよと、蕾を再び閉じてそのまま二度寝を決め込んだのだった。

思えば、その次の日からだったと思う。

雨が全く降らなくなったのは。

私はまだ知らなかった。いつも心の中でつぶやいているあの「お水欲しい」という言葉。

植物である私にとって、あの感情はとても大切なことだったのだ。

それを文字通り身に染みて体験することになる。

九　誰か私に雨乞いのやり方を教えてください

急に夏がやってきた。

暑いよ。なんなのさ、この天気は。

雲一つない空を見上げながら私は両手を伸ばす。

雨、降らないかなあ。お水がね、欲しいのだ。

夜に光る未確認飛行物体を見た次の日から、いきなり夏が訪れてしまった。

夏を呼ぶＵＦＯ。電波的な青春の気配を感じるけど、そんな話はこの世界でも聞いたことがない。

猛暑が続いて雨が降らなくなったせいか、地面はひび割れを起こすところも発生しはじめていた。

日照りである。森が水不足だと悲鳴を上げているのだ。

私の体もね、うめき声を上げているよ。もうね、水っ気がなくなってしなしなの。自慢の花びらも萎れているし、葉っぱもひび割れてきたんだよ。

植物の水の通り道である維管束《いかんそく》が、早く水を体中に送りたいと絶叫していた。最近、仕事がなくて暇なんだよね維管束は。でもね、その苦情は根っこに言って。

私だってやれることはやっているんだよ。

いまある力を振り絞って、根っこを奥へ奥へと伸ばし続けているんだから。もっと水分を吸収してこいと、根っこに指令を送る。それでも霞のような水量しか手に入らなかった。

それほどまでに日照りは続いているのだ。

周囲の木は、こんな状況でもまだ余裕があるはずだ。他の植物と比べると私は体が大きい。というのもアルラウネという魔物の植物なわけだから、他の植物とは一日に消費するエネルギーが全く違う。大きな球根に口があるのも、蔓を自在に動かせるのも、花に人が生えているのも、私だけ。私は植物にしては特殊で珍しい存在な分、燃費が悪いのだ。

なんとか耐えられればいいんだけど。早く雨、降らないかな。

それから数日が経った。

ある朝目を覚ますと、違和感があったの。

これ、誰かに触られているよね。何かが球根にぶつかっているような圧迫感を覚えた。下を確認すると、地面から誰かの根っこが出ていた。

どういうこと。昨日まではここに根っこなんてなかったのに。

うん、私の根っこではないよね。ということはこれ、あれかな？　セクハラかな？

セクハラの犯人はすぐに見つかった。

なにせ堂々と私の正面に仁王立ちしているからね。そこの木、あなたのことだよ！　近くの木の根っこが私のところまで地表に露出しながら伸びていたのだ。こないだまではこんなに根は伸びていなかったはず。そこまで急成長してしまう動機はなんなのか。

もしかしてあなたは、えっちな木なんですか？

現行犯です。あなたには黙秘権があります。それか慰謝料として大量のお水を恵んでくれるのなら、お巡りさんに突き出さずに今回はなかったことにしてあげてもよいでしょう。

それくらいにね、お水が欲しいの。

この木も同じだったのだろう。

地表にまで、木の根を張り巡らせていた。少しでも水分を集めようとした結果これである。

たった数日でここまで根を成長することなんて普通の木にはできない。もしかしたらこれが魔木と呼ばれるものなのかもしれない。初めて見た。

でもね、セクハラはよくないよ。だから悪い子はしまっちゃいましょう。

もちろん、私のお腹の中にね！

魔木までの距離は十メートルもない。私の蔓の射程圏内だ。蔓でセクハラ主に天誅を下す。

半日かかったけど、なんとか根から引っこ抜くことに成功した。

蔓で枝を折っていき、下の口へと運びます。

いただきまーす。

うん、少しだけ水分があるね。

そうか、この手があったか！

私は元気を振り絞って、周囲の草木を掻き集める。こいつらは枯れていない。ということは、まだ体内に水分が残されているはず。つまり水の取り放題というわけ。

私は名も知れぬ雑草や、近場の茂った植物、はたまた樹木まで手にかけていく。

ここは自然界。弱肉強食の世界なの。だから、弱い植物は強い植物に駆逐されていく。

しょうがないよね。だって生きていくには必要なことなんだから。

そうして私は雨が降らないなか、なんとか水分を得て耐え忍んだ。

水不足に同情してくれたのか、ハチさんは蜜回収を一時休止してくれていた。

助かるね。できれば川から水を運んでくれればもっと助かるんだけど、ハチにそんなことは頼めない。ハチさんの手じゃ水、汲めないからね。

それでも生活は厳しかった。

もしかして拷問でも受けているのかと錯覚するような悪質な環境。水が欲しすぎてどうにかなっちゃいそう。ハチさんに気を使ってもらったりしたけど、ついに私に限界が訪れてしまった。

あめー、ふれふれー！　あめよふれー！

天上におわす女神様、どうかわたくしめに恵みの雨をほどこしたまえー。

ははーとお祈りをするアルラウネ一匹。とてもシュールである。

でもね、そんなことはもう言ってはいられない。

水がね、めちゃくちゃ欲しいの。そのためなら、もう雨乞いの儀式だってなんだってやるよ。やり方とか知らないけど。こんなことなら前世で雨乞いのやり方を調べておけばよかった。

それでもやるかやらないかと言ったら、やるしか道はない！

気分は神に祈りを捧げる巫女である。これだけ雨乞いをしているんだし、そろそろシャーマンとしての能力に目覚めてもいい頃だと思うんだよね。

慣れない巫女業に私が切磋琢磨していると、近くの地面から視線を感じた。

私が雨乞いの儀式をするのを、すぐそばで白い鳥が眺めていた。

最近よくあの鳥を見かける気がするな。

鳥さん、あなたはいいよね。だってお空を自由に飛べるんだもん。

喉が渇いたら水場に行って水浴びでもしているんでしょう。うらやましい。

鳥さんは哀れむような瞳で私をじっと見つめている。

なんだあいつ、もしかして私に喧嘩でも売りに来たのか！　水も飲みに行けない可哀そうな花がこのまま枯れて朽ち果てるのでも見物に来たっていうのか。

許さない。頭にきたね。

そこの鳥さん、よく見ると結構健康そうな体をしているね。

そんなあなたを丸飲みにすれば、喉が潤うってもんだよ。

蔓を伸ばして捕獲を試みる。だがまたしてもするりと飛んで逃げられた。ぐぬぬ。

あの白い鳥はどうやら危険を察知するのがうまいらしい。

だけど、いいこともあった。

あの鳥はどうやら本当に水浴びをしたばかりだったらしく、羽ばたいた瞬間に水飛沫が上がったのだ。ほんの少しだけだけど、それはたしかに水だった。

私の根のあたりに降り注いだその水は、数十滴だとしても植物を潤す恵みの雨となったのだ。

ありがとう鳥さん。今日のところは水に免じて見逃してあげましょう。

こうして、私は限界から立ち直ることができた。

それでも雨乞いの儀式は毎日続けている。だって水がね、本当に足りないの。

私の願いが叶ったのは、雨乞いを続けて一週間が過ぎた頃だった。

その日も夜だった。

あの日照りが始まった日の前夜のように、光る何かが頭上を通過したのだ。

炎上しているような赤い光を纏う未確認飛行物体は、どこかへ去っていってしまった。

翌朝、ＵＦＯが飛んでいったほうを確認してみる。

たしかあの方角には大きな山があったはず。山岳地帯が連なっている、魔境の山だ。魔王の配下もあの山に住んでいるという。なにしろ聖女だった頃の私たちのパーティーの次の目的地が、その魔境の山だったからね。まあ、いまの私にとってはもう関係ないことだけど。

魔王とか興味なくなりました。森に住む一介の花が気にするようなことじゃないよね。

夜の空を通過した未確認飛行物体も謎だけど、その正体も知る手段はない。もしかしたらこの地方の季節の変わり目に現れる精霊みたいなものだったのかな。精霊は自然を操る手段を持っていると聞いたことがあるし、可能性はある。とはいえあくまで推測だ。本当のところは全くわからない。外界と私は完全に縁が切れているし、仮に外で大きな出来事が起きていたとしても、ただのお花さんである私には何もできないからね。

だから外のことはあまり考えないようにしているのだ。いつかＵＦＯの正体がわかる日が来るといいね。知ることができるその日まで、私は気にしないことにする。

私が気にするのは、一カ月ぶりの曇り空。

早く早くと念じながら両手をぎゅっと握る。すると、地面に一粒の染みが生まれた。

それは瞬きをする間にネズミ算式に広がっていく。

雨が降り出したのだ。

――私は救われた。

ごくり。

お水、おいしい…………。

猛暑だった夏が終わった。日常が再び帰ってきたのである。

あれから日照りは起きていない。きちんと雨は降るし、変に気温が上昇とかもしていない。

まさかここまで水に飢えることになるとは思ってもいなかった。雨は本当に自然に恵みをもたらしていたんだね。雨が降らなかったら世界は砂漠に包まれていたかもしれないよ。

雨に感謝を。お水、おいしい。

これでまた快適な日々が過ごせるね。朝起きて、日向ぼっこして、昼過ぎにハチさんが餌を運んできてくれて、代わりに蜜を提供して、日向ぼっこしながらお昼寝して、夕方にまたハチさんと餌と蜜の交換をして、夜は蕾を閉じて就寝。どんなニート生活ですかと自問自答してしまうけどね、仕方ないの。それが植物の生き方なんだから！

もう最っ高だね！　まあ暇すぎて死にそうになるくらい娯楽はないけど！

そんな私の楽園の日々が続いた。

水不足でつらかった分のご褒美だというような最高の環境。まさに私が夢に描いた、光合成をしながら静かに暮らすという植物ライフを実現させてしまったのだ！

ハチさんたちと私は最高のパートナーだ。日照りも終わったので、感謝を込めてハチさんにはこれまで以上の蜜を与えていた。ハチさんも喜んでくれているみたいだね。

このままうまくやっていければ、この森を掌握することも可能かもしれない。敵がいなければ、もう私に危険を及ぼす存在はいなくなるということだ。

そうなれば完全なる植物ライフを送ることができる。

それを達成することで私の望みは本当の意味で叶えられる。

そのためにも私、ハチさんに守られながら頑張って蜜を提供しちゃいます。

あ、すみませんハチさん。今晩の夕食はウサギさんでお願いします。見た目が可愛いから好きなの。小さいから栄養的には足りないんだけどね。デザートみたいな感じだね。

身の安全と食事の供給が安定化したことで、私は調子に乗っていた。

これまで男の子にちやほやされた経験はあまりないのだけれど、ハチに貢がれて森の姫になるのは悪い気はしなかった。女騎士のハチさんと蜜担当である私たちの平和な森サークル。

だからでしょう、私は油断していました。

なんと、サークルクラッシャーが現れたのだ。

そいつはツォルンビーネに運ばれて突然やってきた。

なんとハチさんが新しい姫を連れてきたのだ。

でもね、驚いたよ。ハチの新しい姫は、まさかの花のモンスターだったのだ。

十　サークルクラッシャー、その名もマンイーター！

名前はマンイーター。

凶悪そうな歯が生えた花が顔で、胴体が木の幹。そしてクラゲのようにたくさんの根っこを生やしていた。高さは私よりも低いのでそんなに大きくはないけど、普通の花と比べると巨大だ。

ハチさんたちは花のモンスターを私のそばに置いたらどこかへ飛び去ってしまったけど、まさかこのマンイーターからも蜜をむしり取ろうと思っているのだろうか。

　新入りを連れてきたのはもしかして日照りの時に、私が蜜をあげるのをやめたのが理由かな。あれは緊急事態だったんだから仕方ないじゃんね。

　それにこのマンイーターから美味しそうな蜜が出るとは思えないんですけど。なんというかね、外見がすごい。見た目が怖すぎるわ。

「あなたの親戚にラフレシアはいますか？」と質問してみたい。

　人とか積極的に襲いますって顔をしているよ、この花。

　それだけではなく、こやつは私に対して威嚇までしてきたのだ。

　ギャギャーと私に向けて奇声を上げるマンイーター。どう見ても敵対的ですね。

　でも私は大人な対応をしましょう。こんにちはと蔓を使って握手を試みる。同じ花のモンスター同士、仲良くしましょうね。

　だが信じられないことに、こいつは私の蔓を噛み切ったのだ。初対面の相手の蔓を噛み切るとか淑女の風上にもおけない。それだけでなく、このマンイーターは己の蔓を使って私を殴ってきた。正拳突きのような鋭いパンチだ。

　だけれど私はほぼ無傷。正直いって、敵のパワー不足。一日一万回くらい何かに感謝を込めながら正拳突きをするような修行をしてから私に挑んできなさいと言いたくなるくらい、力の差を感じた。私は格上だったのだ！

　小物のマンイーターごときにやられるアルラウネではないことよ。こいつめ、まさか出会って早々に私を攻撃してくるなんて。もしかして私が邪魔だというのではなかろうか。

頭きたね。花だからって容赦はしないよ。私も花としてプライドがあるしね。

ハチからの愛情を独り占めしようとしているのはわかった。そんなことは私が許さない！

でも我慢しましょう。ここでは私は先輩だからね。後輩が少しヤンチャしていても、優しく窘《たしな》めるのが先輩というものでしょう。

あ、ちょっと待って。あのムカつく聖女見習いのクソ後輩を思い出してしまった。

よくも私の婚約者である勇者様を寝取ったうえに、私に濡れ衣を着せて殺してくれましたね。

後輩死すべし、殺すべし。

私以外に森の姫などいらない。私がハチたちを幸せにするのだ！

敵と決まれば、私はもう容赦をしない。マンイーターを蔓で捕獲。蔓の太さも長さも数も全てが私のほうが上。そのまま蔓で強引にマンイーターの体を引きちぎる。こう見えて私は怪力の持ち主なのだ。マンイーターごとき、敵ではなかったね。

さてと、ハチさんに見つからないように、証拠を隠滅しましょう。

球根の口を大きく広げて、マンイーターを放り込む。

むしゃむしゃ。

これで平和な日常が戻ってきたね。

巡回してきたハチさんが不思議そうに私を見ていたけど、マンイーターが消えたことには言及しないで帰ってくれた。よかったよ、賄賂に与えた蜜が効いたのかもしれないね。

それからだった。

私の体が変になったのは。

なんか、蔓から新しく芽が生えそうな気がしてきたの。こんな感覚は初めて。それで回復魔法を使う要領で蔓に力を入れて急成長させてみたらほら、マンイーターの花が蔓に咲きましたとさ。

え、なんなのこれ!? なんで私の蔓からマンイーターが生えてきてんの?

もしかして私の親戚ってラフレシア??

ためしにと、他の蔓でも生やしてみる。するとどうでしょう。私はマンイーターの花を自由自在に咲かせることができるようになったのでした。

これはきっとあれだね。マンイーターの力を体に取り込んじゃった感じだね。

いままで動物型のモンスターをたくさん食べてきたけど、一度もこんなことはできなかった。

ということは、植物型のモンスターや他の木や花なら、私はその植物の能力や特性を身に宿すことができるということなんじゃないか?

ということで実験です。

近くに生えていた黄色い花を咲かせている雑草を引き抜きます。下の口で捕食します。

もぐもぐ、ごくりん。

蔓に力を入れてみると、黄色い花が一輪咲いちゃった。あの雑草と同じものである。

これは間違いないね。

私、植物を吸収して使役できる能力を持っているみたい。

回復魔法で植物を急成長させることができるからなのだろうか。はたまた聖女としての力を限界まで使って、超回復で花のモンスターを吸収して同化したからだろうか。原理はわからないけど、これを使わない手はないだろう。

とりあえず、この能力のことを『植物生成』と名付けましょう。

それからの私は近場の植物を食べ尽くし、自分の力へと変換していった。武器は多いほうがいい。

とはいっても、元はただの植物。戦いに使えそうなものはあまりない。

使えそうといえば、私の隣に生えていた樹を丸飲みしたんだけど、蔓をその樹の幹みたいに変化させることができるようになったのが一番の攻撃手段かな。

この隣の樹ね、かなり高い樹だったんだけど、こいつの枝のせいで影ができて私はいつも太陽光を半分くらいしか浴びられなかったんだよ。だからずっと煩わしいと思っていたんだけど、これで綺麗さっぱり。私から太陽光を奪う不届き者もいなくなった。私は嬉しい。

そうして私に日常が戻った。

ハチに蜜を捧げて、餌を運んでもらう毎日。雨が降ると両手を上げて喜んで、翌日にはまたお水欲しいとつぶやく。

そんな日々を過ごしていたら、ついに危惧していたことがやってきてしまった。

ハチさんたちからの新しい貢ぎ物。ただの動物でもなければ動物型のモンスターでもない。ましてや、新入りの花のモンスターでもない。

人間の子供が、私の目の前に運ばれてきてしまったのだ。しかもまだ生きている。

ハチさんよ、この子はどこのみなしごですか？

間違いなく誘拐だよね。私はまだ犯罪者になりたくない！

どうしよっか、この子。ほんとにね、どうしましょう。

栄養不足という言葉を飲み込みながら、私は蔓で自分の頭を抱えた。

十一　はじめての人間

さてと、困ったぞ。

見たところ、十歳くらいの少年だろうか。刺された傷があることを見ると、ツォルンビーネの毒にやられて体が硬直しているみたいだね。まさかショタが運ばれてくるとは思わなかったよ。

問、この子供をどうしますか？

選択肢。

①子供を食べる。人食はちょっと……。

②子供をハチに返す。ハチの餌になるのでさらにむごいことに。

③このまま放置。きっとハチの毒が回って死んじゃうね。

④助ける。もうこれしかないじゃん！

少年を介抱するために、蔓で体を抱え込んだ。

うん、毒にやられている以外はそこまで外傷はないね。ハチに小さな毒針を刺されているくらいだ。これなら少年の体に回っている毒を中和できれば助かるかもしれない。

よーし、回復魔法を使ってと。

あ、ダメでした。他人に回復魔法は使えないんだった。使おうとすると自分の体である植物が成長するだけで終わりなんだよね。どうしよう。

この子と私が一体化すれば、治る気がするんだけど。下の口で食べるわけにもいかないし、上半身でじゃねえ。ちょっと、ねえ。

そうだ、なにも少年と一つになる必要なんてないよ。私の体の一部を、この子に与えればいいんじゃないか？　というわけで実験開始。口内を蜜でいっぱいにして、蜜を対象に回復魔法をかけてみます。それを手に垂らして、少年の口へと流し込む。

お、少年の体が光り出したぞ。回復魔法が込められた蜜を飲んだのが効いたようで、ハチに刺された傷口が治癒していった。毒も浄化されたようで、少年の呼吸が安定したものへと移り変わっていく。

元聖女というのも伊達ではないね。そう自画自賛してしまうよ。状態異常なんて私の魔法にかかれば無効化できるのだ。

それにしても驚いた。力を込めれば、私の蜜は回復薬にもなるみたい。

これは大発見ではないだろうか。これさえあれば、傷ついたハチさんたちを私の蜜で治療できるということだ。〝元〟聖女というのを返上して聖女アルラウネと名乗ってもいいのではなかろうか。

「…………ここは？」

おや。少年が目を覚ましたみたいだね。

おはようだよと、顔を覗き込んでみる。

「お姉さん、誰？」

最初は警戒していた少年だったけど、私の顔を見ると安心したのか落ち着いてきた。

怖くないよー。という意思を込めて、頭を撫でてあげる。よしよーし。

「ここは、いったい？」

少年が周囲を見回す。

けど、そのせいでバレてしまった。私の下半身が花であり植物のモンスターということを。

「うわぁあああ!?」

少年が逃げようと暴れ出す。でもそれを阻止。

せっかくの話し相手をそう簡単には逃がさないのだ。子供は蔓で拘束だよ。

「……オレを食べるのか、化け物？」

ガーン。

化け物だなんて、ショックだよ。私はね、綺麗なお花を目指しているの。だから化け物だなんて言わないで。親戚にラフレシアだっていないんだから。

たしかに下の球根の口はちょっと禍々しいし、いろんなモンスターを捕食してきた実績もあるけど、あなたを栄養にする予定はいまのところないんだよ。だから安心してよ。

「たべ……ない、よ……」

少年に私の気持ちを伝えようとしたからだろうか。無意識のうちに私の口から声が出ていた。

ウソだろう、このモンスター言葉がわかるのかよ、という表情をする少年くん。

でも、そんな彼以上に私自身が驚いていた。

あれ？　ちょっと。私って、喋れたの!?　いままで声出せなかったのに？？

思い当たるのは一つだけ。もしかしてあいつが原因だろうか。親戚がラフレシアである植物の魔物。そう、私の栄養となった後輩マンイーターだ。

そういえばあいつ、「ギャギャー」と騒いでいたけど、花なのに声出していたね。

その特性を吸収したから、声が出せるようになったのかも。

やったね。これで心の中だけでなく独り言で暇をつぶすことができるようになったよ！

「…………わたし、あなたを、食べない」

ゼーゼー。

だめぇ、声を出すのがつらい。元が植物だからかな。発声機能が人間よりもかなり劣っているみたい。

「化け物、でも、ない……そこ、だいじ…………」

必死に舌を動かす私。なんとか言いたいことは伝えられたのではないだろうか。

もうこれだけ喋ったのだし、休んでもいいよね？　ああ、喉が渇いた。お水欲しい。

「人語を理解するモンスターなんて初めて見たぞ……」

「モンスター、でなく、お姉さん」

「え？」

「お姉さん、と、お呼び」

「は、はい」

少年が驚きながら私のことを見る。

胸あたりに視線が移ったところで、いきなり顔を横に向けてしまう。

顔が真っ赤になっていた。お姉さんの魅惑のボディにあてられているのかな。ちょっと小悪魔になった気分で、少年に抱き着いてみる。

少年の体温が温かい。アルラウネになって初めての人肌。

私も元はこの子みたいに人間だったんだなと思い出してしまう。懐かしいなあ。

「お姉さんから甘くてすごくいい匂いがするんだけど？」

いい匂いがすると言われるのは悪い気はしないね。

よーし、お姉さん、ちょっと蜜をサービスしちゃうよ！

両手をお椀のようにして口から蜜を滴り落とす。

「さあ、召し、上がれ」

少年が引きつったような顔をしながら、蜜を指さしていた。

うんうん、わかるよー。口から出てきたけど、そこは気にしないでね。

初めは躊躇《ためら》っていた少年だけど、甘い蜜の誘惑には勝てなかったみたい。指で蜜をすくって一口味見する。

「………旨い！」

少年は驚愕の表情を崩して、目を輝かせながらむしゃぶるように残りの蜜を飲み込んだ。

「お姉さん、そのう、お代わりが欲しいのですが……」

申し訳なさそうに告げる少年が可愛らしい。

久しぶりに人と会話できて嬉しいし楽しいから、この際だから何でも注文を聞いちゃうよ！

でも、その前にっと。

「ここは、どこ？」

少年に質問を投げかけてみる。

ずっと森で暮らしてきたから外界のことが全くわからないんだよね。

首をかしげる少年。伝わらなかったようなので、もう一度声を出す。

「ここの、場所、どこの、国？」

「ああ、そういうこと。ここはガルデーニア王国とグランツ帝国の国境だよ」

予想通りの回答が得られた。

やはりここは二つの国の境にある森。私が聖女として仲間と旅をしていた場所のようだ。

いちおう、転生した際に他の場所に転移した可能性も捨てきれなかったから気になっていたのだ。

ご褒美にと、少年に蜜を与える。

満足そうにペロリと舐め切る少年。うん、この子はペロリストになる才能を持っているね。いつかの変態クマさんを彷彿とさせるよ。

次の蜜を餌にして、さらに質問をしてみる。

「いま、何年？」

「天地歴一〇二〇年だけど」

これは驚いた。

なんと、私が聖女として勇者様と後輩に裏切られてから、もう三年が経っているらしい。

私は天地歴一〇〇〇年生まれで、享年十七歳となっているはずなので、花のモンスターに食べられたのは天地歴一〇一七年。それでいまが三年後の天地歴一〇二〇年。

アルラウネとなって目覚めてからまだ数カ月くらいしか経過してない気がするから、体が融合している間に二年以上の時が進んだのかもしれないね。

それからも私は少年を質問攻めにした。

三年前、この森で誰か死ななかったか？　魔王は倒されたのか？　ガルデーニア王国の勇者はどうなったのか？　婚約者の聖女はどうなったか？　などである。

蜜がよっぽど欲しいのか、少年は全て丁寧に回答してくれた。

残念ながら、この少年はお祖父さんと修行をしながら旅をしているらしく、ここの土地の者ではないから三年前に何があったのかは知らないみたい。

魔王もまだ未討伐のまま。婚約者だった先代の聖女のことは存在も知らないと言っていた。当時この子はまだ七歳だったわけだから仕方ないね。でもガルデーニア王国の勇者のことは有名らしく、新しく誕生した聖女様と結婚したとのことだ。

あのクソ後輩め。魔王を倒さずにあまつさえ王子であり勇者である私の婚約者を寝取って玉の輿を実行しやがった。許すまじ、後輩。

私に足が生えたら王国の城内にある植物園に乗り込んで、花に擬態しながら後輩の命を狙うというのに。ああ、自由に動ける足を持つ動物たちがうらやましい。

それからも、私は少年を質問攻めにした。

他にも気になっていたことを全て聞き出すことに成功したのだ。

少年もこれでやっと私から解放されるのかと、一息ついたみたい。

でも、そうは問屋が卸さないんだよね。私はね、暇つぶしに飢えているの。

体感はそんなに経ってはいないけど、実際に三年間も一人で過ごしてきたわけじゃん。

植物だから移動できないし、話し相手もいなかった。

朝起きて、光合成しながら日光浴して、たまに獲物を捕食して、夜になったら寝る。その繰り返し。代わり映えがないったらありゃしない。

毎日が同じ。それでいてずっと一人ぼっち。晴れの日も、雨の日も、嵐の日も。一年中、私は一人だけ。だからね、こうやって人と会話するだけでめちゃくちゃ楽しいの。この世の全ての娯楽を味わっていると絶叫したくなるくらい、楽しいの。

そういうことだからね、少年よ。私は君を逃がさない。

このままお喋り相手の人形になってもらおうか。

「少年、にが、さない」

私の発言を聞いて思い出したのだろう。

私が人の体を持つとはいえ、根本的にはモンスターだということを。

汝、隣人を愛しなさい。慈しむ聖母のような対応で私は少年を私のものにします。

だって私、元聖女だから。優しいことには自信があるの。

だからね少年よ、この蜜を舐めなさい。そうそう、いい子だね。え、もっと欲しいって？　しょうがないね。飽きるまで食べさせてあげる。え、一生食べていたいって？　しょうがないね。私は優しいから、そんなわがままも許しましょう。

そうして私は、怯える少年を蜜中毒にしながら飼うことにした。

十二　わたしアルラウネ0歳、今日から蜜を餌にショタを飼うことにしたの

少年を飼い出してから三日が過ぎた。

どうやら蜜を与えれば食事は満足してくれるらしい。けれども驚くことなかれ、私の食堂のメニューは蜜一品だけではなくなったんだよね。

もちろん、動物モンスターを生で食べさせたわけじゃない。きちんと人間の食料を与えたのだ。

少年から知識を得ることもできたけど、他にも収穫があった。

彼のカバンの中に、リンガルの実が入っていたの。見た目も味も日本で食べたリンゴそのものなので、この世界でもかなり美味しい部類の果物である。そのリンガルの実を少年から奪い取り、下の口で捕食した。そうすれば私はリンガルの実の特性を吸収できるわけで、一人でリンガルの実を生成することに成功したのだ。

まず、左の蔓にリンガルの雌花を咲かせ、右の蔓にリンガルの雄花を咲かせます。植物生成で作り上げた細い蔓を使って、右の花の雄しべから花粉を取って、左の花の雌しべに受粉させます。そうして超回復魔法で急成長させればあら不思議。リンガルの実のでき上がり！

でき上がったリンガルを少年に食べさせる。

果物まで作れる私って、結構優秀な植物な気がしてきたよ。

そんなことをしていたからだろうか。少年は私に懐いてくれた。

事あるごとに「蜜が欲しい」「蜜が足りない」「蜜が恋しくて苦しくなる」と三蜜を唱えて泣き出したけど、蜜を天秤にかければ従順に私の言うことを聞いてくれる賢い子に変わってくれた。

少年の名前はアルミンという。

両親は魔王軍に殺されて、いまはお祖父ちゃんと二人で旅をしている。そのお祖父ちゃんがかなりの魔法の使い手らしくて、厳しい修行についていけないらしい。お祖父ちゃんが付近の村人に頼まれて魔物退治に行った隙に、アルミンくんは一人で逃亡を決めたらしい。そんなに修行が嫌だったのか。残念な決断だね。元聖女としては魔法の修行はつらいのが当たり前なのだから、逃げ出すなと叱ってやりたい。

でも残念なことはそのあとも続く。森を抜けようとしたら迷子になったあげく、ハチ型モンスターのツォルンビーネに捕まって毒針を刺され、こうやって私のもとへとやってきたらしい。私が娯楽に飢えている元人間のアルラウネだからよかったものを、普通なら森のモンスターの餌になって死んでいたね。ある意味、私は彼の命の恩人というわけだ。

せっかく助けたのだし、この先も生き延びてほしい。

なので、私は少年を鍛えることにした。

これでも私は元聖女。魔法に関しては先輩なのである。基本となる四つの属性魔法だって、そのうち二つ使用できた。女性にしか使えないうえ、数万人に一人しか行使できないとされる女神から祝福されし光魔法だって使えた。そうして当代一の聖女に上り詰めたのである。

だからだろうか。私が魔法に関するアドバイスを始めると、少年が口をあんぐりと開けたまま愕然としていた。きっと私の深い知識に舌を巻いているのだろう。

これでお姉さんに尊敬の念を感じずにはいられないはずだ。

「お姉さんは魔法が使えるの？」

「無理、知識、あるだけ」

元聖女だと言っても、きっと信じてくれないだろう。

王国の人間に知られても立場が悪くなるだけだし、本当のことは黙秘するにかぎる。

「修行、しないと、後悔する」

「なんでだよ？」

「ピンチの時、自分の魔法が、唯一自分を守る、道具になる」

　これは私の経験則ね。光回復魔法を極めた私だからこそ、超回復に超回復を重ねて相手の細胞を自分のものに取り込んだ結果、花のモンスターに食われてもこうやって生き延びることができたのだ。融合して、そのモンスター自身になっちゃったけどね。

　きっと何かしらの奇跡か、神の御業《みわざ》があったかもしれないけど、それでも私の回復魔法がなければ花のモンスターの胃袋で溶けて死んでいただろう。

　最後の最後は、自分で自分の身を守るしかない。

　だからそのためにも力が必要なの。敵に殺されてから後悔しても遅い。殺されないように生き延びるために、魔法を磨いて鍛錬を続けて、強くなることが大事なんだよ。

「そういうものなの？」

「そういう、もの、なの」

「……わかった」

「わかれば、いい」

　そうやって少年に魔法のコツをレクチャーしていると、地面に小さい影が映った。

　見上げると、空に変な鳥が飛んでいた。鷲のように見えるけど、かなり速い。

　なんだあれ？

「あ、お祖父ちゃんの風魔法の鳥だ」

ふーん、あれが風魔法ね。あんなの見たことないなー。なになに、少年よ説明してくれ。

あの魔法は風を鳥に擬態させて、遠隔で操れるうえに、周囲の情報を視覚として共有できるのね。

ちょっと待って、それってかなり高位な魔法じゃない？　私には真似できないうえ、王国の宮廷魔導士だってほとんど行使できない。かろうじて宮廷魔術導士ならできるかもしれないけど、そういったレベルだ。そんなのを簡単に扱えるのがアルミンのお祖父ちゃんだとすると、マズイねこれ。

私、見つかったら退治されるんじゃないか？

いまの状況をお祖父ちゃん目線にして考えてみると、アルラウネが孫を蜜狂いにさせ誘拐監禁して三日間も森の中に閉じ込めているというところだろうか。

これは非常によくないね。私がお祖父ちゃんだったら、そんなやつ八つ裂きにするね。

魔法使いのお祖父ちゃんに退治される前に、この子を人の里に返そう。

最後まで友好的に接していれば、きっと悪い魔物ではないと私を許してくれるに違いない。三日間もここに拘束していたけど、そこは目をつぶってもらおう。

「私は、モンスター。君は、人間」

「だからなんだっていうのさ？」

「君と私は、ともに歩むことは、できない」

「だから？」

「少年は村で、私は森で、暮らそう」

「どうして⁉　オレはこんなにもお姉さんのことが好きなのに！」

ほうほう。そんなに私のことを気に入ってくれたか。具体的にどこが好きなのかな？

「私の、どこが、好き?」

「甘くて美味しい蜜をくれるところに決まってるじゃん!」

あーれー? 思っていたのと違う回答がきたぞ。

よくよく見てみると、少年の目はハチミツ大好きクマさんと同じように私の蜜でイっちゃっていたよ。もうどうしようもないね。

「アルミン、村に、帰る」

「やだ! お姉さんの蜜がなくちゃオレは生きてはいけない!」

「私のこと、忘れる、祖父には、秘密」

「あの蜜の味を忘れることなんて一生できないよ!」

そんなに蜜が好きなのか。家族のもとに帰りたくないくらい中毒になってしまったのか。可哀そうに。君もクマさんと同じで変態の部類だったんだね。

それでも、少年に残られると私の命が危ない。

そうだ、蜜の味を忘れないようにすれば帰ってくれるだろうか。

私は特別製の蜜を作ることにした。

蜜が簡単に溶けないようにと、体内で凝縮させる。蜜が出る場所をコントロールできたように、蜜自体もある程度操れる気がしていたのだ。ただの蜜だと舐めれば溶けてしまうだろう。だから、超回復魔法を込めた特性の蜜を濃縮させて、ボール状に固めていく。

すると、これでもかというほどの光回復魔法を込めた甘い蜜玉が完成した。

人間、やってみればできるものである。私は花だけど。

成功していれば、この蜜玉には蜜が溶けるのを光回復魔法が阻害する効果があるはずだ。溶けたところから再生する。蜜は私の植物の体の一部。だからこそできると推測できた。

これを少年に食べさせれば、蜜切れで暴れ出すまでの時間が稼げるだろう。

「蜜玉、食べて、飲み込む」

「飲み込めばいいんだね、お姉さん」

「特別製の蜜、体内なら、簡単に、溶けない」

「美味しいよ。ありがとうお姉さん」

「村に、帰る、いい？」

「もう一つ、この蜜玉を渡してくれたら帰るよ」

このガキンチョめ。図々しいな！　しょうがないのでもう一つ蜜玉を生成してあげる。

ハァー。お姉さん、疲れました。もうエネルギー不足です。栄養くれ。お水欲しい。

そんな私の苦労も知らないというように、二つ目の蜜玉を喜んで飲み込んだ少年は、私に手を振りながら去っていった。

まだ蜜が恋しそうだったけど、数日の間は体内で私の蜜を味わうことができるだろう。彼がお祖父ちゃんと再会してこの地から離れるまでは、きっと蜜玉は溶けてなくならないはずだ。それまでは蜜狂い発症しないはず。

蜜玉が溶けたあと？　その先は知らん。

もう二度と会わないだろうし、私には関係ないことだしね。

手記　蜜狂い少年はアルラウネの夢を見るか

オレの名はアルミン。

大賢者の祖父を持つ、十歳の魔術師見習いだ。

祖父との旅は修行ばかりでつらいことしかなかった。大賢者として名が知られている祖父から個別指導を受けているのだから、厳しくされるのは仕方がない。でもたまにはオレに甘い対応をしてもいいと思うんだよね。両親も魔王軍に殺されてしまったし、祖父にとってオレは二人の忘れ形見みたいなもの。だからもっと修行も甘くしてほしい。つらいのは嫌だ。

そんな鬼ジジイが、旅の途中で立ち寄った村から依頼を受けたのだ。

なんでもサル型のモンスター、バルバアッフェが最近このあたりで暴れているらしい。バルバアッフェは知能が高い魔物として有名だ。冒険者の剣や槍を奪って己で使用するくらい賢い。でも頭がいいからこそ、人里にはあまり近寄らない。バルバアッフェはモンスターでは珍しく家族思いで、仲間が殺されることをあまり歓迎しないからだ。そのため、縄張りの外には滅多に出ないらしい。

そんなバルバアッフェが縄張りである森を出る。これは一大事らしい。

村長曰く、最近の森は生態系が変わっているのかもしれないとのことだ。

相当強いモンスターが森に現れて、他のモンスターを駆逐しているのかもしれない。それで家族を殺されないようにと、バルバアッフェは森を出た。

そして人間を襲ったのだ。夫婦が殺され、残ったのは十歳の一人娘だけだという。白髪の大人しそうな女の子を村長の家で見かけたのだけど、その子がそうだったらしい。可哀そうに。

バルバアッフェは、森に新たに現れたモンスターを人よりも恐ろしいと認識していることになる。

それほどのモンスターが近くに棲んでいるのはとても危険らしい。

しかし、そんな森の化け物よりも、いまモンスターに困っている人たちをなんとかしなければと、ジジイは一人でサル狩りに出かけた。

村に残っている間に修行を続けるようにときつく言われたけど、そんなの聞くつもりはない。

やっとオレは自由になったんだ。もう激つらの鬼ジジイの言うことは知らない。

これでもオレはかなり強くなっている自信がある。魔法の素質だってある。オレはこんな田舎の森に棲んでいるモンスターに負けることはない。

オレは村から脱出した。

向かう先は森の向こう側。王国から帝国へ亡命するのだ。

でも、オレは甘かった。森に入って早々、ハチ型モンスターのツォルンビーネに遭遇してしまい、毒針で動けなくされてしまったのだ。毒のせいでサウナに入ったように全身から汗が出ているのに、体が寒い。雪に包まれているような感覚だった。目も開かない。

このままオレは毒で死ぬか、はたまたハチに食われて死ぬのかと諦めて、オレは気を失った。

次に目を覚ますと、綺麗な女の人に抱きかかえられていた。ハチに殺されると思っていたのに、目の前には女の人。しかもかなり綺麗な人だった。まるで宮殿に飾られている聖女の絵画から出てきたような美少女。多分オレよりも四、五歳くらい年上かな。

「お姉さん、誰？」

返答はない。ただオレの頭を優しく撫でてくれるだけだった。

「ここは、いったい？」

周囲を見回せば森の中なのは間違いない。

うへぇ⁉　ちょっと、このお姉さんの体、下が花なんだけど！

理解した。このお姉さんはモンスター。名前はたしかアルラウネ。人を誘って虜にする危険な魔物だ。

「うわぁあああ⁉」

すぐに逃げようとしたけど、オレはここでも甘かった。蔓で捕まってしまったのだ。

「……オレを食べるのか、化け物？」

アルラウネがショックを受けたような顔をする。

驚いた。こいつ、もしかして人の言葉がわかるのか？　半分は人型だし、知能はかなり高いと推測する。けれども次の瞬間、オレはもっとビックリすることになる。

「たべ……ない、よ……」

しゃべったぁあああああああああああ⁉

嘘だろう。信じられない。アルラウネは半分人間の外見をしているとはいえ植物のモンスター。人と会話することはできないと大賢者のジジイが話していた。

それなのに、このアルラウネはこうやって言葉を操るのだ。やっぱり信じられない。

「…………わたし、あなたを、食べない」

新種だ、新種に違いない。その証拠に、このアルラウネは自分のことを「お姉さん」と呼ぶように命令してきた。

なにこれ、何の罰ゲームなの？　どうしてオレは魔物のことを「お姉さん」と呼ばなくちゃならないんだよ。もしかしてオレ、こいつに誘惑されているのか？　アルラウネは人の男を誘い込むと本に書いてあった気がする。いくらこのアルラウネの胸がちょっと大きいからって、オレはそう簡単には落とされないぞ。決して恥ずかしくて直視できずに顔を横にしているわけではない。

顔が熱いのも毒のせいだからな。というか、なんでこのアルラウネは胸に蔓を巻いているんだよ。お前植物だろ。花がブラジャーしてるとか意味わかんないんだけど！

でも、もっと意味がわからないことがあった。

このアルラウネ、すごくいい匂いがする……。いままでの人生で出会ったことがない、不思議な香りだった。その正体はすぐにわかることになる。

なんとアルラウネの蜜だったのだ。口から滴る蜜はよだれにしか見えなくて汚そうだったけど、それでもオレの口内もよだれでいっぱいになっていた。体が蜜を欲している。

オレは蜜を一口だけ食べることにした。

すると世界が七色に輝いたのだ。

蜜が、すごく、美味しいぃいいいいいいいいいいいい！！！！

ナニコレ。

ナニコレナニコレナニコレナニコレナニコレナニコレナニコレナニコレナニコレナニコレナニコレナニコレナニコレ⁉

天界に住まうとされる天使は極楽を味わっていると聞いたことがあったけど、もしかしたらこれを食べているから天国だと言われているのかもしれないと思えるくらい美味しかった。

それからのことは全て夢の中の出来事のようだった。

アルラウネにいろいろと聞かれた気がするし、なんで植物モンスターなのに、国名とか道の名前とか世間のこと知っているんだよと何度もツッコミたくなった。

けれどもオレはそんな野暮なことはしない。

だって、アルラウネがオレに蜜をくれるからだ。

蜜が、オレを変えてくれた。オレの精神的なご主人様は、今日から蜜になったのだ。

アルラウネに蜜を与えられて数日が経った。オレは森での生活に満足していた。だってここには蜜があるから！

でもそんな生活も終わりを迎えてしまう。ジジイがオレを捜していることがわかったからだ。

アルラウネから餞別にと、小さな蜜の玉を貰った。オレはそれを見た瞬間、すぐに食べなければならないと確信を得た。口の中に蜜玉を入れると、舌が蜜になって溶けてしまうような甘さと同時に、オレは生まれ変わるような感覚を味わった。

アルラウネに言われるがまま飲み込むと、胃袋のあたりに温かさが広がるのを感じる。

なんだろう、いまのオレならどんな怪我をしてもすぐに回復してしまう、そう思えてしまうんだ。

優しいアルラウネはオレにもう一つ蜜玉をくれた。

すごい！　あっまいよ！

オレは無敵になった気分だった。

ジジイと合流した。ジジイはサルのモンスターと会えなかった。代わりに簡単な結界のようなものを張って、村に近寄れないようにしたようだ。

すぐにジジイとオレは村を去った。

どうやら近くの山岳地帯でドラゴンの目撃情報があったらしい。このあたりでドラゴンというと魔王軍所属の個体に違いないとジジイがつぶやいていた。けれども結局、山岳地帯に行ってもドラゴンと会うことはなかった。こんなことならあの村にもっと滞在していたかったな。そうすればこっそりとアルラウネに会いに行けたというのに。

そうしてオレの修行も再開された。けれども、もうつらくない。

なにせオレには蜜玉がある。どんな厳しい修行も、甘く感じてしまう。

オレの新しい人生が始まった。

生活の全ては蜜が基準だ。蜜こそオレ一番の好物であり家族であり最愛の人であり未来であり過去であり人生なのだ。蜜のためならなんでもできる。

でも、そんな蜜玉も、胃の中でもう溶けてなくなりそうだった。

また貰いに行きたいけどジジイがいるかぎり、あの森にはそう簡単には戻れない。

不思議なことなのだけど、あのアルラウネの蜜を飲んだ時、光回復魔法を受けた時と同じような温かい感じがしたのだ。木漏れ日のような太陽光が濃縮されたあの至福の時。そう、まるで聖女が使用するという光回復魔法に包まれたような感覚だった。

あの感動をずっと味わっていたい。

幸い、まだ蜜玉の残滓《ざんし》はある。それを再生させれば、体内でずっと蜜の味を堪能することができるはず。再生というと回復魔法だ。人間が使える回復魔法は光回復魔法のみ。女神の加護を受けた女性しか使用できず、数万人に一人しか才能を持った者は現れない。

しかし、蜜がどうしても忘れられないオレは、光魔法の取得を目指して特訓を始めた。

けれども、それからがつらかった。

蜜の禁断症状が出てしまったからだ。これまでの甘い生活が嘘のよう。

やはり蜜が、足りない……。あの蜜をまた舌の上で味わいたい。喉の奥底まで感じたあの至高の甘さ。オレの正体は実は蜜だったんじゃないかと勘違いして、全身が蕩《とろ》けてパンケーキにのってしまうんじゃないかと思えるくらいの甘さ。

あの蜜を味わうためなら、オレは悪魔にだって魂を売れる。アルラウネの下僕にだってなれる。

そうだ、アルラウネに会いに行こう！

オレが蜜の味を知ってから、もう三年が過ぎていた。

ジジイも歳だ。オレが全速力で逃亡すれば、追われたとしても捕まるのに数日はかかるはず。その間に、またあの蜜玉を貰おう。

そうしてオレはあの森にやってきた。

——はずだった。

そう、森はなくなっていた。

跡形もない。ただ黒い大地が続いているだけだった。

アルラウネの姿もない。植物であるはずのアルラウネが移動できるとは思えない。ならいったいどこへ消えてしまったのか。

あの村もなくなっていた。焼け落ちたような廃屋が寂しく風化していた。

残っているのは、簡素な墓だけ。前に来た時はこんなに墓石の数はなかったはず。

白髪の女の子の両親のように、みんな誰かに殺されてしまったのだろうか。

いったい、この地で何が起きたのか。それを知る人は誰もいなかった。

オレは絶望した。

アルラウネも、あの墓石の村人のように死んでしまったのではないか。そうだとすると、オレはもう二度とあの蜜を飲むことはできない。

いまあるのは、わずかに体の中に残り続ける蜜玉のみ。この蜜玉を再生させ続けることしか道は残っていない。

どうしてかオレはその光魔法を少しだけ使えるようになっていた。

あの蜜玉を体の中心にするよう意識して発動すると、どうしてか光魔法が使えたんだ。

そうしてオレは気がついてしまった。

あの新種のアルラウネ、もしかしたら他にも存在しているんじゃないか？

そうと決まれば、探しに行こう。

いま以上に光魔法を鍛えながら旅に出よう。

全ては蜜のために……！


のちに男でありながら光回復魔法を使用できる唯一の存在となり、他国どころか大陸全土、さらには魔王にまでその名を知らしめる大賢者となるのだが、そのことを少年時代のアルミンはまだ知らなかった。

第二章

一　森の主襲来

少年が私のもとを去ってから一週間が経った頃に、やつが現れた。

ある日の夕方、巨大な狼を見てしまったのだ。まるで路線バスが森の中を歩いているような存在感。よだれが滴る牙を剥き出しにし、動物を狩るハンターのような冷酷な瞳をしている。あいつはオオカミ型のモンスター、ヘルヴォルフ。冒険者から地獄の狼と呼ばれ恐れられている魔物だ。

出会った瞬間に悟ってしまった。あいつは他のモンスターとは格が違う。戦っても、きっと一瞬で負ける。私では相手にすらならない。一捻りに潰されて、終わり。

こわい。こわいよお。まだ夜じゃないのに蕾を閉じて隠れたくなる。それを実行しなかったのは野生の生物としての意地。命の危機のたびに人生を諦めていたら、自然界で生き延びることはできない。もしそうしていたら、きっと私は今日まで他の魔物と戦って勝つことはできなかっただろう。

だから目をつぶったら終わりだ。きっとあいつは私を潰す。

私の意地が伝わったのだろうか。

ヘルヴォルフは私に興味をなくして、どこかへ去ってしまった。

…………よかった。

助かったよ、私。生きた心地がしなかったね。

　きっとあいつが森の主なのだろう。そうに違いない。私は一介のお花さんなわけだから、森の勢力争いとかとは無縁。だからもう二度とこっちに来ないでよね。

あの恐ろしい巨大な狼、ヘルヴォルフが森の主。そう思っていた時期が私にもありました。

でも、ごめんなさい。違いましたね。あなたが本当の主です。

あれから数日後。

私はヘルヴォルフを初めて見た時の何倍もの恐怖を視界にとらえていた。

ある日、森の中でクマさんに出会ったの。森の木々よりも頭一つ分くらい大きくて、殺し屋のようにすごく怖い目つきをしている、クマさんに……。

　頭が森から空へと突き抜けているくらい巨大なあのモンスターは、私が一度出会ったことがあるモンスターと同じ種族だった。クマ型のモンスター、ラオブベーアである。

　私が知っているあのハチミツ大好き変態クマさんは子供だった。二メートルくらいしかなかったはずだ。なのに、あそこにいるクマさんは十メートル以上ある。大人になるとあんなにでかくなるのか。小さい時に始末しておいて本当によかったね。

　こんにちはクマさん。もしかして、あのペロリストのハチミツ大好き変態クマさんのお父さんですか？　いえ、お父様ですか？　なになに、あの子、行方不明になっちゃったんですか。ええ、もちろん知りませんとも。たしか、あの子ならあっちのほうに走っていくのを見ましたよ。ええ、ええ、わかりますとも。心配ですよね。お子さんと何カ月も離れればなれになるのはつらいことですよね。でもね、私じゃありませんから。信じてください、私は犯人じゃないです。だから仇を見るような目で睨まないで。私が食べたんじゃないですから。冤罪です。真犯人は別にいます。そう、下の球根が食べたの！　球根と体が繋がっているけど、私は関係ないから！　私は無実なの!!

私の懇願が通じていないのか、クマパパが頭上に保管している餌を貪り出した。

ラオブベーアの頭には一本の長い角が生えている。その角にね、見覚えのあるモンスターが刺さっているの。私が森の主だと誤解していたあの地獄の狼。ヘルヴォルフがクマパパの角に刺されたまま死んでいたのだ。

まるで、悪魔と出くわしてしまったのではないかと錯覚するような、衝撃的な光景だった。

ラオブベーアは殺した獲物を角に刺して、保存食として巣まで持ち帰る性質があると魔物図鑑で読んだことがある。それでも、まさかあんなに恐ろしかったヘルヴォルフが無残にも捕食される姿を拝むことになるとは思わなかった。正直、拝む相手ならいますぐ神様や女神様に変更したい。お祈りに応えて天から奇跡を施してほしい。

クマパパがヘルヴォルフを完食する。満足そうに角を撫でたあと、私と目が合った。

息子の仇を思い出しちゃったみたい。なぜ私が仇とバレたの？　いや、バレていないけど、とりあえず知らないやつだからシメとくかというヤンキーみたいな性格なの？

どちらにしろ、私はクマパパから標的にされていた。クマパパがこちらに向かって歩き出す。進行方向の森の木が一本ずつ倒されていくのが目に入った。

あんな化け物に勝てるはずがない。私はただのか弱いお花なの。十メートル級の狼喰らいのクマとは対戦相手にもならないの。だからね、お願いします。今日のところはお引き取りください。明日またお話ししましょう。息子さんのこともきちんと謝罪します。

まあクマパパが帰った隙に夜逃げしますけどね。逃げるは恥だけど生き残るのには役に立つのだ。

あぁああああ！

そうだった、何を愚かなことを考えていたんだ私は！　現実逃避をしていたらすっかり忘れていた。私、歩けないんだった。植物だから！

いやぁああああ！　私の体は花だから！　おいしくないから！

だから見逃してぇええええええ!!

二　その屈辱はクマの舌の匂いによく似ている

森の主、クマパパの襲来。十メートル級の巨大クマの相手なんて一人じゃできません。

なので、私はすぐさま助けを呼ぶことにした。

はい、救援信号ー！　ヘルプ、ミー！

天高く蔓を上げる。女騎士であるハチさんに助けを求めるのだ。私一人ではあのクマパパに勝てる気がしない。

あいつは私をその辺に生えている雑草と同じような視線で見ている。完全に生物として見下しているのだ。勝負にもならないだろう。

あれ、おかしいな。ハチさんたちが来ないぞ。いつもならすぐに飛んできて私を守ってくれるのに。そう思った時、私の女騎士が現れたのだ。

クマパパの後方へ一匹のハチさんが向かっている。他の仲間はどうしたの？　一匹じゃさすがに勝てる相手じゃないよ。

でもね、次の瞬間に私はハチさんの仲間の居所がわかってしまった。そう、知りたくなかった流れで。

クマパパがハチの接近に気がついて後ろを向く。そうしたら、クマパパの背中にいたの。ハチさん軍団が。何十匹ものハチさんが、クマパパに針を刺したまま固まっていた。みんな死んでいたの。すでに女騎士団は壊滅したあとだった。私の百合の園は知らぬ間に劣悪なお父さんによって崩壊していたのだ。森サー終了のお知らせである。

うそでしょう。ハチさんがやられてしまった。せっかく仲良くなれたのに……。

私の仲間はあの生き残りのハチさん一匹のみ。味方がいないよりは一匹だけでもいるほうがいい。きっと二人のコンビネーションとかでクマパパを撃退できるはず。私と女騎士の仲だもん。一緒にあんな野郎はやっつけようね！

次の瞬間、クマパパが素早い動きで頭を捻り、長い角をムチのように操った。

最後のハチさんが角によって木っ端みじんになってしまう。

あ…………。

味方は絶え果てた。

とりあえず逃げたい。でもそれは許されない。だって植物だから。

なんでさ、なんで植物には足がないの？　なんで根っこなの？　そんなに地面が好きか。たまには他の地面の味も知りたいな、と大昔に植物が移動型に進化してさえいれば、こんなことにはならなかったのに。

もう仕方ない。やるだけやってみよう。背水の陣だ。

勝てるとしたら、先制攻撃しかないか。奇襲作戦である。

いけ、蔓のムチー。だがクマパパには効果がないようだ。

蔓にマンイーターをたくさん咲かせて、噛みつき攻撃。皮膚が固くて効かない。

蔓を木の幹に変化させて、叩きつける。クマパパの皮膚のほうが固かった。幹は折れた。

どうしよう、レベルが違うよ。

でも、私にはまだ最終兵器がある。しかも、これは実際に効果があることを経験済み。

花冠から毒の花粉をクマパパへ向けて放出させる。これでハチミツ大好き変態クマさんは一撃で倒せたのだ。親であるクマパパだってやれるはず！

毒花粉を受けたクマパパはかゆそうに目をかいて、くしゃみをした。

そうして何事もなかったかのように進軍を再開させる。

え、それで終わりですか？　そんな花粉症みたいな症状しか出ないの？　私、毒殺するつもりだったんですけど。

もしかしたら量が足りなかったのかもしれない。致死量というやつだ。子グマと違ってクマパパは大きい。

私は毒花粉を放出し続ける。このあたり一面が毒の霧に覆われてしまうほどの花粉を放出した。

これならさすがのクマパパだって毒に侵されるはずでしょ。

そう思った時、私はお腹をハンマーで殴られたような衝撃を受けた。

クマパパが木を引き抜いて投げ槍のように投擲してきたのだ。

下半身の球根が餌食になった。球根の葉緑体が弾け飛ぶ。口の横に大きな穴が開いてしまった。

中の消化液がボトボト流れ落ちる。

アルラウネになって、これほどの痛みを受けたのは初めてだった。

蔓が切られるのとはわけが違う。あれは無数に生えている蔓。髪とか爪のような存在だ。

でも、球根は違う。むしろ、アルラウネとしての私の本体と言っても過言ではない。

そんな本体が致命的な傷を受けてしまった。私が普通のアルラウネだったらこれで死んでいただろうね。けれども私はただのお花ではない。

超回復魔法を使う要領で、球根の傷口部分を急成長させる。すぐに元の形に再生した。

ただ、回復の代償に疲労も大きかった。お水欲しい。

気がつくと毒霧が晴れていた。

そして目の前にはいつの間にか移動してきていたクマパパが仁王立ちしている。

毒の花粉は致死には至らなかった。目から血涙のようなものを流しているけど、それでも倒れない。しぶといね。ならもう一度、毒花粉をくらいなさい。

……あれ、出てこないね。球根に穴が開いたのと大規模な回復を行ったせいか、それとも毒の燃料切れなのか。何も出てこない。

どうしよう、もう武器の手札がないよ。打つ手なし。

血涙と一緒に口から大量のよだれを垂らしているクマパパは、私を逃がしてくれなそうな雰囲気だった。

——うん、よだれ？

クマパパは鼻をピクピクとさせて、犬のようによだれを地面に垂らしている。

この姿は一度見覚えがあるぞ。あのハチミツ大好き変態クマさんと同じ仕草だ。

クマパパの目的は蜜だった。いま気がついたけど、目がイっちゃってるね。

ペロリストの父親もまたペロリスト。似た者親子である。

あれれ。もしかして私がクマパパのお子さんの仇だって気がついていない？

それはよかったんだけど、でもよくない。私を捕食することが理由ではないけど、私の蜜を捕食するのが目的だよね。結局、私は襲われるよね。食い殺されたりは、しないよね……？

私を見下ろしていたクマパパが大きく口を開ける。獰猛な牙の奥から、淡紅色の舌が現れた。意外なことに、クマの舌は予想以上に長かった。人よりも何倍も長い。まるでハチの巣の奥に溜まっている蜜を舐め取るような構造をしている。

私の視線の先にクマパパの舌が下ろされる。その舌は、アルラウネである私の上半身よりも大きかった。

こ、こわすぎるのですけど。

恐怖のせいか何も思考できなくなった私は、口をあんぐりと開けたままにしていた。

だからだろう、口からよだれという名の蜜が零れ落ちてしまったのだ。

クマパパの動きは速かった。私の顔はクマパパの舌にペロリと舐められてしまったのだ。

蜜を堪能するクマパパ。ドロリとしたクマパパのよだれが私にまとわりつく。ねっとりとした不快な感触に、全身に鳥肌が立つような感覚を思い出す。

クマパパはさらなる蜜を所望していた。ここでその命令を断ることはできない。いまの私の命運は文字通りクマパパに握られているからね。

クマパパにペロペロされる。なんて屈辱！　元聖女である私としては野生のクマに舐められるなんて耐えられるものではない。頭に血が上る。植物だからもう血はないけど。

　そのせいか私は忘れていた。ラオブベーアは餌を角に刺して、巣に持ち帰るという習性があることを。クマパパは蜜を気に入ったのか、なんと私をお持ち帰りしようとしたのだ。

　私の体を地面から引っこ抜こうとする。根っこが地面から離れる。そうなれば植物としては取り返しがつかない。根に緊張が走る。地面から離れてはいけないと全身からアラートが鳴り響く。

　もし根が完全に引き抜かれれば、もうお終《しま》い。花は枯れて、二度と元には戻らなくなる。引き抜かれるのは殺されるのと一緒なのだ。地面から離れたら、植物の生活は最後となる。

　本能的に、それは死を意味することをこの時悟った。

　わたしは悲鳴を上げた。

　だが、クマパパは慈悲なしと、私を持ち上げる。

　視界が暗転するなか、根っこが抜けていくのを感じた。

　私は、植物として殺されるのだ。

三　あなたは引っこ抜かれた雑草のその後を想像したことはありますか

　走馬灯。これを見るのは二度目だね。いや、違う。走馬灯は二度目でも、この記憶は二度目じゃない。これは初めてだ。

　だって、これは花の記憶だから。私の本体となっている花のモンスターが生まれてから、聖女であった私を食べて消滅するまでの記憶。

この地で発芽し、暖かい太陽光と豊富な養分と水分を糧に、すくすくと成長した。

自分が普通の花ではなくモンスターだと気がついたのは、花に近寄ってきた野鳥を蔓で捕まえた時らしい。それがとても嬉しかったみたい。とにかく陽気で、何も考えないで、能天気な花だった。まあ花なんだから知性を求めることはおかしいよね。

でも、私と融合してしまって、そこでこの花のモンスターは終わりを迎えた。私に体を乗っ取られてしまったのだ。

それでも、アルラウネとして再誕した私は、この花のモンスターとも一体化している。だからある意味、まだ花のモンスターは生きているのだ。私の一部として。

花のモンスターは私と一体化する瞬間、こんなことを思っていたらしい。

もっと大きく成長したい。種を残して仲間を増やしたい。何も難しいことは考えずに平和に植物としての生を全うしたい。

それが、花のモンスターのやりたかったこと。そのためにはもっと生きる必要があった。

まだ死にたくはない。

それが花のモンスターの最後の願いでもあった。

私と融合してしまったせいで、あの花のモンスターの願いはどうなったのだろうか。私に体を乗っ取られた形にはなるけれど、願いは叶えられたことになるのだろうか。

気持ちはわかる。私だってまだ死にたくない。

聖女見習いの後輩と婚約者の勇者様に裏切られた時だって、死にたくなかったから必死にあがいた。その結果、私はこうして生きている。

私も、まだ死にたくはない。あの花のモンスターも、まだ死にたくはなかった。

どちらの願いも同じだ。

体の奥底から何かが声を上げる。それは私の無意識の咆哮《ほうこう》かもしれない。その可能性が一番高い。

けれども、もしかしたら最後に残った誰かの願いだったのかもしれない。

まだ、死にたくはない！

野生の花なんだから、雑草根性で生き延びろ！

目が覚める。

そうだ、私はクマパパに捕まり、根っこから引き抜かれようとしていたんだった。

このままでは私は死んでしまう。

地面から根っこを引き抜かれてもすぐに枯れることはないけど、それでもダメだね。

ラオブベーアは獲物を自身の角に刺して、巣に持ち帰る習性を持っているの。いくら私の蜜が目当てとはいえ、あの角で刺されたらきっともう助からないよ。

魔力がないアルラウネであるいまの私は、根っこから水分を補給できなければ回復魔法を使って体を再生させることや、成長させることができないのだから。

時間とともに、私は枯れていく。萎びてしまった私は、クマパパの巣に捨てられるのだ。

そうしてクマのゴミとなる。そんな未来が見えるよ。

そうならないために、私は諦めることをやめる。

植物らしく、最後まであがいてやろうじゃないか。

根っこは引き抜かれた。でもまだ全部じゃない。クマパパ側にある半分しか地表に出ていないからね。だから間に合うはず……！

動かせる全ての蔓からマンイーターの花を咲かせて、体を中心に円状に蔓を伸ばして地面にかぶりつく。アンカーのように広げて体を固定したのだ。

おかげでクマパパの動きが止まった。でもこれは、アンカーのせいだけじゃない。

まだ地面に残っている私の根っこは、いわゆる主根というものだ。この根っこはね、球根から地中に伸びている一番太い根っこ。全身を支えている私の植物としての生命線なの。しかも、あの日照りのせいで、水分を求めて地中奥深くまで潜らせた生粋の引きこもりの根っこだ。

そう簡単には落城させない。

クマパパはまずはアンカーが邪魔だと思ったのか、右腕を大きく振りかぶって地面にぶつける。土を抉《えぐ》って破壊するようなパンチが炸裂した。

爆弾が落ちてきたんじゃないかというようなクレーターが誕生する。

ちょっと！　このクマパパ、規格外すぎない？　アンカーの蔓はまだ何本もあるから平気だけど、あのパンチを体に受けたら終わりだよ。さっきの木の投擲の比じゃないね。

あれ、ちょっと気がついちゃった。

もしかしてクマパパの左腕から血が出ている？　私がつけたものじゃないよね。ということは、あの地獄の狼ヘルヴォルフと戦った時に噛まれでもしたのかも。そう思って観察してみると、たしかにクマパパの左腕はあまり力が入っていないようだった。先ほど地面を殴ったのも右腕だし、根っこを半分引き抜いたのもクマパパから見て右側の根っこばかりだ。

それにクマパパはハチさん軍団に背中を刺されている。その毒だって少し効いているはずだ。

もしかしたら持久戦に持ち込めば、諦めて帰ってくれるかもしれない。

クマパパの力が弱まる。私の根が意外と深かったのと、アンカーで根を補強されたこと、そして地獄の狼ヘルヴォルフとの戦闘で負傷しているのにハチさん軍団に刺されたうえ、私から毒花粉を大量に浴びた。クマパパの体力も限界だったんだね。私を引っこ抜くのは中断してくれたのだ。

その代わり、私の体はまだしっかりと押さえつけられている。

そんなにホールドして心配しなくとも逃げないから。というか、最初から逃げられないから。

全世界の植物に同情したい。逃げたい時は普通に逃げたいよね。

そうしてクマパパは、私を堪能しはじめた。そう、ペロリだしたの。

こんなの元聖女である私が耐えられるはずがない。女子高生の私だってそうだ。

無抵抗の私。そんな私を必死に舐めまわす強大なクマ。

蜜の香りは顔だけでなく、私の上半身全てから漂っていたようだった。

クマパパが私の体を舐めまわすように見つめる。

視線は顔から首へと徐々に下がっていき、胸元にお腹、そして腰。

あ、そっちは見ないで。やめてよ。ダメだって。あぁ、そんな……。

私、もうお嫁にいけないかもしれません……。

四　あんなことされちゃったけど誰か私をお嫁にもらってください

なんでさ。なんで私がこんな目に遭わなくちゃいけないの。

本当だったら私はいま頃、王城で婚約者であり王子である勇者様と結婚して、毎日が楽しく新鮮で幸せに包まれた新婚生活を送っていたはずなのに。それがなんで、森の中でクマに顔を舐められ続けるという羞恥プレイを受ける羽目になっているわけさ。

これも全ては極悪非道の聖女見習いのクソ後輩のせいである。

ねえ、クマパパ。お願いだからもうペロペロしないで。もう十分でしょう、何時間私を舐めまわせば気が済むの。

もう涙も止まらない。蜜だけど。目から蜜が流れるたびにペロペロされるけどね。

ねえ、ちょっと。顔は諦めたけど目玉はやめて。そこは舐めないで。お願いだから。顔は差し出しますから。

うぅ……。もうやめてよぉー。なんでこんなことするの。そんなに私の蜜が好きなの？　でも私は嫌なの。だからもう放っておいてよ。

この地獄を脱出するにはどうしよう。早くしないと、またクマパパが強硬手段に出るかもしれない。蜜に満足されたら、また根を引っこ抜かれるかもしれないしね。そうして巣にお持ち帰り。

私、まだ殿方にお持ち帰りをされた経験もないのに、初めての相手が子持ちの野生のクマのオスとかありえないのですが。せめて森の洞穴じゃなくて宮殿とかに住んでいたりしないよね。森の主だから実はお金持ちだったりしないよね、クマパパ？

私が絶えず口から蜜を溢れさせているからだろう。クマパパは重点的に顔をペロペロし続け、まだ私の全身を舐めまわしてはこない。顔は陥落した。でも首から下は何が何でも死守してやる。

顔を舐められるという初めての経験はクマに散らされたけど、胸とお腹、腰なんかは絶対にやらせない。しかも私が初めて蜜を出した場所は胸である。

ここから蜜が出るとクマパパに知られれば、とんでもないことになる。うん、本当にとんでもないことになるよ。想像もしてはいけないような大変とんでもないことだよ。

だから私は諦めない。これ以上、好き勝手にはさせないぞー！

なんとかクマパパの注意を他にそらさないと。とは言っても、私の蜜以上にクマパパに価値があるものなんてないよね。ハチさんみたいに共生もできないだろうし。クマパパはハチの巣だって舐めまわして女王陛下と女騎士を全滅させちゃっているからね。

この蜜以上に美味しそうなものがあれば…………あ、あったよ！

あれだよ、蜜玉。蜜狂いの少年に餞別で渡したあの蜜玉。

回復魔法を込めた蜜を何倍にも凝縮した蜜玉は、通常の蜜を舐めた時よりも遥かに甘い味を堪能できるはず。しかも溶けにくい。これしかない。

そうと決まればと、私はクマパパに舐められながら蜜玉の生産にかかります。

地中の水分を吸収して一緒に養分も補給。その栄養を全て蜜へと変換させる。回復魔法も忘れない。溶けにくくなるように蜜に治癒をかける。その蜜を一層、二層、三層とどんどん重ねていく。

それを数えられないくらい凝縮し、蜜玉が完成した。

すでに私の顔はクマパパのよだれだらけ。でも、私の口からまた新たな蜜が溢れ出す。ただ、ちょっと出が悪い。どうやら蜜玉を作るのに力を使っていたせいか、これまでよりも蜜の出が悪くなってきていたみたい。

だからだろう、恐るべきことにクマパパは私の口内から蜜を引きずりだそうとしてきたのだ。

クマパパは指を使って私の口を強制的に開かせた。そうしてクマパパは自分の舌をクレーンゲーム機のようにすーっと私の口の上へと移動させる。

え、ちょっと待って。マズイって！　それは絶対にマズイって！　もう何もかもアウト。顔を舐められるのが可愛いと思えるくらいありえないよ。

そんなことされたら本当にお嫁にいけなくなっちゃう。イケメンの雄花に、「お前の柱頭からクマの匂いがする」とか言われた日には、もう花としてのプライドが引きちぎられてしまう。

まあアルラウネになっちゃったから、そもそもお嫁にいくつもりはないんだけどね。あくまで気分の問題だよ。

これはもう時間がない。蜜玉計画を実行するしかないね。

私はクマよりも先に自分の口へと蔓を伸ばす。幸い、クマパパの右手は私をホールドするのに使われていて、左手は口を開くのでいっぱいだ。私の蔓を遮るものは何もない。

クマパパが舌で私の体内の蜜ごと蜜玉を舐め取るが先か。はたまた、吐き出した蜜玉を私が掴むのが先か。どちらの動きが先かで全てが変わる。

私の嫁入り前の体と蜜が欲しいクマパパの舌を賭けた戦いが刹那の間だけ開始された。

クマパパの舌に捕まるよりも早く、吐き出した蜜玉を蔓で掴み取る。

やったね、私のほうが早かったよ！

蜜玉を持った蔓をクマパパに見せびらかすように垂らす。

クマパパの動きが止まった。大きく開かれた両目が、蜜玉を凝視する。最初から目はイっちゃっていたけど、これはいままでよりもイカレた感じになっているね。水が落ちてきた。いや、これはクマパパのよだれ。クマパパの口からよだれが滝のように溢れてきたのだ。

蜜玉の魅力に気がついたみたい。そう、この蜜玉はただの蜜の塊じゃない。特別な回復魔法を込めた甘くて濃厚な蜜を何重にも凝縮したもの。ひと舐めするだけで、きっとあの蜜狂い少年のように蜜の虜になってしまうほどの極楽を味わえるはずだ。

クマパパの手が私から離れた。蜜玉を狙っているんだね。

でも、それはお見通し。クマパパに捕まる前に、私は蔓を大きく弓のようにしならせる。

これがそんなに欲しければ、くれてあげるよ。自分で取ってきな！

えいやっ！

蜜玉を投擲。かなり勢いがついたせいか、結構遠くまで飛びそうだね。

森の主、ラオブベーアは森で出会った人間を死ぬまで追いかけると言われている執念深い魔物である。蜜玉を求めたクマパパは、すぐさま私から離れて蜜玉が飛んでいった方向へと四足歩行で駆け出した。

やった、これで解放されたよ！　蜜玉作戦成功だね。

だが、そこで予想外のことが起きたのだ。

どこからともなく白い鳥が飛んできた。最近、よく私の目の前に現れるあの白い鳥である。

あの鳥、この辺に巣でもあるんじゃないかと思うんだよね。もう顔見知りだと認めざるを得ないくらい、私はあの白い鳥を目撃しているから。

その白い鳥が、蜜玉が飛んでいったほうへ急旋回する。

そうして私が投げた蜜玉を、空中で咥えてキャッチしたのだ。

――うそでしょう。

信じられない。

なにやってんのあの白い鳥ぃいいいいいいいい‼

五　急募、地面に生えている植物が空を飛ぶ鳥を捕まえる方法

どういうこと⁉　あの白い鳥、もしかして蜜を狙って私のところに来ていたの？

あの鳥は初対面ではない。最近よく私の目の前に現れる、いけ好かない白い鳥だ。

日照りの時に水をかけてくれるなどいい行いもあったけど、たいていは遠くから私を観察したあとに、私の頭上を旋回して挑発してから空の彼方へと飛んでいく性格の悪い鳥だ。

そんなあの鳥が、まさか二度と起こりえないような最悪のタイミングで蜜玉を奪い取ったのだ。

誰か嘘だと言って。

白い鳥に蜜玉を食べられたら、クマパパはまた私をターゲットに戻す。そうなれば終わりだ。

いまから蜜玉を作り直す時間はない。その前に私はクマパパによってお嫁にいけないようペロペロされてしまうのだ。

あっ。

クマパパが私のほうを見ている。

――やめて。こっちを見ないで。さっき蜜玉あげたでしょう。鳥に取られちゃったけど、あれで

我慢しなさいよ。だからね、足を私に向けないで。こっちに歩いてこないで。

うぅ、絶望したー！

私がそう蔓で頭を抱えていると、白い鳥がこちらに急降下してくる。そうしてクマパパと少し距離を取ったあたりで、クマパパの周りをくるりと一周した。クマパパの視線は私ではなく、白い鳥にロックオンされる。視線を受けた白い鳥はクマパパから少しずつ離れていく。

森の奥へと飛んでいく鳥。クマパパは鳥から目を離さずに、そのあとを追っていった。地面に響き渡るクマパパの足音がだんだんと遠くなっていく。そうして私だけが一人取り残された。

た、助かった……！

クマパパは白い鳥ごと蜜玉を手に入れるつもりらしい。きっとあの白い鳥を捕まえるまで追い続けるはず。ただの鳥が森の主であるクマパパから逃げられるとは思えない。

残念だったね、白い鳥。あんたの悪事はクマパパが許さない！

こうなればクマパパは私のところには来ないはずだ。白い鳥から蜜玉を奪ったら、数日、運がよければ数週間は口の中で蜜を楽しめるはず。その間は私のことなんて忘れてしまうだろう。

問題はそのあとだけど、いまは自由になったことを喜ぶべきでしょう。

顔は舐められたけど、他は無事だった。よかった。私、まだお嫁にいけるかもしれないよ……！

とりあえず、クマパパのことはいまだけでも忘れよう。

もう、とにかく大変だった。いろいろと大変だったねぇ……。

それから私は久しぶりに巫女に戻ることにした。雨乞いの儀式である。お水がね、欲しいの。

クマパパとの戦闘で水分が足りなくなったのもあるけど、それ以上にいまの私は不快感に包まれている。顔がよだれでコーティングされてしまっているからね。それだけじゃなく、顔から垂れたよだれによってもう全身がクマのよだれだらけ。クマ臭くて目が回りそう。早く体を洗い流したい。水浴びに行きたいけど、なんで植物って水浴びしにいけないんだろうね。こんなにも水を欲している生物なのに。おかしいよね。

雨乞いはしたけど、そう簡単に雨は降ってこない。もし雨をすぐに降らすことができるのなら、私は無職の花から巫女へと転職していただろう。

それから、私は不本意ながらも一日中クマのよだれと生活をともにした。

屈辱。クマの匂いがするたびに、この単語が頭に浮かんでくる。私は目から蜜を垂らしながら、天に向かって両手を捧げ続けた。

クマに舐められた私に天気が同情してくれたのか、ありがたいことに次の日には雨が降ってきた。

これでやっと綺麗になれるよ！　雨という名のシャワーを全身で受け止める。

お水、最高……ッ！

恵みの雨によって浄化された私は、これからのことを考えていた。

クマパパのことである。蜜玉で時間が稼げるとはいえ、あいつはいつか必ず私のところへ戻ってくる。その時、今回みたいにまたうまくいくともかぎらない。昨日のクマパパはヘルヴォルフとの闘いで左腕を負傷していたうえ、ハチさん軍団に刺されたダメージもあったはずだけど、次に現れる時は全回復しているはず。回復薬入りの蜜玉も舐めているしね。

できればいますぐにでもこの地を離れたい。他の場所へ移動して、追っ手に見つからず静かに暮らしたい。でも、私にはそれが許されないのだ。植物だからね。

この身を呪ったのは何度目だろうか。

外敵に襲われても逃げることはできず、追い払ったその敵から身を隠すこともできない。なんで植物だけこんなにハードな設定なの？　おかしいよ。植物っておかしい。

けれど、私の憤りとは違った意味でおかしな植物と出会ってしまった。

私のすぐそこにね、穴があるの。こないだクマパパが右パンチで地面を抉った大穴。その穴の中にね、なんか変な花が咲いていたの。クマパパが抉った地中に、初めからそこにいたように一本の花が咲いていた。つまり、もともとこの土の中で花を咲かせていたということになる。

なんでさ！　なんであなたは地面の中で花を咲かせていたの？　引きこもりなの？　それとも、太陽が苦手な一族の花だったりするの？　いや、もしかして私のストーカーさんですか？

もしもし、わたしメリーさん。いまあなたの地下に埋まっているの。

埋まっているなら地上へ這い出てはこられないね。ストーキングされていても安心だよ。

それにしても、地面の中で花が生きられるなんて驚き。地中で咲く花とか初めて聞く……いや、ちょっと待って。あったよ、そんな花。

女子高生時代に植物図鑑で読んだことがある。たしか名前はリザンテラ。地下で花を咲かせる世にも珍しい花である。一生を地下で過ごすので、絶対に地上では姿を見られない。リザンテラは、私と同じで被子植物だけど、いわゆる腐生植物というものになる。

腐生植物はそうだね、私と違って光合成で栄養を得ないで、代わりに菌類から栄養を貰って生活している植物のことなの。菌類と共生することによって、外敵から襲われることもなく、さらに水分も豊富に手に入る地下での生活を可能にした。いいことずくめだね。

薄いピンク色の小さな花。リザンテラに似ているけど、全く同じではない。きっと地球に存在していたリザンテラに近い、この世界特有の花なのでしょうね。でも、この世界での名前がわからないから呼び名はそのままリザンテラでいくよ。

リザンテラは腐生植物として菌類から栄養を受けているが、実際には近くの木の根から菌を介して栄養を受けているともどこかで読んだ気がする。つまりリザンテラは寄生植物でもあるということ。なるほど、私のすぐ横にリザンテラが埋まっていた理由がわかったよ。

まさか本当に私のストーカーだったとは。

私の根から菌を使って栄養を奪っていたのだ。つまり、私は知らぬ間に地中で他の花に寄生されていたということになる。地上へ這い出てこられなくても安心ではなかった。

私はリザンテラをじっと見つめた。寄生されていたことはこの際気にしない。

それよりもうらやましい。私はお前がうらやましいぞ。

うん、すぐに決めたね。

はい、ちょっとリザンテラくん、こっちに来なさい。はい、オーライオーライ。そのまま口の中に入って、はいパクリ。もぐもぐごくりん。

これでリザンテラの能力は私のものに。植物の力を吸収できる能力を持っているからね、私。

クマパパが来てもこれで安心。地面に潜ってしまえば、クマパパだってやり過ごせる。

すごいよリザンテラ。かくれんぼの天才かな！

だが、そうは問屋が卸さなかった。たった一つの小さなリザンテラでは、私の性質を大幅に変化させることは敵わなかったのだ。菌類から栄養を摂取して生活することはできなかった。そんな簡単に腐生植物に変身することはできないよね。

まあこれまでも一部分だけ変化できるようになったから、仕方ないね。マンイーターを食べても私自身がマンイーターになることはなかったし。蔓に花を咲かすことができただけ。なのでリザンテラの力も一部しか使えなかった。

そう。ちょっとだけ、力が使えたのだ。

地面に空いた穴へ蔓を差し込む。そのまま地中を移動させて、数メートル先から地上へと突き出す。少しの間だけなら、私は菌から栄養を摂取することができるようになった。

いまはすぐに蔓を地上に出しちゃったけど、このまま地中に潜らせたままも可能。私の体全体を長時間地中で生活させるほどの菌は操れないけど、一部ならある程度の時間は問題ない。

そんなこんなで私が蔓で穴を掘っていると、やつが現れたのだ。

森の彼方から飛行してくる小さな白い点。間違いない、あの白い鳥だ。

クマパパ襲来から数日が経っている。どうやら白い鳥はクマパパから逃げ切ったみたいだね。

それなのにクマパパが私のもとに戻ってこないところを考えると、どうやらあの蜜玉はクマパパの口へと渡ったらしい。きっとあの時は咥えたまま飛んでいったんだね。白い鳥に食べられなくてよかった。まあクマパパさえ来なければあとはどうでもいい。

私、いいこと思いついちゃいました。

先ほど掘った地面の穴の中に蔓を潜ませた。そのまま蔓を腐生植物化させて潜ませる。

白い鳥がこちらに向かって降下してきた。

空を飛ぶ鳥を植物が捕まえることは普通できないだろう。でも、もし植物が罠を張っていたらどうだろうか？　何も知らない可哀そうな鳥さんは哀れにも罠に気づかず、あえなく捕まってしまうのだ。蜜玉を奪われた恨みは忘れてないの。

私はニヤニヤを抑えながら、白い鳥が地面に着地する瞬間をいまかいまかと待ち望んでいた。

私の宿敵、白い鳥をいまこそ討ち取るのだ。

六　鳥で大蛇を釣る

白い鳥はカラスほどの大きさしかないからお腹は膨れないけど、先日の溜飲が下がるというものよ。よくも私の蜜玉を奪ってくれやがりましたね。あの時は、あのままクマパパが白い鳥についていってどこか遠くに消えてしまったから、むしろ私が蜜玉を投げて近くへ落とすよりもいい結果だったかもしれないけどさ。

でも、私の絶望的なあの瞬間の心情は言い表すことはできない。

たしかに白い鳥はそこまでの極悪鳥ではない。

でもね、白い鳥。見た目が綺麗だからおいしそうとずっと思っていたの。ちょっとウサギさんに色の雰囲気が似ているよね。だから食べちゃっても問題はないよね。

はい、いただきますーと、食虫植物のように罠を発動させる。白い鳥がいる地面の近くに、あらかじめ蔓を地中に潜ませていたのだ。その蔓を勢いよく地上へと出現させる。

白い鳥から見たら、いきなり地面から蔓が無数に生えてきた感じだろう。

だが、あの白い鳥はやっぱり危機管理能力が高かった。私が埋まっている蔓を動かす瞬間に、天へと羽ばたいて飛び上がっていったのだ。

ほんの一瞬の差だった。白い鳥は蔓の罠から離脱することに成功していた。

そのままするすると地面から生える蔓を避け、空へと舞い戻っていく。

ああー。やられたー。

白い鳥にまた逃げられてしまった。今日はここまで入念に準備していたというのに。

まあ仕方ないね。今回が初めての罠だったし、この経験を次回に活かそう。

でもね、白い鳥。私の上で旋回なんてしてないで早くどこかへ帰りなさい。あなた巣とかあるんでしょう。私をおちょくるのがそんなに楽しかったのなら、また遊びに来ればいいから。私は優しいの。だからまたおいでなさいな。そうしたら今度こそあなたを食べてあげましょう……！

あれ、なんだろう。何かそこに落ちているね。

白い鳥が着地したところに、それは落ちていた。小さなバラのような赤い花である。茎に棘が生えているから見た目はそのままバラだ。赤いバラとは素晴らしい。私の花冠と同じ色だね。この世界ではロートローゼという花だ。うん、久しぶりに鑑賞に堪えられる花を見たよ。名も知れぬ雑草の花や、親戚がラフレシアの後輩マンイーターくらいしかこの辺には生えていなかったからね。

もしかして、あの白い鳥が咥えていたのかな。それで蔓から逃げる時に慌てて落としてしまった。

アホな鳥だね。今度からあいつのことはアホ鳥と呼んでやろうか。

野生の鳥が花や茎を咥えているとなると、目的は一つしか考えられない。

わかっちゃった、私。白い鳥さんよ、もしかして巣作りですか？　鳥のくせにいいご身分ですね。

愛するパートナーと一緒に夫婦そろってマイホームの建設か。

こちとら恋人いない歴＝年齢の独り身のお花さんですよ。家もなければ家族もいない雨ざらし生活。一番恋愛ごとに近い出来事といえば、初対面のハチさんに知らない雄花の花粉を押し付けられて、受粉させられそうになったということが挙がってしまう哀れな雌花ですよ。

そんな寂しいお花さんの正体が元聖女なんだから笑っちゃうよね。

裏切り者の聖女見習いの後輩は私の婚約者である勇者様を寝取ったうえ、すでに結婚してしまっているらしい。いま頃、二人は王城で幸せな新婚生活を楽しんでいるのかな。クソ後輩と勇者様はもしかして毎晩同じベッドで寝ていたりするのだろうか。新婚だし、夜にはあんなことやこんなことをしながら過ごしているのかもしれない。もしかしたら子供もできていたりして。

対する私は、昼間から見ず知らずの雄花の花粉をハチに押し付けられて、受粉の危機を迎えていたりした。なんでその場に存在しているだけで受粉されなくちゃならないの。受粉したら子供ができるどころか、私自身が種になるという幸せのかけらもない未来が待ち受けているし。それだけでなく、子持ちの野生のクマに顔を延々と舐められるという拷問付き。

楽しいことなんて何一つない。もう、つらいことばっかりだよ。

せめて、私と一緒につらいことや悲しいことを分かち合ってくれるパートナーさえいればよかったのに、と思わなかったことはない。そうすれば楽しいことは倍増ですよ。

私が得られなかった甘くて至福の生活。クソ後輩と勇者様が送っているような、新婚ラブラブな生活。それを、あの白い鳥も味わっているということだ。

やってらんないね。鳥がそんなに偉いんですか。ええ、私はただのお花さんですよ。植物ですよ。うぅ、くやしい。こういうムシャクシャする時は食事だよね。バラの花を試食しよう。

パクリ。

うん、味とかよくわからん。だって消化するだけだからね。

それでもあの白い鳥のマイホーム建設を少しでも遅延させることができるのならよしとしよう。

さてと、さっき罠で張っていた蔓を全部地上へと戻そうか。私の体の周りへ配置を戻してっと、って、これ、私の蔓じゃない⁉　私の意思に反して勝手に蔓が動き出したんですけど！

どういうことなの、と慌てる私。でもすぐに理由はわかりました。

これ、蔓じゃないや。ヘビでした。

こいつはたしかヘビ型モンスター、ヴァーンシュランゲ。

ヘビの魔物がいつの間にか私のそばまで近寄ってきていたのだ。そう、ヴァーンシュランゲはいまにも私を捕食しようとしていた。私が白い鳥を狙っていたら、ヴァーンシュランゲが私を狙っていたのだ。太くて長い、凶悪そうなヘビ。人を簡単に丸飲みできるような口と胴体を持ち、長さだけで十メートル以上もあると推測できる化け物級のヘビに、私は食べられそうになっていた。

すごいや、ヘビってそんなに大きく口を開けられるんだね。もしかしてアナコンダなのかな。

でもね、ちょっと待ってね。もしかして私、丸飲みされそうになってる……？

勘弁してよもう。丸飲みされて体内で消化されるのはもう嫌なの！

あんなの人生で一度経験すればもう十分。

だからその口はすぐに閉じて！　丸飲みはいやー！

七　森の四天王

どうしよう。

私、まさかの大ピンチです。いままさにアナコンダにトドメを刺されそうになっているの。

どうやら私は、森の魔物に対してかなり油断をしていたみたいだね。

これまで出会ったモンスターはクマパパを除いて全て倒すことができていた。サル型モンスターのバルバアッフェやシカ型モンスターのテルヒルフェ。他にも何種類もの魔物を倒しておいしくいただいた。けれども、私が狩っていたのは小物だったのだろう。上には上がいる。まだこの森には本当の強者が何匹も跋扈《ばっこ》していたんだね。

地獄の狼ヘルヴォルフやこのヘビ型モンスターのヴァーンシュランゲ。そして頂点に君臨するのが森の主、ラオブベーア！

なんだかあと一匹強いのが加われば四天王みたい。

森の四天王。すでにその中の一匹は森の主が食べていたけど。

こんな強敵を相手にするのはどう考えても分が悪い。

せめて女騎士であるハチさん軍団がいれば、まだなんとかなったかもしれないのに。

ハチさん、また会いたいよ……。

私を包囲しながらぐるぐると回っているアナコンダがさらに加速をする。私がアナコンダを止める手段はない。挑戦してみたんだけど、ヘビのぬめりとした皮膚に妨げられて蔓が滑ってしまうからだ。蔓で拘束できない以上、攻撃を防ぐことができないからね。

ああ、なんでこんなことになっちゃったんだろう。

私はただ森で光合成をしながら静かに暮らしていたかっただけなのに。

もしかして、白い鳥を罠にはめて食べようとした罰でも当たったのかな。

ごめんよ鳥さん。蜜玉の件は助かったともいえるからもう気にしないよ。次に会った時は食べようとしたりしないから。だから代わりにこのアナコンダに食べられて怒りを鎮めてきてね。

そういえば白い鳥が咥えていたバラみたいな花を食べたよね。地面に落ちていたあの赤いバラだよ。あの花はバラと同じように茎に棘が生えていた。

あれ、もしかしていまの私なら再現できるんじゃないだろうか。こうなればやってみるしかない。

どのみち追い詰められている命。最後にアナコンダに一泡吹かせてやろう。

私は植物生成を使って蔓の形態を変化させる。それを好機と思ったのか、アナコンダが私に食らいついてきた。

でも、これならどうかな。残りの全ての蔓を使って、迫りくるアナコンダを拘束する。

鋭いトゲトゲが無数に生えた蔓は、植物生成によって茨へと変化していた。バラの棘と蔓を合わせて創り直した新しい蔓。それが茨だ。

湿り気を帯びていたアナコンダのぬめりとした皮膚に、茨の棘がグサリと突き刺さる。おかげでアナコンダは茨から抜け出せない。数えきれないほどの棘が、アナコンダに刺さっていました。

アナコンダの動きが止まる。この隙を見逃すほど私はお人よしじゃない。

アナコンダの尻尾が動き出す。でも、尻尾が私を攻撃するよりも早く、毒花粉を放出する。

目の前にいるアナコンダは毒をもろに受けた。体の大きさからみて致死量がかなり必要そうなので、念入りに毒花粉をアナコンダの口に目がけて吹きつける。

しばらくすると、アナコンダは泡を吹いて地面にばたりと倒れた。

毒が回ったことにより、アナコンダは白目になって息を引き取っていた。

私は、また生き延びることができたのだ……！　やったね、逆転勝利だよ！

あの場面で茨が使えなかったら、私はきっと負けていただろうね。

危なかった、これは白い鳥に感謝だよ。

もうへとへとだ。栄養不足、お水欲しい。とりあえず、そこの長いので補給しましょう。

いただきますー。

もぐもぐもぐ、どうしよう。ごくりんってできない。

ちょっと、アナコンダ長すぎるのですが。球根の口にアナコンダの顔を突っ込んで消化させようとしたのはいいけど、それ以上は入らない。まるで私の球根からヘビが生えているような状態である。まあいっか。消化していけばいつかは全身食べられるでしょう。

それにしても、アルラウネになってから何度も命の危機があったけど、戦闘のみで死地を切り抜けたのは、これが初めてじゃないだろうか。

ハチさん軍団に受粉されそうになった時は、蔓の繭にこもった結果、共生を歩むことができた。

クマパパとの戦闘だって、最終的には蜜玉を囮にしてお帰り願っただけだ。

自分よりも数段格上の強敵を実力で下したのは今回が初めて。

ちょっと嬉しいね。森の四天王の一匹を倒したわけだし。

森の四天王とは、地獄の狼ヘルヴォルフに、ヘビ型モンスターのヴァーンシュランゲ、森の主ラオブベーアことクマパパと他一匹。まあ私が勝手に考えているだけだけどね。

もしかしてヴァーンシュランゲを倒したから、私が森の四天王入りすることになっちゃったりね。

アナコンダ強かったし。

まあないかー。まだもっと強い魔物は大勢いるよね。だって私はただのお花だもん。動物ですらない植物が四天王の仲間入りだなんて、そんなのおかしいよねー。

でも、この時の私はまだ知らなかった。

縄張りを持っていた四天王を倒すということは、そこでの生態系も壊れるということ。

というか、クマパパが蜜玉の味に我を忘れて引きこもっていることで、すでに縄張り争いは始まっていたのだ。クマパパが巣に消えたことで、他の縄張りからアナコンダがやってきた。そのアナコンダが謎の花によって倒された。

強者が消えたことによって、新たに生まれた空白地帯の縄張り争いが激増した。

それによって、血の気の多いモンスターたちが森の中を移動しはじめる。

我こそが四天王だというように、敵を倒すために森を闊歩する。

もちろん、その矛先はヴァーンシュランゲを撃破した謎の花にも向けられることになるのだ。

八　モンスターの食べ放題をしていたら森から生き物の気配が消えました

私、最近よくお腹が空いてしまうごく普通のアルラウネ。

ちょうどいまイノシシ型モンスターのヴァルトシュヴァインを毒殺したところなの。

重戦車のような迫力と突破力を誇る巨大なイノシシ。ぶつかればただの植物である私は弾け飛んでしまうだろう。それほどの大きな塊が私に向かって駆けてくる。

怖いよね。でも、まともに受ける気なんてないよ。

植物生成によって蔓を茨に変化。それを密集させて、茨の壁を作り出す。イノシシが壁にぶつかると、茨が網のようにイノシシを包み込む。そうしてイノシシの全身に茨の棘を食い込ませるのだ。

しかもね、その茨の棘には毒があるんだよ。毒花粉を応用して、茨の棘に毒を流し込んでみたの。

それがなんとも強くて、大抵の敵はこれだけで倒せてしまうんだよね。

全身を突き刺す茨の棘と体中を駆け巡る毒によって、ヴァルトシュヴァインの動きが停止する。

そうして怯んでいる隙に、毒花粉でトドメを刺します。イノシシさんは倒れちゃいました。

そこをすかさずハイ、いただきまーす。

もぐもぐごくりん。

なんだろう、最近やけに魔物と遭遇する気がするね。

光合成をしながら植物ライフは送っているのは変わらないけど、森の様子はあまり静かではない。

魔物が多すぎるのだ。一日に何匹もやってくる。なんかね、尋常じゃないくらいのモンスターが私のもとへ突撃してくるの。時にはソロで、時には集団で、時には列をなして魔物がやってくる。

しかし、私には約百本もの毒付きの茨があるのだ。大物相手でなければ、一対多数は意外と得意だと気がついてしまったんだよね。

おかげで挨拶してきたみんなを消化する羽目になっちゃったよ。

こんなにこの森で食べ放題できるのは初めてだね。

まあ私は以前と変わらずに、食虫植物みたいに餌をとるためにやってきた獲物を捕食しているだけだから、静かに植物ライフを送れているといえば送れているわけだけど。

ヴァーンシュランゲことアナコンダを食べた日あたりからこの森は騒がしくなった。

森の四天王がいなくなったことが原因だろう。そう考えると、四天王の一席である地獄の狼ヘルヴォルフさんもすでにクマパパに食べられているから大変だね。事実上、それで四天王が二席空いている状態なのかも。

それにちょっと思ったんだけど、森の主であるクマパパは私の蜜玉に夢中になって巣から出てこられなくなっている気がするよ。

そうしたら森の縄張りが崩れて生態系が壊れそうだね。それがいまのこの状況かな。

おかげで食事に困らないからいいことずくめなんだけどさ。なにしろ私の狩りの方法は待ちの戦術一択だから。植物だからね、歩けないの。だから蜜で獲物を誘き寄せて、そいつをパクリ。

通常時なら食事抜きになる日もあったけど、最近は食料過多になるくらい獲物が迷い込んでくる。

完全に栄養過多です。太ったらどうしてくれるのよ。こっちはダイエットしたくてもできない体なんだからね。

正直、どんな魔物が来ても私の相手ではなくなっていた。私も成長していたのだ。植物だけに。

ヴァーンシュランゲことアナコンダのような四天王クラスでないと、私は苦戦すらしない。

アナコンダを捕食してからもう数週間が経っているけど、好敵手といまだ相対することはなかった。命の危機がないから、私は嬉しいよ。

あ、お客さんが来たみたい。トラさんこんにちは。

大型トラックくらいの大きさのトラさんだね。このトラさんは戦いが大好きなのが特徴なの。クリークティーガーというこの種族のトラさんには、戦争中の人間の戦場へと乱入して両方の軍隊を皆殺しにしてしまったという逸話が残っているんだよね。でも、さすがにそんなすごいトラはこの森にはいないよね。

だって、ほら。もうトラさん死んじゃったし。

警戒しながら近づいてくるトラさんに数十本の茨を向け、茨で傷を負ったらその数秒後にはトラさんはダウン。そこへ毒花粉をお見舞いしてあげるという戦法なんだ。あっという間だったね。

やっぱりこれがいまの私の必勝法だよ。茨に毒があるなんて初見では気づけないしね。

ああ、意外と呆気なかったな。トラさんの知名度的に、一目見た時は「こいつが最後の四天王か！」と思ったんだけど、アナコンダほど苦戦しなかったから、四天王認定するにはちょっと悩む。

トラさんは他の森の魔物に対しては無双できるだろうね。おそらく地獄の狼やアナコンダと同等の力は持っているような気がするのだけど、あまり強敵じゃなかったからなあ。

とりあえず四天王（仮）とかにしておきましょうか。頑張って仮を取って正式な四天王に上り詰めてね、トラさん。

まあ私のお腹の中で溶けているから無理なんだけど。来世で頑張って。私もいま、来世で頑張っている最中だから。

トラさんも植物に転生すれば私の気持ちもわかるだろうから、そうしたら同じお花さんとして仲良くしようね。そして私の植物生成の材料として、また食べてあげるから安心してよね。

うーむ。

ちょっと前々から思っていたんだけどさ。私の毒、前よりも強くなっていないかな。

クマパパやアナコンダと戦ったあたりから、殺傷能力が向上した気がする。まるで品種改良でもされた気分。生物として死に直面したから、生存本能が働いて毒が濃くなったのかな。

それだけ私も成長したということか。

よくよく考えてみると、私は生まれたての新芽のアルラウネだったわけだしね。まだ子供なの。大人になればもっと強くなるはず。もしかしていま成長期かな。蔓や茨の数も前より多く生やせるようになったし。そう考えるとやっぱり成長期だね、私。

だからか。最近、やけにお腹が空くのは。栄養過多のはずなのに栄養不足なの。

どういうことだろうね。まあ、いっか。たくさん食べて、大きく立派な花に成長するのだ！

そして最後には、私の最大の宿敵を撃退する。もう屈辱という文字は思い出したくない。

私はこの森の戦国時代にだって負けないぞー。強くなって静かに暮らすんだ。

それからも何十匹というモンスターを次々と栄養に変えていった。だが気がつくと、私の周りから生き物の気配がしなくなっていたのだ。もう誰も挨拶にやってこない。一時期はあんなにたくさんいたのに、みんないったいどこへ消えてしまったというのだろうか。全くもって不思議だね。

来客対応ができなくなったせいで暇な日常に戻ってしまったよ。

仕方ないので、これまで通り光合成だけをしてのんびりと過ごす日々。

太陽光、おいしい。お水もおいしい。

けれども、そんな安穏な日々はすぐに終わりを迎えた。

久しぶりの知り合いである客人が現れてしまったからだ。

あ、こんにちは。ご無沙汰しております、クマパパ。お元気そうでなによりです………。

敵がいなくなったのはいいことだけど、食べることに夢中ですっかり忘れていたよ。そういえばあれからもう一カ月は経過していたね。クマパパが蜜玉を食べ終わっていても不思議じゃない。

でもね、こうなるとは予想外だったよ。

クマパパは一匹じゃなかった。まさかの同伴をしてきたの。

クマパパ、お隣にいらっしゃるお方はどなたですか？　紹介してください。なになに、お隣のお方はクマパパの奥様なんですか⁉　それはちょっとビックリ。クマ夫人ですか。はじめまして。

顔がそっくりだから、てっきりクマパパの兄弟だと思っていたよ。

クマパパが奥さんと一緒に訪問してきた。夫婦でお礼参りである。

ハチミツ大好き変態クマさんという子グマがいて、クマパパがいれば、もちろんクマママもいることは明白だったね。すっかり気がつかなかったよ。

クマパパとクママが二匹そろって私に進軍を開始する。

なるほどね、用件はよくわかりました。

私、どうやら夫婦にボコられるようです。

九　雌花とクマ夫人による華麗なるお茶会

完全に私をヤル気です。ペロリに来ています。

以前クマパパに襲われた時に与えたあの特別製の蜜玉。きっと、クマパパはもう蜜玉を舐め終わってしまったのだろう。それで蜜の味が忘れられなくて、再び私のもとへと訪れた。

目的は蜜なんだろうけど、問題はクマパパが私をどうするかだよね。ペロペロだけして満足したらお帰り願いたいのだけれど、きっとそうはいかないよね。だってクマママもいるから。

まさかクマママまで変態とかはないよね。夫婦で変態とか救いようがないよ。

だが悲しいことに、この二匹は似た者夫婦だった。私に近づいてくるにつれて、だんだんとクマママの目がイっちゃってきたのだ。

クマママも私の蜜が目当てかー。さすがに二匹からペロペロされたら、私の体がもたない。多分私、蜜を吸われすぎて栄養不足で枯れちゃうね。

ひからびたアルラウネが森に残される光景を想像する。そのまま枯れて、土に返るのだ。

そうしたら私の女騎士であるハチさんとも地面の中で会えるかもしれないね。お互い肥料になっているから会って気がつけるかは不安だけど。

クマママの大きさはおよそ七、八メートルくらい。十メートルもあるクマパパと比べれば少し小ぶりだ。でかいのには変わりないけどね。

だから二匹同時にかかってこられれば対処などできない。少なくとも、一匹ずつ相手をしないと。

まずは小ぶりでクマパパよりも俊敏そうなクマママを狙おうか。

クマ夫人、私とお茶会でもいたしましょう。もちろん殿方は抜きでしてよ。雌花とメスグマ、二人でゆっくりと仲良くしましょう。美味しい蜜のお飲み物を用意して待っていますよ。

まずは招待状をお送りしないとね。そうしないと夫人だってクマパパと相談もできないし困るよね。いま、作るから少々お待ちくださいな。

私は蔓の先端にかぶりつく。蜜をしっかりと舐めつけて、蜜まみれの蔓を作り出した。そう、こ

れが招待状になるのだ。その蜜蔓を、夫人の前へと投擲する。私の招待状の内容を気に入ってくれたのか、クマママが私の蜜に反応した。クマママが横にいるクマパパよりも前に出る。蜜がついている蔓を捕まえようとしているのだ。

よし、かかった！

釣りをする気分で蔓を私のほうへと戻していく。蔓に誘われて走り出すクマママ。

クマパパも追いかけるが、体重が重いクマパパよりも小柄なクマママのほうが速い。

まだだよ。引きつけて、もっと私のそばまで引きつけてから。

ハイ、いまです！

クマママをお茶会のテーブルにご招待。蜜に夢中になっているクマママに、茨の壁がぶち当たる。腐生植物化させていた茨を罠として地中に潜ませていたのだ。クマママが通る瞬間に、地上へと茨を伸ばすという簡単な罠です。茨の網でクマママを包み込む。

強制的に、私お手製の椅子に着席です。さて、お茶会を始めましょうか。

同時に、クマママが何かわめきだした。あれ、もしかして毒は初めてですか？　これが当お茶会の流行の一品でしてよ。茨には私お手製の毒が染み込ませてあるの。夫人も気に入ってくださるかしら。これまで挨拶に来てくれたお客様だって、泡を吹くほど喜んでくれたんだからね。自慢の茨です。

クマママは逃げ出そうと暴れるが、動けば動くほど茨の棘が刺さってしまう。茨をどけるのにも棘が刺さる始末。棘は刺されればただでさえ痛いのに、そこから毒が流れてくるとか嫌だよね。

じゃあそろそろ紅茶をいただきましょうか。開いているお口に毒花粉を入れちゃいましょうねー。

はい、あーんして。クマママの口を蔓で広げて、毒花粉を吸入してもらっちゃいます。

おいしいおいしいと言うように、クマママが何かを泣き叫んでいるね。お気に召してくれたようだ。じゃあ、もう一杯お代わりしましょうか。これもごくごくと飲み込みましょうねと、クマママの喉へと毒花粉を流し込む。

デザートに入る前に、お腹がいっぱいになっちゃったみたいだね。クマママが目を白目にして、口から泡を吹き出しちゃったよ。レディーとして、はしたないね。それじゃ森の主の妻としてやっていけなくてよ。まあ、大丈夫だよ。私が栄養にしてあげるから、もう夫人としての役目はしなくてもいいんだよ。だから安心してよね、クマママ。

さてと。

クマママは葬った。残るはあなただけですね、クマパパ。

でも、旦那のほうは夫人のように簡単にはやられてくれないだろう。

なんといっても森の主、ラオブベーアだから。四天王（仮）である戦大好きトラさんことクリークティーガー、地獄の狼ヘルヴォルフや、そしてアナコンダことヴァーンシュランゲとも格が違う。

対面しただけでわかるね。威圧感がそれまでの四天王たちとは比べ物にならない。圧倒的強者である余裕と、これまでの実戦経験からくる戦いにおける自信がクマパパから感じられた。

前にクマパパと対峙した時はクマパパの実力は全くわからなかった。けれども、この一カ月数々の魔物を捕食してきた私にも、かなりの経験値が積まれているんだよね。クマパパの力を、いまならよく理解できる。

うん、いまでもはっきりと言えるよ。クマパパは私より強い。

まともに戦っても、きっと負けるでしょう。クマママのようにはいかない。

でもね、私もあの日、決めたのだ。

もうクマパパに体を舐められ続けるという屈辱は、できれば二度と味わいたくないの。

ペロられたくない。クマ臭くなるし、よだれは汚いし、ベッタリとして気持ち悪い。身も心も穢されてしまった私は、クマに慰みものにされたのだ。もう二度とクマパパに舐められたくない。そう思うのは仕方のないことでしょう。

だからね、今度は私もただではやられないよ。

あの時の私とは違うということを証明してあげる。

さあ、クマパパ。決着をつけましょう。

十　対クマパパ作戦開始

実はクマパパに対しては秘策があるの。

でも、その前にやることはやっておきましょうか。

お客様の楽しみの時間はまだまだ続きますよ。お茶会が終わったから、ダンスの時間だね。

舞踏会の始まりです。クマパパ、ダンスのお相手をお願いしてもよろしくて？

もちろんですお嬢さんと言うように、クマパパが前に進んできます。

あら、クマパパは燕尾服を着てないけど、そんな服装で大丈夫かしら？　全裸だけど、いいのかな。まあ私もイブニングドレスは持っていないんだよね。自前の蔓しか持ち合わせがないの。それにこっちも半裸みたいなものだから、ある意味お似合いのペアかもね。森の生き物にとっての夜会服は裸と相場が決まっているから、これでよしとしましょう。

全裸と半裸が織りなす森の舞踏会。ちょっと変態っぽい気がするのは気のせいです。クマと植物だから問題ないの。

クマパパがクマママを一瞥《いちべつ》し、雄叫びを上げながら私のほうへと近づいてくる。

奥様を放っておくほど、私と踊るのが楽しみだったのかしら。他の女に夢中になっちゃうと奥様に白い目で見られますよ、クマパパ。ほら、あそこで夫人が倒れながら白目をむいているじゃないですか。泡を出すほどお怒りですよ？

夫人のことよりも私とダンスをしたがっているクマパパは、私を凝視しながらよだれを垂らしていた。そんなに熱い視線で見られると恥ずかしいのだけれど、仕方ないですね。

クマパパ、私と踊ってくださいませんか？

地中から毒の茨を出現させて、ダンスのお誘いをします。マナー違反なのはわかるし男性からエスコートされなかったのは悲しいけど、クマパパも奥様の手前、誘いにくいよね。気を使ってあげた私に感謝してよね。

無数の茨でクマパパの両手どころか体中をホールドします。茨の網でがっちりと体を支えるよ。

さあ、リズムに合わせてステップを踏みましょう。私は歩けないから、代わりにクマパパが踊ってね。だけど、クマパパは私が踊れないことが不満だったみたい。ホールドしていた私の茨を引きちぎったのだ。私とのダンスを拒絶するように、体中の茨を引きはがしていく。

もしかして、ダンスを拒否られちゃった⁉　ちょっと、わざわざこちらからお誘いしたダンスをお断りされるのはショックなんですけど……。こんなことされたら、元聖女であり公爵令嬢の私としては沽券に関わるの。やはり、クマパパには奥様のあとを追ってもらいましょう。

舞踏会は終わった。遊びの時間もここまでだね。

さて、戦いのお時間です。

クマパパは茨を握っていたはずなのに、全く痛そうにしていないね。むしろ、全身を茨の棘に刺されたはずなのに、無傷に見える。

そう、クマパパはいままでの敵とは違った。棘がね、刺さらないの。クマパパの強靭で分厚い皮膚によって、棘が刺さらずに弾き飛ばされていたのだ。

茨攻撃は効かない。それだけで、いままでの魔物とは同列にできないことがわかる。

やっぱりクマパパは、私がこれまで対面したどの相手よりも強い。最大の強敵である。

アナコンダことヴァーンシュランゲや戦大好きトラさんことクリークティーガー、そして夫人であるクマママですら茨の棘の毒の餌食となって簡単に倒れたのだ。

そうしてみんな、私の栄養になることを宣言して身を捧げてくれた。

それなのに、クマパパには茨が有効な手にはならない。これまで常勝無敗だった必殺の攻撃が、無効化されたのだ。さすがだよ。

やるね、クマパパ。それでこそ私が認める森の主であり、最強のクマさんだよ。

正直、私の攻撃でクマパパにダメージを与えられないということは、それだけで降参したくなるような事実だ。まさに絶望的。

でもね、私はこの一カ月ただ森のモンスターを食べ放題していたわけじゃないんだよね。きちんとこの再戦の時のために、戦術を考えていたのだ。

よし。やっぱり、作戦通りにいこうか。

私は対クマパパ用に取っておいたある物を使うことにします。

外側がダメなら、内側から攻撃すればいいだけだよ。

クマパパ、これがなんだかわかる？　リンゴだよ。この世界ではリンガルなんて呼ばれているね。赤くて水分たっぷりのリンゴはおいしいよね。私から作ったリンゴなんだよ。だからクマパパも気に入ってくれるかな。

植物生成は便利だよね。こうやっていつでも果物を栽培できちゃうんだから。あらかじめ収穫してあったリンゴを私は蔓で取る。それをクマパパに投げます。

クマパパさあ、もしかしてお腹空いているよね？　巣にこもって私の蜜玉から栄養を貰っていたなら、食事は最低限のもので済ましていたよね。だって蜜が甘くてしかたなかったから、他の食べ物なんて食べる気がしなくなるよね。蜜玉を食べた少年も、私からもう他の食べ物なんていらないって言っていたの。クマパパも同じかな。

だからいまのクマパパは空腹ぎみのはず。そんな時にリンゴが飛んできたらつい食べちゃうよね。

クマパパがリンゴに食らいつく。一口で咀嚼《そしゃく》するクマパパ。

そのリンゴね、私の蜜も込められているリンゴなの。だからおいしいのは保証するよ。まだ食べたいのならお代わりもあるから安心してね。はい、あーんして！

リンゴを次々と投げる私。それを待っていましたと全て食べるクマパパ。けれども、リンゴを十三個食べたところで動きが止まった。飛んできたリンゴを無視して、口をぽかんと開きながら空を見上げだしたのだ。

あ、そろそろ効いてきたかな。実はねクマパパ。そのリンゴね、毒入りなの。毒リンゴなんだよ。植物生成でリンゴを成長させる時に、ちょっと毒を混ぜればおいしい毒リンゴのでき上がり。それを食べた動物は倒れて、私が回収してパクリという戦法だったんだ。

でも、さすがはクマパパ。小さめの魔物なら一個のリンゴで倒れてしまうところを、十三個も食べたのにまだ立っていられるなんてすごいや。

クマパパが私のほうに視線を向ける。目が据わっているね。もしかしたら怒っているのかな。毒に気がついたのか。さすがはクマパパ、賢いや。

先ほどの毒リンゴには私の蜜も混ぜてあった。だから甘くてすごくおいしい果物になっているはずだ。リンゴに含まれた蜜の味を思い出したクマパパはどう思ったかな。早く私を自分のものにしたいと欲にかられただろうね。毒で苦しいクマパパと蜜を食べたいクマパパ。その両方の気持ちが、私へと向けられる。

クマパパが四足歩行で突進してきたのだ。罠として地中に配備していた茨を動かし、茨の壁を作る。でも、そんなのはクマパパには通用しなかった。茨の盾を軽々と突破されてしまう。さすがの茨の棘もクマパパの防御力の前ではあまり効果がなかった。

森の主というのは伊達じゃないね。この方法で倒せなかったのはクマパパが初めてだよ。

毒花粉をクマパパ目がけて発射する。しかし、クマパパの突進する風圧によって霧消してしまった。攻撃技は全て出し切った。毒リンゴも与えた。それでもクマパパは倒れない。

普通に戦っても、クマパパには勝てなかった。私だって強くなったんだよ。だからもう他に敵はいないとさえ思えるようになったのに、やっぱり森の主はすごいや。

また勝てなかったよ。

クマパパが目の前までやってきた。体長が十メートル以上もあるとやっぱり迫力あるね。毒が回ってつらいはずなのに、それよりも蜜がとにかく欲しい。そんな表情をしているねクマパパ。さぞかし気に入ってくれたんだ。

べっとりとした舌が、私の顔についた。

ぬちゃ。

気持ち悪い感触。顔の蜜が舌に舐め取られるどうしようもない感覚。あの日のように、また私は舌で舐められてしまったのだ。

絶望という感情と、屈辱という文字。しかし今回は、それが私の頭には浮かんでなかった。

舐められるのは嫌。二度とペロペロされたくない。屈辱を味わいたくない。

だからね、覚悟を決めた。

舐められるのを承知で、私はクマパパに対抗したい。そのためにもクマパパを正面から見据える。

私を味わおうとクマパパの舌が必死に動く。クマパパに顔を舐められ蹂躙されながら、代わりに私はニヤリと笑みを浮かべた。

私の蜜は美味しいよね。それならね、もう舐めてもいいよ、クマパパ。もう私は舐められることを止めない。さあ、クマパパ。やるならやりなさい。

クマパパが来る前から準備しておいたんだよ。いつもと違った最高級の蜜をクマパパにプレゼントしてあげる。秘策として調合して作り上げた、特別製の甘い蜜を。

天にも昇れるくらい美味しいはずだよ。だって、この蜜にはね、毒が混ぜ込んであるんだから。作っちゃったの、毒の蜜を。毒入りの蜜もお気に召してくれるかな。

うふふ。

だからね、クマパパ。

――これで、さようならだよ。

十一　パブロフの熊

毒の花粉だって出せて毒リンゴだって作れるんだから、毒の蜜だって生成できるよね。それでいろいろと研究していたら、毒蜜ができちゃったの。しかも茨の毒以上の強い毒。それを体の内側で摂取すると、いったいどうなっちゃうんだろうね。

クマパパの様子がおかしい。突然、泡を吹き出して暴れ出したのだ。クマパパが自分の喉を掻きむしる。それでも、口からは滝のように大量のよだれが滴り落ちていた。

苦しいという気持ち以上に、蜜が欲しいらしい。この蜜を舐めたら、もっと舐めずにはいられないような体に変えられてしまったのだろう。そんな風に誰に調教されちゃったんだろうね。

肉を切らせて骨を断つ。蜜を舐めさせなければならないから苦肉の策だけど、その効果は絶大。蜜中毒者には効果抜群だよ。仮に蜜が毒だとわかっていても、舐めるのをやめられない。だって、そこに蜜があるから。

私の顔を何時間も舐め続けたクマパパも、もう蜜中毒者だよね。私があげたあの蜜玉、美味しかったから一カ月も巣に引きこもっていたんだよね。また蜜が欲しいよね。

だから舐めさせてあげるよ。この毒入りの蜜を。

でもね、毒の蜜よりももっといいものがあるの。

だからクマパパにはご褒美としてそれをあげましょう。ダンスは断られちゃったけど、舞踏会に来てくれたお礼くらいはしないとね。主催者としての矜持《きょうじ》くらいは持っているの。

私がこの一カ月の間に密かに作っていた、クマパパへの最高のプレゼント。

普通の蜜よりも、本当はこれが欲しかったんだよね。

クマパパはハァハァとよだれを地面へと落とす。それを横目に、私はとっておきのものを体内から吐き出した。口から吐き出したそれを両手でキャッチする。

これはね、蜜玉だよ。でも、ただの蜜玉じゃないの。特別製の蜜玉。とはいっても、回復魔法は込めてはいないよ。入っているのはもちろん毒。それも猛毒。

私はこの蜜玉を一カ月前から準備して作っていた。いつか必ず訪れるクマパパとの再戦に向けての最終兵器として使えるように。この蜜玉は、毒に毒を重ねて猛毒にしたものを一カ月以上濃縮させた特製の毒蜜玉。その効力は絶大なものになるはずだね。

はい、どうぞ。お食べくださいな。

毒蜜玉を蔓で掴んで、クマパパの顔の前に差し出します。クマパパが蜜玉を見つめている。

甘い蜜の香りがして美味しそうだよね。前に食べた時もこれ、美味しかったよね。天にも昇るほど、甘かったよね。また堪能したいよね、蜜玉。

こら、クマパパ。泡を吹きながらよだれを垂らすなんてお行儀が悪いよ。それとも、もしかしてクマパパ、蜜に毒を入れられたからこれも怪しんでいる？　怪しむなら勝手にしてください。でもね、怪しんでいたらもう二度と私の蜜を味わうことはできないんだから。

クマパパの舌がゆっくりと蔓に近づいてくる。もう目からも口からも血を出しているけど、それでも蜜玉を食べることをやめられないんだね。

わかったよクマパパ。さあ、お食べなさい。これが最後の晩餐となるんだから。でもね、覚えておいてよ。これも全部、クマパパが私をペロペロしたから悪いんだよ。

私を舐めたから私は怒った。

私を舐めたからクマパパは毒に体をむしばまれる。

私を舐めたことが原因でその命を二重の意味で散らすのだ。

もう屈辱を味わうこともない。

だから敵とはいえ、最後くらいは塩を送ってもいいよね。優しく美しいフラワーを目指しているからね、私。敵であるクマパパには塩ではなく蜜玉をあげましょう。

最高の隠し味が入っている、宝石のようなこの毒の塊を。

クマパパは我慢できないと、私の毒蜜玉に蔓ごとかぶりつく。そうして、幸せそうな表情をしたまま、地面へと倒れていった。大量の泡を吹いて、白目になっている。でも、どこか幸福を味わっているような愉快な顔。

クマパパ、いままでこの森の主として頑張ってくれてありがとうね。お疲れさまです。

甘い蜜の味を楽しみながら、安らかにお眠りください。

おやすみなさい、クマパパ。

――そうしてクマパパは沈黙した。

十二　森の主の座

私、自称普通のお花さんのアルラウネ。

このたび、植物だけど森の主に就任しました。

そう、ついに倒してしまったのだ。あのクマパパを。

蜜中毒者を蜜で毒殺。私の勝利だ！　私をペロペロした者の末路である。慈悲はもちろんない。

もぐもぐ。

うん、やっぱりクマパパは食べ応えがあるね。体の一部を少しずついただいているのだけど、まだ数日かかるかも。十メートルもある巨大なクマだから、簡単には消化できないや。

クマママはその辺に置いといてある。こっちはとりあえず保存食だね。

あ、雨も降ってきたよ。天も私の勝利をお祝いしてくれているのだ。

雨が降ってきたおかげで、シャワーも浴びられて私はハッピー。

戦いのあとの雨は最高だね。お水おいしい。

クマパパは倒れた。そのため、森の四天王が欠けて戦国時代に突入していた森にまた平和が戻った。なにせ戦闘狂のモンスターがみんないなくなってしまったからね。

いやね、私のお腹の中に住処を決めた魔物もたくさんいたけど、きっと全部じゃないよ？　勘違いしないでよね。私、そんなに大喰らいじゃないから。

ああー満腹満腹。

いつの間にかクマパパ全部、食べ終わっちゃった。てへ。

じゃあお代わりということで、クマママもいらっしゃい。私のお腹の中で夫婦仲良く暮らしてね。

そうして、ここは私の森となった。

大物の魔物が絶滅し、争いが極端に減った。小さな小食の魔物や動物たちが、森の中を自由に歩けるようになった。

その中にね、いたの。私の知り合いが。

クマパパを倒したら懐かしい友人とまた顔を合わすことができた。すごく嬉しい。

私の前にはハチ型モンスターことツォルンビーネが数匹滞空していた。

ごきげんよう。久しぶりハチさん。元気にしていた？

私の女騎士ことハチさん軍団。どうやら生き残りがいたみたいだね。クマパパを恐れて私の近くからは姿を消していたのかもしれないね。

でも安心して。クマパパはいま、私のお腹の中で夫婦そろって消化されているところだから。もうハチさんたちに危害を加える変態なクマさんはいなくなったの。

よかったよ、ハチさん。これでまた一緒に生活できるね。そうと決まれば百合の園を再建しましょう。森サーの再建です。私の女騎士をたくさん増やしてみんなに私を囲わせなくちゃ。

ハチさんに蜜をたくさんプレゼント。巣に持ち帰ってもっと女騎士を増やしてきてねー。

ちょっと待って、ハチさん。私を受粉させようと突っ込んできたこの女騎士はどなた？　もしかして新入りかしら。いやね、新人の教育はしっかりしてもらわなくちゃ。あやうく私、受粉しちゃうところだったんだけど。そういえば前にも私を受粉させようとしたハチがいたね。たしかあいつは悪役令嬢だっけ。バッドエンドを迎えたくなかったら、あなたも私の森サーの一員になるの。立派な女騎士として成長して、私を養ってね。

女王陛下はまだご息災かしら。なるほど、よかったよ。クマパパにやられたわけじゃなかったんだね。では女王陛下であるお姉さまにもよろしくお伝えくださいませ。ハチさん、ごきげんよう。

蔓を振ってハチさんを見送っていると、またもや知り合いが現れた。

とはいっても、こっちはアホ鳥こと白い鳥である。

こないだは逃げられたけど、また来たよ。もしかして私が白い鳥を食べようとしていることに気がついていないのかしら。やっぱりアホ鳥だね。あなたは同じ知り合いでも私の餌の対象になります。だから早くお腹の中に入って栄養になってよね。

白い鳥は蔓の射程範囲ギリギリのところを旋回する。私の遥か上空を優雅に飛行していた。

蔓を急成長させても、あそこまで高いところに伸ばすのは大変だ。仮に急成長させて届いたとしても、間違いなく避けられる。自由に空を羽ばたくことができる鳥にとっては、下からだんだんと伸びてくる蔓なんて止まって見えるだろう。

白い鳥め。意外と頭いいな。アホだけど。ぐぬぬ。

白い鳥を見つめていると、何かが落ちてきた。あのアホ鳥、また落とし物をしているのですけど。どれだけおっちょこちょいなの。

落とし物は花だった。前回は赤いバラだったけど今度は青い花。この世界でも前世の地球でも見たことがない花だけど、これといって特徴がない普通の花。

ためしに食べてみたけど、特別なにか新しいことができそうな気はしなかった。増えたことといえば、普通の青い花を蔓に咲かせるようになったくらいだ。

なんだったんだろう、あの白い鳥。私が新しく青い花を咲かせるところを見たら、どこかへ飛んでいっちゃったよ。よくわからない。

そもそも、巣作りにこの花を使うのだろうか。バラもそうだ。小さな枝とかを巣にするはずだけど、花なんて持っていっても枯れてしまって終わりだ。役に立たないはず。鳥のマイホームにインテリアとして飾るつもりなら持って帰るのもわかるけど、そんな鳥はいないよね。

やっぱり変な鳥だよ、白い鳥は。

それからというものの、白い鳥はちょくちょく私のところに花や植物を落としていった。

もしかしてこれ、いやがらせかな？　絶対にわざとやっているよね。お前もこの植物たちみたいについばんでやるから覚悟しろ、という鳥からの挑戦状だろうか。はたまた、この花見てみろよお前よりもよっぽど綺麗だよな、という挑発だろうか。鳥にそんなこと言われる筋合いはないよ。

どちらにしろ、これは喧嘩を売られているね。白い鳥、許せぬ。

今度はお前を血祭りに上げてあげましょう、という意味を込めて、その辺の木に留まっていた他の小鳥に毒花粉をお見舞いする。小鳥さんは逃げようとしたけど、毒花粉を吸い込んでしまったみたいであえなくダウン。

パクリ。

うーん、小鳥だとホント、食べた気がしない。小さすぎるんだよね。これじゃ栄養にならないよ。

でも、アホ鳥の代わりの腹いせにはなるね。今週の獲物は鳥強化週間にしようか。

私があえて鳥ばかりを狙っていることに白い鳥も気がついたみたい。身の危険を感じたんだろうね。それから私に植物を落としてくることはなくなった。

白い鳥のいくじなし。仲間の仇だと私のところに決闘を申し込んでくれさえすれば、おいしくいただいてあげたのにね。残念残念。

実は落とし物を楽しみにしていたのかな、私。

自伝　大賢者の大陸見聞録

ワシの名はオトフリート。しがないただのジジイじゃ。そうじゃな、周囲の者からは大賢者だなんても呼ばれておる。ただの年寄りなのじゃがのう。

まあ、魔法の腕に関しては誰にも負けるつもりはないがな。大陸中の魔法使いから尊敬され、国王からも接待を受けるこのワシじゃが、このところ悩みがある。

最近、孫の様子がおかしい。

孫の名はアルミン。今年で十歳になる、ワシの孫じゃ。

娘と娘婿は魔王軍によって殺されてしまった。可哀そうなことに、アルミンは八歳で両親と離ればなれになってしまった。あまりにもつらいことじゃ。

だからワシは孫を連れて旅に出ることにした。道中でアルミンに修行をつけることもできる。

将来、魔王軍と戦っても生き残れるように強い男に育てなければならぬ。そのために、つらく厳しい修行を続けた。けれども、アルミンは修行には耐えられなかった。

このままでは孫は強くならない。それどころか、逃げ癖がついておる。一人前どころか、卑怯な大人に成長してしまうかもしれない。正直、ワシはこれ以上どうすればいいかわからなかった。天に昇っていった娘に顔向けできないのう。娘の子育ての時はこれでなんとかなったのに、孫ではついていけないようじゃ。

いったいどうすれば。ばあさん、助けておくれ。ワシには孫を育てることは無理かもしれぬ。

そんなアルミンが、いきなり変わったのじゃ。

あれはとある国境の村に行った時のことだったのう。村のとある夫婦が魔物に殺されたから、その魔物を退治してほしいと頼まれた。

夫婦には残された子供がおった。髪を隠していたが、ワシと同じように真っ白の髪をしている。不思議な気配を発する少女じゃった。その娘はもうすぐ十歳になるらしい。

ワシの孫もちょうど十歳。両親が殺されたことも同じ。親近感を覚えるのは仕方のないことじゃろう。これも何かの縁、助けてやらねばと依頼を承諾したのじゃ。

少女の両親の仇であるサル型モンスターのバルバアッフェをワシが退治しに行っている時に、異変は起きた。孫が森で行方不明になったのじゃ。

姿が消えてから三日も経ったが、帰ってこない。風魔法で捜索しはじめるとなぜか孫はすぐに帰ってきた。心配したわい。

だが、それからじゃ。孫が変になったのは。

まずは顔つきが変わった。何かを心酔するような、覇気溢れる表情になった。そしてこれまで大嫌いだった修行を積極的にこなすようになった。驚異的な集中力と凄まじい向上心を感じた。

森で何があったのかは口を閉ざしたままだったが、きっと孫にとって何かいい出来事があったのじゃろう。これで娘に面目が立つというものじゃ。

だが、変わったのはそれだけではなかったのじゃ。

味覚の趣味が変わったのか、甘いものを望むことが多くなった。新しい街に着くと、まずハチミツ屋に行こうとするのじゃ。そこでありったけのハチミツを購入しようとする。興奮する孫を押さえて、手に持てるハチミツだけ買ってやると、店を出たとたんにそれを鷲掴みにして舐め出すのじゃ。そんなにハチミツが好きな子ではなかったはずじゃがのう。

しかも、ハチミツを舐めると決まって「これじゃダメだ」とつぶやいて、落ち込んだ顔をする。気に入ったハチミツが手に入らないのじゃろうか。

せっかく頑張りだした孫が悲しむ姿は見たくない。

なので、ワシは国王に会いに行くことにした。国で一番偉い国王ならば、最高品質のハチミツを知っているはずじゃ。国王からも呼ばれていたことじゃし、ちょうどいい。

ガルデーニア王国の王都は四年ぶりじゃ。あの時は、魔王を討伐するための勇者一行が王都を出発した頃じゃったのう。王子である勇者、その婚約者である当代一の聖女、王国騎士長の息子、宮廷魔導士の若手の星、他に数名と一緒に街を離れていった。

結局、魔王は倒されなかったみたいじゃ。勇者一行のメンバーも、何人かは帰らぬ人となったと聞く。勇者の婚約者だった当代一の聖女も、戻れなかったらしい。あれほどの光魔法を使う娘は見たことがなかったのにのう。惜しい娘を亡くしたものじゃ。

生き残った勇者は、新しく就任した聖女と結婚をしたという。二人は仲間同士だったらしい。

それは別にいいのじゃが、仲間が殺され、国中の民が魔王軍に命を脅かされているというのに、再び魔王を倒しに行こうとしないのはどういうことなのじゃろう。勇者の父である国王も、何度説得しても王都を出ようとしなくて困っていると、晩餐会でも話していたくらいじゃ。

どうやら妻の言うことしか聞かなくなってしまったらしい。尻に敷かれるにしても程があるのう。ワシもばあさんには逆らえなかったが、ばあさんならむしろ早く魔王軍を倒してこいと尻を蹴り飛ばしてくるじゃろう。おかげで気がついたら大賢者と呼ばれるようになってしまったのじゃから。

勇者の妻である聖女が魔王討伐を拒否し続け、もう三年が経つという始末。

何か理由でもあるのじゃろうか。そうでなければおかしい。何かあるのではと思ってしまう。

勇者は国を背負う者として自覚が足りないのう。いったい何を考えているのやら。

国王から国で最高級のハチミツ屋を紹介してもらえた以外にも、収穫があった。

やはり中央に来ると情報がよく集まるのう。

天地歴一〇二〇年。

この一年は本当に様々なことがあった。

この年の冬は、尋常ではない寒波が国中を襲ったのじゃ。そのせいで、百年に一度の大雪が国の大地に降り積もった。おかげで国の機能は麻痺してしまった。

平地はまだ大丈夫だったが、山岳地方などは想像もできないくらいの雪が降ったという。それだけでも大変だったのに、その大雪のなか、とある街が魔王軍によって侵略された。

落城したその街は城塞の街。ガルデーニア王国にとっての対魔王軍の最前線の街。同時に、最大の戦力が駐留していた街でもある。

大雪で隔離されてしまったその街を、魔王軍は空からドラゴンの群れを使って攻めてきたという。きっとワシが探しに行ったあの山岳地帯のドラゴンどもじゃろう。あの時は姿を潜ませているのかと思ったが、もしかしたらこの準備のために移動していた可能性があるのう。先にワシが出会えていればドラゴンどもを山の土に返すことができたのじゃが。

いまの魔王は天候をも操ると聞き及んでいる。きっと、この大寒波も魔王の仕業じゃろう。早く勇者が魔王を討伐しに行っていれば、こんなことにはならなかったのにのう。

だが、それだけではない。帝国で指名手配され、我が国に落ち延びてきた魔女が辺境で見つかったらしい。国の方針により、魔女は滅ぼさねばならない。ただちに近隣の街から魔女狩りの部隊が編制され、魔女を討つために出発したとのこと。

城塞の街が落ちたのとほぼ同時期に発見された魔女。何かあるかもしれないのう。

それだけではない。とある国境の森では、モンスターたちが姿を消したという。屈強なモンスターが棲むことで有名なその森は、孫のアルミンが行方不明になった森なのじゃが、何も孫と関係がなければよいがのう。

そういえば孫のアルミンはどこじゃろうか。きっといま頃、王室御用達の商人から貰ったハチミツを舐めている頃じゃろう。これで満足してくれればいいのじゃが。

さて、大雪のせいで閉ざされていた街道がやっと復旧した。重い腰を上げない勇者の代わりに、少しはワシが国のために働くとしよう。

ばあさんから早く魔王軍をなんとかしなさいと手紙が届いてしまったからのう。尻が痛くなる前に、とっとと出発しなければ。

第三章

一　冬の到来

最近、どうにも元気がありません。

原因はきっとこれです。そう、冬になりました。冬の到来です。

そのせいで日照時間が短くなって、光合成をする時間も少なくなったの。太陽の光が弱まっているから、光合成をしてもそれほどの栄養が得られない。だから栄養不足が続いているわけ。動物もみんな冬眠して誰もやってこないしね。

そのうえ地面は乾燥している始末。お水欲しい。冬限定でいいから、誰か水やりしに来てくれたりしないかな。給料として蜜をプレゼントするよ。

あぁ、つらい。

空気が乾燥しているせいか、葉っぱと花の調子もよくないの。きっと葉っぱの水分が奪われて傷んできてしまっているのだ。この際、普通の水でなく化粧水でもいいので葉っぱに欲しい。全ては水分が足りないことが原因なのだ。やっぱりお水欲しい。

それに、最近は特に寂しい。身も心も冷え切っている。

ハチさんがね、来なくなっちゃったの。私の女騎士ことハチさんとも、冬の間はお別れである。

数カ月の間だけど、寂しくなるよ。

ミツバチは冬になると巣の中に閉じこもっちゃうの。冬眠をしているわけじゃないんだけど、お姉さまこと女王陛下を中心に女騎士が肌を寄せ合って固まっているはず。蜂球《ほうきゅう》っていうんだけど、密集することで温かさを保っているわけ。

お姉さまは両手に花どころじゃないね。女騎士に抱き着かれまくっている物理的な百合の園を形成しているわけ。なにそれ、うらやましいのですけど！　お姉さま、是非とも私もお姉さまの巣へご招待してくださいませ。そうして私も一緒に温まりたい……。

あ、ダメだ。その百合の園へ物理的に接触すると、私、受粉しちゃう。

百合の園を取るべきか、純潔を捧げて受粉を取るべきか。難しい選択だね。まあ受粉だけはしたくないから、誘われても行かないけどさ。

寂しい森で一人きり。

そんな私のところに来てくれるのは、あの白い鳥だけだった。

やつは冬も関係なく、なぜか私のところへやってくるのだ。そんなに私のことをおちょくるのが好きなのかね。

白い鳥。本当は食べたいけど、栄養にしちゃうと私は一人に戻ってしまう。寂しいのは嫌だから、白い鳥は食べないであげるよ。

鳥のさえずりでも聴いて、暇つぶしでもしましょう。お客さんが来ないから、冬は他の季節以上に娯楽が少ないの。光合成をしながら日向ぼっこする時間も減ったしね。

——あれ？

鳥さんよ、あなたは鳴かないのかい？

そういえばこの鳥が鳴いているところを聞いたことがない。普通、鳥なら放っておいてもピーチクパーチクにぎやかなのに、あの白い鳥はいつも黙って私を見つめているだけだ。

ここはリクエストでもしましょうか。鳥の中には歌うようにさえずるものもいる。きっとプロ意識が高いのだろう。こちらからお願いすれば、プロならきっと応えてくれるはずだ。

「ねえ、鳥さん」

久しぶりの発声。やはり喋るのはまだ苦手だ。そんなに大声は出せないけど、白い鳥まで届いているはず。頑張って鳥さんに語りかけよう。なにせ私、めちゃくちゃ暇だから！

「鳥さんは、鳴かない、の？」

白い鳥に反応はない。沈黙しか流れないよね、そりゃ。まあ、鳥にこんなこと言っても通じないのはわかっていたよ。それでもね、私暇なの。だから独り言くらい許してよね。

そう諦めた頃に、白い鳥に動きがあったのだ。

「チュゥン」

な、鳴いた⁉　鳥さんが、鳴いた！

驚いたね。やっぱり鳴けたんだ。鳥だもんね。鳴くのが仕事の一つみたいなものだよね。

でもね、鳴くのがヘタだよ、この白い鳥。キレがなかったもん。さては白い鳥、プロじゃないな。

どうやらアマチュアシンガーだったみたい。

きっと私と同じで喋るのが苦手なんだね。ちょっと親近感が湧いちゃった。

苦手意識があるからだろうか。白い鳥は一度鳴いただけで、そのあとは黙ったままだった。鳥さんよ、何事も練習が大事だぞ。

「もう一回」

アンコールを指示します。

「………チィュン」

うーん、まあさっきよりよくなっているね。じゃあワンモアプリーズといきましょうか。気分は音楽教室の先生である。

「聞こえ、なかった」

「………………………チュン」

いいでしょう。少しずつ上手になっているしね。

でもなんだろう。もしかして私の言葉、通じているのかな？

ついそう思ってしまうのは、私が一人に慣れすぎたからかもしれないね。野生の鳥が言葉を理解しているはずなんてないのに。鳥かごで飼っている鳥に声をかけると、何か鳴き返されるのと同じことだ。でも、それだけでも楽しい。もはや私にとっては娯楽だよ。

あ、鳥さん、待って。逃げないで。まだレッスンの途中でしてよ。

白い鳥が空の彼方へと飛んでいく。

あぁ、また寂しくなるな。

食べないから、また遊びに来てよね、鳥さん。

でもね、白いのは鳥だけにして欲しかったな。

そう、私を物理的に苦しめるそれが、翌日から現れはじめてしまった。

霜が降り出したのだ。

朝、目覚めて蕾を開くと、体中に霜がついていたの。霜とは、空気中の水蒸気が氷になって、零度以下に冷やされた物体にくっついて昇華したもののこと。つまり、私の体は冷蔵庫の中身のように凍りついていたということだ。

寒い、寒いよお。

蔓で霜を弾いても、体温は全く上がる気配がしない。植物だからね、動物のような心臓もなければ血流だってないの。葉も茎も根っこも、冷えたまま。しかも周囲の地面も真っ白だ。一面、霜柱状態である。外気が冷やされ、地面は凍って寒さに拍車がかかる。

お水も欲しい。早く霜が解けてお水になってくれ。

まずいよ。寒くてどんどん元気がなくなる。凍りついて死んでしまうというよりは、ゆっくりと衰弱しているような気がする。

それに寒いのはお腹もだ。もう何日も獲物を食べていない。光合成でわずかに栄養を生み出しているだけ。栄養が少なくて元気がなくなっているところに、この寒気。

私はいったいどうなってしまうのだろうか。

そういえば、冬になると落葉樹は葉を落とすけど、私はどうなるのかな。

木が葉を落とすのは冬をやり過ごすため。動物でいう冬眠と同じなの。葉っぱは光合成をして栄養を生み出す大事な役割があるけど、その葉を維持するためにもかなりのエネルギーを必要とする。葉は低温にも凍結にも乾燥にも弱い。だから太陽光が少ない冬は、逆に葉っぱをなくしてしまうわけ。そうなれば、わざわざ葉っぱを維持するために頑張って栄養を得なくてもよくなるからね。

あれ、それ、マズイのでは？　私、最近元気がないし。光合成をしても栄養が足りない。それも日光が足りないから。ついでに土が乾燥していて水分不足。お水欲しい。

このままだと、葉っぱや花冠の維持を放棄して、落葉してしまうんじゃないの？

そうだとしたら、私というアルラウネは球根だけ残ることになる。

また来年に花が咲く可能性はあるけど、その時にこうして意識が残っている保証はない。ただの植物モンスターに戻ってしまう可能性もある。そうなれば、私という自我がなくなるのと同義。死ぬということだ。

どうしよう。

私、落葉しちゃうかも……。

二　私、枯れそうです

もし私の花が冬に命を散らすことになるのだとしたら、私も自動的に枯れて、地面へと落ちて、土へと返ってしまうのではないだろうか。

うぅ、それはイヤだよ。こわすぎるよ。植物とはいえモンスターだから他の花よりも体力あるだろうし、冬も枯れないで過ごせるよね。そうだと信じているよ、私。

針葉樹みたいなのだったら落葉はしないけど、私は針葉樹ではないしなー。スギやマツみたいだったら針葉樹なんだろうけど、あいつら裸子植物だしね。

私、被子植物。どちらかといえばナス科の女。

とにかくどうにかして冬の間、落葉しない方法を考えなければ。

そのためには栄養を大量に得るしかない。けれども、野生の動物たちは身を潜めたまま。ならず者のモンスターも食べ尽くしてしまった。万事休すである。

モンスターだからもしかしたら落葉とかしないのかもしれないけど、そうでないとも言い切れない。そこまで博打は打てないよ。できるかぎりの延命はしたいよね。私が冬に強いという証拠があれば安心するんだけど。もしくは、私が冬に強い植物になるという手段しかないのだけれど。考えろ、私。

――そうだ。

耐寒性がある花を食べれば、私も冬を確実に乗り越えられるのではなくて。捕食した植物の特性を得る能力を持っているわけだし、そうすれば落葉の危機は去る。

問題は、周りに花が一輪も咲いていないということだ。この真冬に咲いているような花でなければ、耐寒性を持っているということにはならないからね。枯れている花はダメだろう。

せめて歩いて花を探しに行くことができれば、希望が持てたのにね。そうは問屋が卸してくれない。だって私、植物だから。

あ、こんにちは白い鳥さん。私はね、あなたがうらやましい。白い鳥はいいよね、だって自由に森の中を散策できるんだから。

そうだ、白い鳥がいたよ！

こないだ白い鳥のために音楽教室を開いた時、この鳥は少しだけ言葉を理解していたような気がしたのだ。だから、もしかしたら私の願い事が通じるかもしれない。

「鳥さん、お願いが、あるの」

こんなに寒いなかで声を発しても、白い吐息が出ない。

自分が植物になってしまったことを改めて感じさせられた。

「花、取って、きて」

助けて白い鳥。あなただけが頼りです。

言葉が通じていると推測しているのだろうが、どうだろうか。ついでにジェスチャーで花が欲しいことを猛烈にアピールする。

白い鳥は何も鳴かずに、飛び去ってしまった。

冬に咲いている花ならきっと耐寒性もあるはず。ローズマリーやクリスマスローズみたいな花なら、耐寒性が強いから安心できるの。

ああ、神様女神様白い鳥様。どうか私の願いを聞き入れてくださいませ。


翌日。

なんと、白い鳥が花を持ってきたのだ。それは、白くて少し高級感があるような花だった。クリスマスローズによく似ている。もし女子高生時代の世界にあったクリスマスローズの仲間であれば、この花はかなり強力な耐寒性を持っていることになる。クリスマスローズ並みとなれば、摂氏マイナス十五度くらいまでは耐えられるようになるはず。そうなれば、もう冬は怖くない。

さて、いただくとしましょうか。

パクリ。

よし、これで寒さに耐えられるようになったはず。心なしか、なんだか寒いのに慣れたような感覚があるね。多分、耐寒性を手に入れたのでしょう。私はまた品種改良されたのだ。

白い鳥、ありがとう。おかげで私も冬を越すことができそうだ。

そういえばこの世界にはクリスマスはないけど、女子高生時代の世界ではクリスマスがあったんだよね。恋人と一緒に過ごすクリスマス。憧れるなあ。

私の婚約者だった勇者様は、聖女見習いのクソ後輩に寝取られてしまったから、身を寄せ合って一緒に寒さをしのぐことなんてしなかった。

新婚のあの二人はきっと、寒さを忘れて汗をかいてしまうくらいイチャイチャしているのでしょうね。あの二人は城で何不自由なく生活している。暖炉によって暖かくなった部屋で温かいスープを飲んだりして、そのあとはお互いの肌を重ねて体温を感じ合っているのだ。

そうやって二人が微笑みながら触れ合いを続けているというのに、なんで私は寒い森の中で一人半裸で過ごしているうえ、栄養不足に嘆かなければならないの。なんなのこの差は。絶対におかしい。

寒さを克服したら、なんだか嫌なことを妄想してしまったね。

喉が渇きました。お水欲しい。

でもね、勘違いしないでほしいの。

お水欲しいとは言ったけど、別に凍らせているものが欲しいと願ったつもりはないのですが。

空から白くて小さな結晶がゆらゆらと舞い降りてきた。

雪が降ってきたのだ。

解ければ水になるから、悪くはないのかな。地面に湿り気が戻れば、もうなんでもいいや。

雪、おいしい……！　いや、おいしいけど、ダメだって。なんなのこの雪の量は。

ここは豪雪地帯ですか？　もう一面、白銀の世界です。何十年に一度の大雪に直面してしまったのではないかと思うくらいの大雪だった。

すでに下の球根が雪に埋まってしまって見えなくなっている。雪が積もると、私は危険なんだよ。寒すぎて枯れちゃう。

身を守るために雪かきを始める。だが、蔓で雪かきをしても限度があった。あまり雪を運ぶことができないうえ、それ以上の雪が空から滝のように降ってくるのだ。

時間とともに雪の高さは増していく。耐寒性があっても、大雪に埋もれでもしたら耐えられないかも。誰でもいいので私を雪吊りして雪から守って。

それに、寒さだけじゃない。このまま私の雌しべすらも雪に埋まってしまったら、私は雪の中で凍りついてしまう。そのうえ、光合成をするための日光が届かなくなる危険もある。

酸素も二酸化炭素も供給されない。雪に妨げられて呼吸も光合成もできなくなる。そうなれば耐寒性を持っていても、関係ない。私は枯れてしまうのだ。

雪が降っても、足があるなら這い出ていけばいい。動けるなら雪から身を守れる場所に移動すればいい。そんな森の動物どころか、ほとんどの生物ができる移動という手段を私は持っていない。そのため、大雪が降るだけで埋まってしまうのだ。

なんでなの。

なんで私は植物なの。なんで移動できないの。

もう、嫌だよ。

何度となく呪ってきたこの植物という身。

歩けないだけで、雪に囚われて身を散らしてしまうのだ。

そうか。私、雪の中で死んじゃうのか。

一人ぼっちにはふさわしい最後だよね。

あぁ、人肌が恋しい。温もりが欲しい。

身も心も、寂しいままなの………。

すでに雪は胸の高さまで降り積もっていた。凍ってしまったようでもう蔓も動かない。

諦めるように、私は瞳を閉じる。

植物としての新生活。意外と、短い命だったね。

ハチさん、せっかく再会できたのに、もう会うことはないかもしれないよ。

白い鳥、花を探してくれてありがとう。でも、無駄になっちゃったよ、ごめんね。

ああ、ダメ。我慢できない。

光が足りないし、やっぱり寒いし。

もう眠くて、頭も真っ白で。

みんな、おやすみなさい………。

三　春よ、来い

夢を見ていた。

私が人間に戻って、両足で歩いている姿を。

聖女として王城で冬を越しているのだ。

隣にいるのは王子であり婚約者である勇者様。

長椅子に座ると彼は横に腰かけてきて、私の左手を優しく包み込んでくれた。

ああ、幸せだな。

こんなに幸福なことなど他にあるだろうか。いや、ないよね。

勇者様、なんだかね、私悪夢を見ていたの。森の中で植物に転生させられて、そこでずっと一人ぼっち。しかも冬には大雪が降ってきて、氷漬けになって枯れそうになってしまう始末。

そんな人生はおかしいよね。私、耐えられる自信がないよ。

だからね、ずっと私のそばにいてよね。

約束だからね、勇者様。

ふと、左手から勇者様の温もりが消える。代わりに、温かい何かが噴き出てきた。

気がつくと、部屋が赤い血で染まっている。いったい何が起きたのかと左手を見ると、そこには何もなくなっていた。

勇者様が、私の左手を持っている。切り離された、私の左腕ごと。

気配を感じて私は後ろを振り返る。

そこには聖女見習いの後輩がいた。なぜか風魔法で作り出した鎌を手にしている。

彼女は国から才能があると認められ、将来が期待されている後輩だ。だから何かと世話をしてあげていた。私が知る光魔法の知識を全て、彼女に教示した。私より胸が大きくて、たまに勇者様の視線が彼女の胸部に釘付けになっていたのは知っていたけど、そのことも飲み込んで優しく指導してきたつもりだった。

なのに、そんな聖女見習いの後輩がなんで私の腕を切り落としたの？

左腕があった場所から、血が噴き出ている。すぐさま超回復魔法を使用し、腕を元通りに再生する。立ち上がって逃げようとしたら、なぜか両足がなくなっていた。後輩に切り落とされたのだ。

私は回復魔法を使おうとするが、なぜか発動しない。

なんで。腕は再生できたのに、なんで足だけは再生できないの。これじゃ椅子から動けないよ。

なら魔法で反撃しなければと右手を掲げようとしたら、何も上がらなかった。

右腕も、後輩に切り落とされていた。

泣き叫ぶ私。そして再生したばかりの左腕も切断される。

もう何もできない。いったいどうすればいいの。

助けて勇者様。

そう祈りを込めて彼に視線を移すと、なぜか後輩と抱き合っていた。

二人が密着している。まるで恋人のよう。

そういえば、私は捨てられたんだった。そうして裏切られたのだ。

ふと、足元を見る。そこには足の代わりに、花冠があった。さらに下には球根があり、そこから地中に根が伸びている。体は雌しべに変わり、両腕のように自在に操れる無数の蔓が生えている。

そうだ、思い出した。

私は、植物モンスターになったのだった。

――ひらり。

蕾が開いた。

無機質な雪原に降り立ったかのような、ツンとした刺激を感じるような匂いがする。

森は雪に包まれていた。そういえば私は、雪に埋まったのだったね。

でも、どうして氷漬けになっていたはずの蕾が開いたのだろうとあたりを見回す。

すると、不自然に私の周囲だけ雪がなくなっていた。

どういうことだろうね、これ。最後の記憶をたどれば、頭まで雪に覆われた気がしたんだけどなあ。でも、実際は私だけ穴に落ちたように雪がなくなっている。

まるで、誰かが雪かきをして私を助けてくれたみたい。

もしそうなら、いったい誰が私を助けたの？　足跡はない。誰かが来た形跡はどこにもなかった。

それなら、自然と私の周りから雪が消滅したということだろうか。

不思議だね。そんなことって、起こりうるのかな。私に体温があれば、熱で雪を解かしたという可能性もなくはないのだけれど。

天の女神様のご加護でも得たのだろうか。聖女だった時は女神に祝福された女性のみが使える光魔法を体得していたから、すでに加護は得ていたのだけれどね。

いつの間にか私から消えていた雪。

――ドサリ。

私が森の謎を解こうと必死に頭を働かせていたら、頭上から何かが降ってきた。

それは、僧侶が座禅を組んでいるかのように見える花だった。深く濁ったような赤色をしており、中心部に小さい花の塊のようなものがある、珍しい花。

見上げると一羽の鳥が飛んでいた。白い鳥だ。

先日のお願いをまだ聞いていてくれたのだろう。律儀な鳥さんだね。でも、ありがたい。

なにせこの花は、〝ザゼンソウ〟に似ているから。

これが本当にザゼンソウなら、こんな大雪でも咲いているのが納得できる。それに、ザゼンソウがあれば、私はこの大雪を乗り越えられるかもしれない。

冬の間に、雪に埋まっていては花が咲けない。なら邪魔な雪を熱で解かしちゃえばいいじゃないと、発熱することを覚えたのがこのザゼンソウなの。雪の下で花を咲かせると、二十度くらいの熱を自分で生み出してしまうわけ。そのまま発熱をし続けて、ゆっくりと周囲の雪を解かしてしまう。

そうして競争相手がいない雪の中で、誰よりも早く花を咲かせるのだ。

この世界のザゼンソウも同じ特徴を持っているのなら、私はザゼンソウの能力を得ることができるというわけ。躊躇する必要なんてなにもないね。

パクリ。

品種改良が始まったのを感じる。熱が欲しいと念じて発熱を意識すればほら。少しずつ、周りの雪が解けてきました。植物なのに、体から湯気が出る。

極寒の零下のなか、私という存在は春のように暖かなものになっていた。

これ以上の雪が降ってきても問題ない。全て解かして水に変えてしまえばいいのだから……！

もう、寒さも雪も私の敵ではない。私はこのつらく厳しかった冬を攻略したのだ！

雪が解けて、根に水が流れ込んでいく。ああ、お水おいしい。

白い鳥さんに感謝しなくちゃ。クリスマスローズに続いて、ザゼンソウまでお世話になっちゃったよ。まさか、雪かきをしたのも白い鳥なわけじゃないよね？

鳥さんがそんなことできないのはわかっているよ。でも、もしかしたらと思っちゃった。なんだかんだ言って、何度も助けてもらっていたからさ。

ホント、命の恩人だね。ありがとう。ここまでお世話になったら、もう食べたりはしないよ。

感謝するべき相手はもう一人。謎の雪かきマンのことだね。いったい誰が私を雪から救い出してくれたのか。足跡もない。まるで狐につままれた気分。

もしかしたら、冬だしクリスマスにちなんでサンタさんが助けてくれたのかもね。トナカイに乗って空を駆けるから、足跡もない。なんだか辻褄は合う。寂しく過ごすお花さんな私に、雪かきをプレゼントしてくれたのだ。まあ、この世界にサンタなんていないだろうけどね。前の世界にもいたとは言えないけど。

気を失っていた間のことだから、真実なんて調べようがない。せめて足跡があれば推測ができるのに、それさえないのでは想像もつかないよ。まあ時間だけはたっぷりあるのだ。ゆっくりと真相を考えながら暇をつぶしていけばいい。

だって冬はもう怖くないのだから。

なんにせよ、助かったね。どこのどなたとも知れないお方、ありがとう存じます。

頭を下げたら、雪の中から小さな何かがちょこんと見えていた。蔓で雪をどけてみる。すると、雪の下から黄緑色の芽がちょこんと生えていた。地面から新芽が出てきたのだ。

私は春の足音が近づいてきたことを確信した。

他のところも雪かきをしてみる。すると、地面のあちこちから植物の子供たちが誕生していた。

新しい命が萌え出て産声を上げはじめる。長かった冬が、終わろうとしている。

生物にとって楽園の季節。

もうすぐ、春がやってくるのだ。

四　森サーで舞踏会を

春が訪れました。

アルラウネになって二度目の春です。

というのも、私がアルラウネに転生した時期が春だったみたいなの。アルラウネに転生してからしばらくしたら夏になって日照りが始まったからね。

ぽかぽかして暖かい気候。日差しもほどよくあって、光合成日和の一日だ。

雪が解けたおかげで地中には大量の雪解け水が埋蔵されている。お水おいしい。

春って、最高だね！　もうあんなつらい冬とはおさらばだ。当分、雪も見たくない。

とはいえ、ザゼンソウを食べたことで自家発熱を覚えたいまの私にとって、もう冬は恐るべきものではないのだよね。それでも、やっぱり冬より春がいいよ。

動物たちも春の到来を喜んでいるみたい。おかげで、最近の夜がうるさくて困るの。盛るのはいいけど、ほどほどにね。近所迷惑はいけません。

元気になったのはなにも動物だけではない。昆虫も、そして植物も活性化している。

おかげで最近は、近所にたくさんの植物が生えてきた。にぎやかなのはいいことだね。

私もね、体の底から震えるくらい、春に歓喜しているのがわかるよ。

花冠も鮮やかに咲いている。蔓の艶もいい。蜜の量もいつも以上だ。

あぁ、やっぱり春は素晴らしい。

全ての生物が喜びを分かち合い、成長を育む母なる季節。

日課の光合成にも拍車がかかるというものね。どうしよう、私も成長しちゃいそう。

ねえ、そう思わなくて、ハチさん。ごきげんよう。

私の女騎士であるハチさんがみんなで会いに来てくれたのだ。

冬が始まる前に会った以来だね。ずっと寂しかったよ。

うん、どうしたの。なになに、そうか。蜜を取りに来たのね。うん、ハチさんのためなら私、蜜あげちゃう。もういくらでも持っていってちょうだい。

蔓にかぶりついて、蜜をふんだんに舐めつけていく。蜜付きの蔓はすぐさまハチさんへと渡して、次の蔓にかぶりつく。そうして十本以上の蔓に対してハチさんが蜜採集をしはじめた。

まるで一人でハチさん全員と手を繋いでいるみたい。

そうだわ。ねえ、ハチさん。春なのだし、少し踊りましょうよ。前回はクマパパに拒否られたから、今度こそきちんと踊りたかったの。大丈夫、森サー主催の舞踏会は女同士で踊るのです。さあハチさん、わたくしと踊ってはくださいませんか？

　アルラウネと十匹のハチさんによる、春のワルツ。ステップを踏めない私の代わりに、ハチさんが優雅に羽を動かす。そうして蜜を採集しながら舞を踊るのだ。

一人でたくさんのハチさんにエスコートしてもらっているこの感じ。いや、私がエスコートしているのかな。まるで指揮者がオーケストラに向かって指揮棒を振っているような感覚だよ。

さあ、ハチさん、次はタンゴを踊りましょう。春になって元気になったから、私いま燃えているの。心がね！　激しく、情熱的に踊りましょう。まるで恋をしている乙女のように。

楽しいなー。どうしよう、森サー、最高すぎるのですが。

あら、ごきげんよう。見ない顔ですけど、新入りさんですか。お名前を伺ってもよろしいですか？なるほど、蝶々さんですか。

ご新規のお客様は蝶型モンスター、ルストシュメッターリング。

人間くらいの大きさがある蝶でした。ちょうちょう。つまりはてふてふ。巨大てふてふだね！なんだろう、モンシロチョウに似ているかな。どうやら蜜をご所望みたい。

ここは森サー。悪しきものはご退場願いますよ。あら、でも気品ある蝶さんですね。

先頭にいる青い蝶は他の蝶よりも綺麗な柄をしていて、動きもどこか優雅な感じがする。まるで王都のお茶会でいつも女性の中心になっていたとある公爵令嬢のよう。

蝶さん、あなたもしかして、蝶々様なんて呼ばれていたりはしませんか？

聖女時代に参加していたパーティーで出会ったその公爵令嬢は、毎回とても綺麗なドレスを着ていて、まるで蝶のようでした。そのせいで、蝶々様だなんて呼ばれていたね。うん、決めました。このてふてふのことは、蝶々様と呼ばせていただきます。

蔓にかぶりついて蜜をふんだんに塗りつけ、蝶々様の前に持っていく。蝶々様が口吻《こうふん》を伸ばしてきた。蝶にはね、花の蜜や水を吸うための長いストローみたいなものがあるの。それのことを口吻というわけ。蝶々様は口吻を使って蔓の蜜をせっせと吸い出した。なんだか癒やされるね。

　ああ、そこの君！　これ以上私に近づいちゃダメ。こちらの蝶々様みたいにきちんと蜜を採集しなさい。蝶々様のお連れのてふてふかしら。取り巻きはしっかりと指導しておいてもらわないと。ほら、蝶々様みたいにお行儀よく蜜を採集しましょうね。え、聞けないですって？　直接私に特攻してくるなんていい度胸ですね。このままあなたが私の雌しべに触れたら、ハチさんに触れられるのと同様に私は受粉しちゃうの。蝶もね、体に雄しべの花粉を付けていることが多いわけ。だから受粉させられちゃう。てふてふに襲われるつもりはございませんことよ。

　反抗的なてふてふは、下の口にご招待。敵対的な相手には容赦はしません。普通の食虫植物なら優雅に蝶々と戯れたりなんかしないで、容赦なく捕食しているからね。まだ私は甘いほうなのです。

　てふてふをもぐもぐする。

　蝶々様は取り巻きの粗相をお詫びしたいのか、私の蜜付きの蔓を口吻で吸いながら、ゆらゆらと動き出す。もしやダンスのお誘いを受けているのではなくて。

　もちろんですとも蝶々様。わたくしでよろしければ、是非ともお相手させていただきます。

　蝶とワルツを。これが本当の蝶の舞だね。このままなら私たち、一緒に舞踏会のエースを狙えそうだよ。ライバルはハチさんの女王陛下ことお姉さまかな。お姉さまとは会ったことがないけど、きっと何をしても優秀そうな気がするんだよね。だってお姉さまだし。わたくし盲信しているの。

　あぁ、なんて楽しい時間なのでしょう。

　長くつらい冬はいろいろと大変だったけど、その全てを払拭できるくらい、いまが楽しい。

　そうだよ、ここ最近森の四天王やクマパパと戦ったり、過酷な冬の生活に震えたりしていたからすっかり遠ざかっていたけど、私はこうやって平和に過ごすことが望みなの。

光合成をしながら楽しく暮らす。そうしてお水おいしいとつぶやきながら、静かに植物ライフを。それでいて、友達のハチさんと蝶々を招いてみんなで遊ぶのだ。

いまはまさに夢のような時間を再現しているね。

平穏な日常を送りながら女騎士や蝶々様らと踊る、春の舞踏会。

なにこれ、すごく楽しい！　森サー最高なのですが。私、主催者としてとても嬉しいです。

またやろうね、みんな！

そんな私たちの愉快な時間を邪魔しようとする不穏な音が響き渡った。私から見て左の方角。そちらがなにやらうるさい。木が倒れる音や、動物や魔物の叫び声なんかが聞こえてくるのだ。

こういう時に、ちょっと気になるから様子を見に行こうとできないのが悲しいね。なにせ植物だから。もうこればかりはどうしようもないよ。

ハチさんもてふてふも、みんな動きを止めてしまっている。

せっかく楽しい時間だったのに、水を差されてしまったね。

誰だこんな真っ昼間から騒いでいるやつらは。森の主として許しませんよ。

私がぷんぷんと怒っていると、木を倒しながらそいつはやってきた。面倒くさそうに歩いてくる。

頭はウシ、首から下の体は人のもの。ミノタウロスである。筋肉質の強靭な体が、歴戦の戦士であることを物語っていた。五メートルくらいはあるだろう。

クマパパよりも小さいから大丈夫と思いたいけど、そうはいかない。ミノタウロスはクマパパや私のように魔物ではない。魔族と呼ばれている。

魔物はモンスターとも呼ばれていて、言語を操らない凶悪な獣のような存在だ。そのせいか魔法も使えない。だけど、魔族は違う。魔族は魔物を従える立場にある。

魔族とは魔物を従える種族の総称。ゆえに多種多様な種族が混在しているため、まとめて魔族と呼んでいる。人と同様の知能と言語を操り、さらに魔族は人と同じように魔法が使えるのだ。強力な魔法を使用する伝説中の魔族のなかには、魔人と呼ばれるものもいるらしい。

そして、たいていの魔族は魔王の配下だ。その証拠に、このミノタウロスは鎧を着ている。鉄の鎧を身にまとい、頭には兜。手には巨大な斧を持っていた。兜には、黒い翼が二つ象られている。あの印は、魔王軍に所属している者の証しでもある。

間違いない。どう見ても、森に生息する生物じゃないね。

余所者だよ。森で何かよからぬことをするつもりなのだ。

よーし、わかったよ。森の主として就任したあの日、私は決めたのだ。この森をみんなごと守ると。私がやらねば、森サーも崩壊してしまうからね。

女騎士ことハチさんと蝶々様たちに、下がるように指示を出す。危ないからね、遠くに避難しておいて。私が森サーのみんなを守るから。

さて、ミノタウロスさん。こんにちは。魔王軍と戦うのは四年ぶりだね。あの時はまだ人間で聖女として全盛期だったけど、いまは人間辞めちゃったよ。植物モンスターになったけど、それでもあなたは私の敵です。どうぞお手柔らかにお願いいたしますね。

私は私の平穏な生活を守るため、あなたを排除します。全ては静かに植物ライフを過ごすために。

さあ、始めましょうか。

森の主として、初仕事のお時間です。

五　誰か私に代わって食後のデザートになりたいお方はおられませんか

ミノタウロスは凶悪な魔族だ。兜から出ている二本の長い角と野蛮そうな顔という外見も怖いけど、それ以上に戦闘が強い。並みの冒険者や騎士では束になっても敵わないからね。強靭なミノタウロスの筋肉と斧を操る技術の前に敗北してしまうのだ。そうして魔王軍の戦士として、名を馳せている種族となっている。

なぜ魔王軍の魔族であるミノタウロスが森にやってきたのか。謎だね。見当もつかないよ。

そんなミノタウロスが、どうやら私に気がついたみたい。ニヤリとこちらを見つめる。まるで、次の獲物を見つけた狩人のような瞳をしていた。もしかして食後のおやつにするつもりなのかな。

ちょうどハチさんとてふてふたちに蜜を与えていたところだから、私の体からは蜜が溢れ出ている。もしかして私、ミノタウロスにもペロペロされるの？　かなり嫌なのですが。

ミノタウロスのデザートになるつもりはないのだ。こんな見た目だけど甘く見られては困るの。蜜は甘いけど、私の強さはそう甘くはないことよ。

ちなみにだけど、ミノタウロスは人も食べる。どうやら好みの味らしい。だからこそ人間から恐れられているのだけど、いまの私はアルラウネ。多分食べられないけど、飲まれるパターンだよね。

私、いつもこんなんばっかだよ。変態担当はそろそろ卒業したいです。

ミノタウロスが近づいてきた。やられる前に、やりましょうか。攻撃範囲は私のほうが広いのだ。

せっかくの楽しい舞踏会を邪魔された恨みもあるしね。招待状のないお方はお断りでしてよ。

　ということで先制攻撃です。

ミノタウロスに向けて、茨をムチのようにしならせる。けれどもミノタウロスは余裕の表情のまま、斧で茨を斬り裂いた。なんという早業と敵ながら賞賛したくなっちゃうね。

いまの一太刀でわかったよ。このミノタウロスは強い。魔王軍の戦士として訓練されている兵隊だ。野生のモンスターたちとは戦闘に対する意識が違う。私たち野生のモンスターは生き残るために戦う。でも、戦士は相手を殺すために戦う。

近寄られたらまずい。毒花粉を発射。でも、ミノタウロスは斧を盾にして毒花粉を防ぐ。

やはり戦い慣れているね。毒が入らないようにしっかりと口元をガードしているよ。

それなら、トラップなんてどうでしょうか。地面から無数の茨を出現させ、ミノタウロスにまとわりつかせる。しかし、鎧のせいで体に傷を作ることはあまりできなかった。

なら武器を狙おうと、斧に茨を絡ませる。茨を振り払おうとミノタウロスが斧を振りかぶる瞬間を見計らって、毒花粉を発射。ミノタウロスは毒を吸い込みました。やったね。

なんとか勝てたよ。少し苦戦はしたけど、私の敵ではなかったということだね。

そう私が勝利の美酒に酔いしれていると、ミノタウロスがもぞもぞと動き出した。驚くべきことに、ミノタウロスは泡を吹きながらも冷静さを失わずに腰に括りつけていたポーチから小瓶を取り出したみたい。そうして中身を飲み込むと、再び私に向かってきた。

え、どういうこと⁉　毒が効いていないのですが。毒花粉を飲み込んで、かつ茨の毒も少しは体に回っているはず。それなのに全く問題なさそうな顔をしているよ。

もしかして、いまの小瓶は解毒薬だったりするの？　ちょっと、解毒薬を使うとか反則なんですけど！　野生のモンスターはアイテムとか持っていないわけ。それなのにそっちだけアイテムを使えるとか卑怯だよ。全世界のモンスターと一緒に抗議したい。うぅ、まさか毒の対処法を持っている敵と戦うことになるとは思わなかったよ。やはりミノタウロス、強敵です。

茨の罠を出現させるも、全てミノタウロスの斧に寸断されてしまった。

ミノタウロスが舌なめずりをする。もうすぐデザートが楽しめるといった愉快そうで気持ち悪い顔つきだ。ぐぬぬ。

私はね、他人の食後のデザートになるために生まれてきたつもりはないの。クマパパには舐められたり、ハチさんやてふてふには蜜を提供していたりもするけど、デザートはデザートなりにプライドがあるんだよ。無理やりよりも、友好的に美味しく味わってほしいの。女騎士と蝶々様を見習いなさい。

最後まで抵抗する意思をミノタウロスに示すため、槍のように茨を突き刺す。ミノタウロスは斧で軽々防御。けれども同時に、ミノタウロスが転んだ。

うまくいったみたい。作戦通りです。地面からこっそりと茨を出して足に絡ませたのだ。なにも地中から茨を出してそれを巻き付けるだけが罠ではないの。罠にもやり方というのがあるんだから。転んだミノタウロスに毒花粉をお見舞い。盾を地面に刺して、またもやガード。戦士だけあって粘るね。でも、それじゃ甘いよ。

ミノタウロスの顔の横に、にょきりと地面から蔓を生やします。そしてマンイーターの花を咲かせて、そこから発射。毒花粉をくらいなさい。

私の毒花粉は基本的に花冠から放出していた。本体とはいえ花から出しているのだし、もしかして植物生成で作り出した花からも毒が出せるのではと思ったのだけど、正解だったみたい。

マンイーターの毒花粉がミノタウロスに直撃した。とはいっても、本体から離れた蔓で、咲いているマンイーターも本体と比べると小さい。なので一つの花に対して一度きり。しかも少量の毒花粉しか放つことはできないみたい。それでも奇襲にはもってこいだよね。

ミノタウロスの口内に毒花粉が入っていくのが見えた。必死にポーチの解毒薬を取り出そうとするけど、そんなことはさせません。ミノタウロスの両腕を茨で巻き付け、地面に固定します。暴れるミノタウロスを押さえつけていると、気がついたら静かになっていた。

静かに過ごすのが私の夢。戦士であるミノタウロスも、どうやら私の夢に共感してくれたみたい。白目になって口から泡を吹き出しながら同意してくれた。嬉しいね。

そんな私の賛同者を下の口にご招待。ミノタウロスとの戦闘でね、私栄養不足なの。だから一緒に静かに暮らそうね。鎧や荷物は食べられないから蔓で外して、パクリ。

うん、なかなかの強敵だったよ。技術面で押してくる相手はアルラウネになってから初めて。解毒薬まで持っているとは思わなかったしね。

そういえばポーチの中身はなんだろう。解毒薬以外にもなにかあるんじゃないかな。この一年暇すぎたので、こうやって新しい物が手に入るなんてすごく興奮しちゃうの。戦利品なんて初めてだから、ちょっとドキドキしちゃうね。

さーて、中身はと。解毒薬に、これはトラオム草を元にして作られる眠り薬。まさかこのミノタウロス、不眠症なの？　戦士としての訓練があまりにも厳しすぎて、眠れなくなっちゃったんだ。

可哀そうに。

それが本当だったら同情するけど、どうやら違うようです。

眠り薬の隣には痺れ薬が入っていたの。たしか麻痺効果があるファオル草から作れるんだよね、これ。まさか自分で痺れ薬を飲んで興奮してしまうような変態さんはいないだろうから、これは誰かに飲ませるために持っていたんだね。

でも、凶悪で人を食らうようなミノタウロスが、標的を傷つけないよう捕獲する薬を持っているなんて、なんだかビックリ。似合わないし、そんなこと聞いたこともない。

まあ、そんなこと私が知ったことじゃないよね。この薬は何かに役に立つかもしれないし、頂戴しておきましょうか。

ミノタウロスの持ち物で他に珍しいものはなかった。一つを除いては。

荷物の中に、一枚の紙きれが入っていた。それは何の変哲もない紙だけど、ミノタウロスが持っているにしてはあまりにも不可解なものだった。

その紙に描かれているのはどう見ても人間。小さな人間の絵が描かれていたのだ。

六　このままだと私、蜜が楽しめる愛玩用の観葉植物になってしまいそうです

その絵はお世辞にもあまり上手ではなかった。まるで子供の落書きのような絵。まあミノタウロスに絵心を求めちゃダメだよね。これはなんだろう、おばあさんの絵かな。でも、なんでミノタウロスが人のおばあさんの絵を持っていたんだろう。

よくわからないけど、とりあえずこれも保管です。暇つぶしに眺めるのに使えそうだからね。

それにしても、なぜ魔王軍の配下が森にやってきたのかな。正直、魔王軍から見て森に価値のあるものはないと思うのだ。

痺れ薬と眠り薬、そしておばあさんの絵。

もしもあのミノタウロスがおばあさんを捜していて、痺れ薬や眠り薬で捕まえようとしているのだとしたらどうだろう。可能性はあるかもしれないね。なんでそんなことをしようとしているのかは、さっぱりわからないけど。

そう考えると、手頃な人間を捕まえて誘拐するという線のほうがありえそうかも。そのために薬を用意して、大人しくさせてから持ち帰る。魔王軍がよく出没する地域では、若い女性が拐《さら》われることがあると聞いたことがある。それか。まあ絵がなんなのかは全くわからないけどさ。

そんな私の疑問に答えてくれそうな人物が現れた。人物というか、魔族。しかも一行である。

ミノタウロスがやってきた方向から、新手のミノタウロスがやってきたの。しかも配下のウシ型モンスターを引き連れて。ミノタウロス三頭、ウシ型モンスターのエーレシュティーアが五頭のパーティー。なるほど、さっきのミノタウロスは斥候だったのか。

やっぱり魔族は厄介だね。それに、このままいくと一対八だよ。しかもそのうち三頭がミノタウロスとなると、さすがに分が悪い。森の主としての仕事はまだ終わっていなかったらしいね。

圧倒的に不利だよ。もうどうしようもない。一度姿を隠して、ゲリラ戦法で敵をかく乱すれば、森がホームなこちらにも多少の分がある気はする。そのためにも普通ならここで逃げるところだけど、私にはそれは許されていないの。

だって植物だから。逃げる足がない。根っこがね、ずっと土に埋まっているの。だからこのままやるしかないのです。

植物として転生してしまって、もうこんなの慣れちゃったよ。

私に移動という手段はない。できることといえば、ただ目の前の敵を倒すだけ。

これまでだってそうしてきた。だからこれから先も変わらない。

たとえ、勝機がないとわかっていても。

さて、第二ラウンドの始まりです。

あれだけ苦戦したミノタウロスが複数いるとなると、連係して襲ってくるかもしれない。そうなれば対処はできないだろうね。

しかもね、真ん中にいるミノタウロスがちょっと怖いの。両側にいるミノタウロスとも、さっき倒したミノタウロスとも違う。左目に傷があるみたいで、眼帯をしているけど、それが理由でもない。オーラが違ったのだ。

これでも元は勇者パーティーに参加できるほどの実力を持った聖女。いくつもの死線をくぐってきた自負がある。そんな私だからこそわかるものがある。

このミノタウロスは、他の普通のミノタウロスとは格が違うのだと。

眼帯ミノタウロスは、斥候ミノタウロスの脱ぎ捨てられた鎧を確認すると、警戒するように私を見据えた。そしてやっぱりこのパーティーのリーダーだったのだろう。部下のミノタウロスに向かって「ヤルゾ」と声をかけた。魔族ならば言葉を操るのも当然。そのことには驚かない。

殺気を放つウシ軍団。どうやら私は、仲間のミノタウロスの仇として狩られようとしているみたい。クマパパや数々の強敵を葬ってきた私でも、流石にこの数じゃ勝ち目がないよ。

せめて一対一とかなら、なんとかなるかもしれないのに。

私が一対一の決闘を申請しようかと悩んでいると、眼帯ミノタウロスが何か喋りだした。呪文のような言葉を唱えると、なんと斧が燃え出したのだ。

まさか、炎魔法⁉　間違いない。四大魔法である火属性の魔法だ。

ビックリした。この眼帯ミノタウロス、魔法まで使えるみたい。

人間の中でも魔法を使えない兵士はたくさんいる。むしろ魔法の才があるほうが珍しい。魔族も同じだ。いくら種族ごとに潜在能力の大きさが違うといっても、魔法が使える個体は基本的に珍しくてしかも強い。眼帯ミノタウロスの大斧が爆発するように燃え上がり、炎と一体化していく。

あぁ、ダメ。ダメだよ、これは。勝てないって。私ね、火に弱いの。植物だから。あんな炎を見たら、花が縮こまっちゃう。焼かれたらね、もう終わりだよ。

しかもこのミノタウロス、かなりの魔法の使い手だって。ちょっとかじったレベルじゃない。きちんと戦闘用に鍛えている。

もしかして私、このまま燃やされちゃうのかな……。

「旨ソウダ、シカモ美シイ」

ミノタウロスが私のことをじっとりと見つめながらそう口を開いた。

綺麗だと褒められるのは花としても悪い気分はしないんだけど、旨そうだと言うのはやめてほしいな。ちょっとね、美味しそうに見られるのには嫌なトラウマがあるの。

だけど、私は次の言葉で、この先の人生の道を悩むことになる。

驚くことに、ミノタウロスは私に対して第二の選択を与えたのだ。

「隷属シロ。サモナケレバ仇トシテ焼キ払ウ」

ミノタウロスは自分のもとに下れと言うのだ。

その口元からはよだれが垂れていた。きっと私をペロペロするつもりなのだろう。できれば私を燃やさずに、蜜を堪能したいという気持ちが表れていた。

デザートにされてから燃やされるとしても、デザートにされずにこのまま燃やされても、どちらも救われない。ならいっそ、言われるがままミノタウロスのデザートになりますと服従したらどうだろうか。殺さずに、おやつとして取っておいてくれるかもしれない。

ミノタウロスに蜜をあげるため、顔を舐められる。嫌だけど、その時の私はもうミノタウロスの所有物。どんなに嫌でも、喜んでもらうために蜜を献上し続ける。だけどミノタウロスは私の気持ちなど知らないと飲み込むように私を楽しみ続ける。それでも笑顔を振りまいて、私は乱暴されないようにミノタウロスに気を使うのだ。ミノタウロスから可愛がられるかもしれないけど、デザート兼愛玩用の観葉植物になってしまう。私の尊厳はもはやそこにはない。

けれども、命だけは助かる。

命を担保に心と体を差し出すか、それとも燃やされて殺されるか。究極の二択である。

ミノタウロスのために蜜と植物である体を捧げる人生。

焼き殺されるよりは、いいのかな。

――いや、そんなのは許せない。耐えられない。

クマパパにペロペロされるのもあんなに屈辱だったのに、こんな野蛮そうなミノタウロスに隷属して、ただひたすら蜜を舐められる一生なんて選んだら絶対に後悔する。

たとえ、ここで燃やされて土に返ることになったとしても、私は後悔しない。

公爵令嬢として育った元聖女としての矜持が、私に最後まで抗えと言ってくる。

魔族のために一生を尽くす生涯なんてまっぴらごめんだよ。

私は私のためだけに生きるのだ。

光合成をしながら静かに、平和に暮らす。

決してミノタウロスなんかに飼われながら屈辱を身に焼き付けるような生活はしたくない。

私、最後まで戦うよ。

たとえこの身が燃やされてしまったとしても…………。

私は茨を構えて拒否の姿勢を示す。

抵抗の意思が伝わったのだろう。眼帯ミノタウロスは慈悲なしといった様子で、こちらに一歩踏み出した。だが、急にその歩みを止める。

いったいどうしたんだろう。同時に、私の視界の端に、何かヒラヒラしたものが映る。

視線を動かすと、そこには見知った友人が滞空していた。

ハチさんだ。私の女騎士ことハチさんが仲間を連れて助けに来てくれていたのだ。

でも、それだけじゃない。ハチさんの反対側には蝶の群れがいた。

私のダンスのパートナーだった蝶々様も、仲間のてふてふたちを引き連れてやってきたのだ。

もしかして、私を助けに戻ってきてくれたの？　そんなこと、頼んでもいないのにさ。

見てよあの敵を。どう見ても私たちよりも強いよ。しかも火を操っているし。私ら全員、火が弱点なのにね。あんな炎、一度でも受けたら消し炭になっちゃうんだよ。だから危険だよ。逃げたほうが身のためだって。それなのにこうして、私を助けに来てくれたんだ。

うぅ、どうしよう、目から蜜が流れてくるよ。蜜が止まらない。

いつもならこれだけ蜜を出せば喜んで採集してくるハチさんとてふてふが、蜜に無反応のままミノタウロスたちと対峙している。

私、アルラウネに転生してから嫌なことばっかりだったけどさ。こうして森サーの友達と一緒になれたのだけが、唯一のいいことだったよ。

うん、腹を括ろう。

ここまでしてくれている女騎士や蝶々様たちを無様に燃やされるわけにはいかない。

私は私のことを好いてくれているみんなのために、負けるわけにはいかないよ。

たとえ私一人ではダメでも、みんなとならきっと戦える。

よし、一緒にあんなやつらはやっつけよう。森の平和は、私たち森サーが守るのだ。

さあミノタウロスさん。もしよろしければ、私と踊ってはくださいませんか？　この森は初めてでしょう。なら森の乙女たちによる森流の歓迎のダンスをご披露いたしましょう。しかも、ただの舞踏会ではございません。少し荒っぽい、武道会方式です。

ではみなさん、準備はよろしくて。

歓迎の舞踏会を始めましょう。

七　森サーと魔王軍による合同ダンスパーティー開催です

さあ、本日は森サーと魔王軍による合同ダンスパーティーの開催日です。ルールは簡単、相手よりも長く踊っていたほうが勝ちとなるわけだね。

私の他には女騎士ことハチさんが三十四、蝶々様率いるてふてふが十匹ほど。対する相手の殿方は炎魔法を扱う眼帯ミノタウロス一頭と、仲間のミノタウロスの二頭、そして配下のウシ型モンスターであるエーレシュティーアが五頭だ。

数だけみれば森サー四十一対魔王軍八でこちらが優勢だけど、そうは単純な話ではない。相手のミノタウロスは全員鎧を身にまとい武装をしている戦士。しかもそのうち一頭の眼帯ミノタウロスは炎魔法を扱う。いまもほら、大きな斧が炎と一体化して轟々と燃え盛っている。

あんなの触れただけでこちらはみんな消し炭になっちゃうよ。植物である私はもちろん、ハチさんもてふてふもみんな火に弱い。相性が悪すぎるのだ。

やっぱり一番厄介なのは眼帯ミノタウロスだね。こいつの相手は私がしよう。

部下のミノタウロスは女騎士と蝶々様にいったん任せるとしても、まだ配下のウシ型エーレシュティーアが五頭いる。ミルクたっぷり栄養満点の乳牛さんではなく、闘争本能全開で赤いマントに突撃する闘牛のような強そうなウシさんだ。

いや、ちょっと待って。あのエーレシュティーア、五頭とも体に荷物がたくさん巻き付けられている。もしかして行軍用の荷物持ちとして連れてきているだけかもしれない。そうなればあまり戦闘力は高くないかも。とはいっても、エーレシュティーアの突進力は少し面倒だね。

よし、先にウシ型モンスターからやっつけよう。

さあ、ウシさん方。舞踏会という名の歓迎の武道会を始めましょう。

この中で一番攻撃範囲が広いのは私だったみたい。おかげでまたもや先制攻撃ができたよ。

まずは殿方に来場してくださったお礼をお伝えしないとね。

ご機嫌うるわしゅう。はじめまして、わたくしは当舞踏会主催者のアルラウネと申します。以後お見知りおきを。まあ以後があればのことなのですが。

挨拶がてらに毒花粉をお見舞いします。

ミノタウロスの動きは速かった。近くのエーレシュティーアの前に壁になるように移動し、斧を盾にして毒花粉から己と配下のウシ型モンスターを守ったのだ。

私とのダンスよりもウシ同士で手を取ることを優先するなんて、そこまで殿方同士のペアがよかったのかしら。どうしましょう、私そういうのを生で見るのは初めてなの。

　私の挨拶に感動してくれたのは残された二頭のみ。泡を吹きながら倒れてくれるほど賛美してくれているのが嬉しいね。うん、まあよしとしましょう。

　これで四十一対六。殿方はレディーを選び放題でしてよ。さあ皆さん、お客様のお相手をしてあげましょう。舞踏会の始まりです。

女騎士ことハチさんたちが部下ミノタウロスとウシ型モンスターのエーレシュティーアを取り囲む。さすがに数が多いせいか、殿方はうまく女騎士たちをエスコートできていないみたい。ミノタウロスもお相手の数が予想以上に多いせいか、斧を振り回しながら戸惑っているよ。エーレシュティーアなんて女性からお叱りの針を刺されちゃっているね。

　蝶々様たちも、もう片方の敵の周りで蝶の舞を披露しはじめた。美しいダンスに合わせて、鱗粉が殿方たちに降り注ぐ。鱗粉を吸い込んだエーレシュティーアが痙攣しながら体を硬直させた。どうやらあの鱗粉には痺れ粉のような成分があるみたいだね。ミノタウロスも鱗粉を吸い込まないよう口を押さえているせいか、斧で蝶々様たちに反撃しづらいみたい。

森サーの淑女なだけあって、女騎士も蝶々様もやるね。この調子なら致命傷を与えることは難しくとも、なんとか魔王軍のお相手を続けてくれることはできそうだよ。

みんなが時間を稼いでくれている間に、私がフリーになれれば勝機はある。

私もきちんと殿方の相手をつとめなければ。

眼帯ミノタウロスが炎の斧を構えながら近づいてきた。あなたのお相手はわたくしですよ。茨でダンスのお誘いをします。右、左、右、左、と次々と茨を伸ばして腕を組むのです。けれどもお断りされてしまいました。刺がある女は嫌いみたい。

鋭い斧捌きで、次々と茨を刈っていく。燃える斧に切られた箇所が火傷しているせいか、切断面の再生がしづらい。炎魔法のせいだろうね。やっぱり植物とは相性が悪い。

眼帯ミノタウロスが嘲笑するようにこちらを見ている。口からよだれが出ているし、舐めまわすような視線も熱い。こんなやつに負けるわけにはいかないね。

戦闘に気合が入っているのか、なんだか私までちょっと熱くなってしまいそうだよ。

少しダンスに夢中になりすぎちゃったかな。

――いや、違う。

本当に燃えているってこれ！　あつあつあつっ！

茨が一本燃え出した。炎の斧に焼かれたみたい。そのまま炎は導火線のように茨を伝って本体である私のほうへと近づいてくる。

え、ちょっと待って。まずいって！　球根と茨が繋がっている以上、茨が燃えれば私も燃えることになる。茨、分離とかできないよね。なんとか火を消そうと燃える茨を必死に振り回すけど、効果はない。他の茨で消そうにも、燃え移るだけだし。

もしかして私、これでお終い？

予想以上に難敵だった。私にとっても最大で最強の敵、それが炎。火には勝てなかったよ。

うぅ、嫌だよおお。燃えたくないよ。

炎に包まれた茨の部分が黒い炭のようなものに変化していく。元の緑色だった茨は見るも無残な姿へと変貌していく。あの茨の姿は、未来の私だ。

私に炎が到着すれば、全身が燃えてしまうのは必至。まず球根から燃え上がり、花冠と葉っぱが一瞬で焼却され、体が炎上するなか雌しべである私が火に包まれながら溶けるように燃やされていくのだ。そうして体は黒色の炭となり地面へと返る。残った灰は風に運ばれ、空へと霧散していくのだ。そうして私はこの世から消える。それはあと数十回瞬きをした先にやってくる絶望の未来。

こんな時にこそお水が欲しい。栄養としてではなく、消火水として。

もう何もかも諦めて、最後の晩餐という名の光合成を堪能して全てを忘れ去りたい。

もう私にはどうすることもできないの。やっぱり、ダメだよ。

――私がこの場に一人だけだったら、そうやってここで諦めていたかもしれないね。

でも、いまの私には仲間がいる。みんなのためにも最後まで戦い続けなければ。

まだ本体にまで火が移るには時間がかかる。とりあえずできるだけのことをしましょう。私を助けに来てくれた森サーのみんなのためにも。それがせめてもの恩返しになるのだから……！眼帯ミノタウロスが「降参シロ、悪イヨウニハシナイ」と最後通牒を突きつけてくる。

すごい余裕そうだね。私はデザート兼愛玩用の観葉植物になるつもりはない。せめて燃え尽きる前に、ウシどもを道連れにして焼肉にしてやるんだから！

さて、これからが本番でしてよ。植物型モンスターだって熱いハートを持っているの。燃える茨を漂わせ、華麗に魅せる花の演舞なんていかがかしら。心身ともに燃え盛る情熱の踊りをお見せいたしましょう。

アルラウネの有終の美をとくとご覧あれ。

八　口元を隠して微笑むのは淑女としての嗜みです

導火線のように近づいてくる炎は、私に残された命の砂時計でもある。

本体にまで炎がたどり着けば、私は燃えて消し炭になってしまうのだから。

私の返答待ちをしているおかげで眼帯ミノタウロスは油断している。私を傍観してくれているのもラッキーだね。眼帯ミノタウロスの動きが止まっているいまが好機。

蝶々様のほうに目を向ける。鱗粉の効果があったみたいで、ウシ型モンスターは麻痺して倒れたまま。相棒のミノタウロスも、鱗粉を吸い込まないように手で口を押さえているため、大した動きができない。これはわたくしと踊ってくださるチャンスでなくて？　眼帯ミノタウロスが油断している隙に、蝶々様に援軍です。すぐさま地面から茨を出現。口を押さえる部下ミノタウロスの両腕をしっかりとホールド。蝶々様と交替です。次はわたくしと踊りましょう。

主催者が一人のウシさんと踊ると他の殿方が嫉妬するかもしれないから、眼帯ミノタウロスと、もう一頭のほうにも茨を差し向けます。わたくし、気が利くの。さあ、一緒にステップを。口から手をおどけになって。そうでなくてはあなたの凜々しいお顔が拝見できなくてよ。あら、ミノタウロスさん、随分と牛みたいな顔だったのね。雄牛のようなたくましいあなたには、わたくしから秘密の招待状を差し上げます。もしわたくしのことを気に入ってくださりましたら、あとで一緒にこっそりと舞踏会を抜け出しましょう。

ミノタウロスの腕を押さえつけていた茨からマンイーターを咲かせて、そこから招待状を口の中に投函です。ちょっと毒花粉みたいな形をしているけど、それが私流のお誘いなの。暴れるミノタウロスの四肢を茨で押さえつけます。あなた、乱暴な踊りをするのですね。ちょっとダンス教室に通ったほうがいいのではないかしら。私が踊りのイロハを体に教えてあげていると、ミノタウロスが理解しましたと白目を向いて口から泡を吹きながらお礼を述べてくれました。どうやら私と一緒に舞踏会を抜け出すのはやめて、一人で別の世界へと出かけてしまったみたい。招待、断られちゃったね。

部下ミノタウロスと代わって私と踊りたいのか、それとも部下を助けたいのか、眼帯ミノタウロスが茨を切り裂きながら蝶々様のほうへと突撃してきた。そんなリーダーさんには私本体の花冠から招待状を噴射です。リーダーである偉いウシさんには特別、たくさんプレゼント。

眼帯ミノタウロスは斧の炎を掲げ、自分を中心に炎陣を生み出す。毒花粉が一瞬で燃やされてしまった。やっぱり火は怖い。

その隙に私は、蝶々様の鱗粉で麻痺して動けなくなっていたウシ型モンスターに毒花粉を吸わせて舞踏会からのご退場をお願いする。よし、これで相手は四頭だ。

女騎士たちのほうにも動きがあったみたい。ハチさんの猛勢によって、ウシ型モンスターが地面に倒れた。これで相手はミノタウロス二頭とウシ型モンスターのエーレシュティーア一頭。

ミノタウロスが女騎士と踊っている隙に、ハチさんに刺されて瀕死状態になっていたもう一頭のエーレシュティーアに招待状を送る。あなたもお仲間のところにお行きなさい。そうすればみんな寂しくならないよ。女騎士にダメージを与えられていたエーレシュティーアはもう余裕がなかったようで、すぐさま舞踏会を後にした。これで残るはミノタウロス二頭のみ。

けれど女騎士側も無事ではなかったようで、すでに何匹ものハチさんが地に伏せていた。地面が黄色く見える。ぐぬぬ。よくも私の女騎士たちを。許せない。

でも許せないのは現実も一緒。そろそろタイムリミットみたい。

導火線となっていた茨が燃え尽きて、とうとう本体である私の目の前まで炎がやってきたのだ。

これで私の舞踏会も終わりか。残念だったね。もっと森サーのみんなと踊っていたかったよ。

火で燃やされて死ぬなんて、植物としてはあまり喜ばしい最期ではないね。もっとこの森で綺麗に花を咲かせていたかったな。

眼帯ミノタウロスが斧を振るって、ハチさんたちに炎を浴びせる。一匹、また一匹と黒色の灰となって舞踏会から退場させられていくハチさん。やっぱりこのミノタウロスは許せない。

せめて、なんとかしてみんなを助けないと。

その前に自分を助けないといけないのだけどね。ホントどうしよう。

眼帯ミノタウロスが、蝶々様たちにも斧を向ける。

——そうだ、斧だ！　植物モンスターになっていたせいですっかり忘れていたけど、別に植物が武器を持っちゃいけないなんて決まりはなかったね。剣とか槍を握っている花を見たことなかったせいで、全くその発想がなかったよ。

斥候ミノタウロスの戦利品に視線を向ける。荷物は大事に取っておいたのだ。

手に入れたばかりの斧を蔓で持ち上げます。うん、なんとか持てそうだよ。私、結構な怪力の持ち主だから大丈夫だとは思ったんだ。

まずは時限装置を破壊するしかないね。燃える茨を根本から切り落とします。よし、これで燃える心配はなくなった。あっさりとしすぎてビックリだけど、これで少しは延命できたよ。

やっぱり武器ってすごい。文明の利器だね。斧はこのまま武器として使えそう。とはいっても、元聖女な私は斧の扱い方なんてわからない。なら、投げるしかないよね。実はアルラウネになってから暇をつぶすために、近くの木をもぎ取ってそれを的に投げるという遊びをしていたのだ。だから投擲にはちょっと自信があるの。

蝶々様と交替して倒したばかりのミノタウロスの斧も拾って、二刀流。それを二頭のミノタウロスへ同時に投擲。眼帯ミノタウロスは斧でガード。さすがはリーダーさん。でも部下は違ったみたい。ハチさんを叩き落とすことで精一杯だった部下ミノタウロスの頭に、斧が炸裂した。兜が飛んでいく。頭から血を流しているけど、兜に守られて致命傷にはならなかったよ。

それでもね、地面にさえ倒れてくれればこっちのものなの。部下ミノタウロスさん、きっと踊り疲れて脳震盪《のうしんとう》を起こしてしまったのね。大変だわ、早く助けないと。地中から茨を生やして、部下ミノタウロスの横にマンイーターの花を咲かせます。そうして毒花粉を喉の奥へと噴射。よし、これで楽にさせてあげることができたね。

部下ミノタウロスの周りには、二十匹近くのハチさんが切り裂かれていた。燃やされているハチさんもたくさんいる。蝶々様の取り巻きのてふてふも数匹ほど無残な姿となって羽を地面に合わせていた。

目から蜜が零れ落ちる。こちらが劣勢だというのは最初からみんなわかっていた。それでも、できれば全員無事に生き延びたかったよ。

——こんなの絶対に許せない。森サーのみんなの雪辱は私が果たす。

敵はあと一頭だけだ。ハチさんもてふてふたちも、もうみんな満身創痍。これ以上、森サーの仲間を失うわけにはいかないね。女騎士と蝶々様たち、あとは休んでいて。あのウシの相手は私がするから。そこで私の勇姿を見守っていてね。

最後に残った眼帯ミノタウロスが驚くように私を振り返っていた。アルラウネが斧を投げるだなんておかしいと抗議でもするような目ですね。それとも淑女が舞踏会で斧を振り回すのが気に入らないのかしら。誤解なさらぬように。これは一見すると斧のようにしか思えないけど、実はこれ、舞踏会の小道具なの。扇子なのよ。見えないのかしら？　平べったくて、扇状に広がっている。やっぱり扇子だね。ほら、よくダンスパーティーで羽根付きのふわふわな扇子を持っている御令嬢がいるでしょう。あれです。わからないかしら、これは鉄製のフェザーファンなの。舞踏会の主催者が言うんだから、なんといってもこれは扇子です。

私は脳震盪を起こして倒したばかりのミノタウロスの武器を奪って、本体へと持ち帰る。斧——

じゃなくて羽根付きのふわふわ扇子。どう、似合うかしら。顔の前で鉄製のフェザーファンを広げ、私は口元を隠します。そうしてできるかぎり、蠱惑的《こわくてき》な笑みを向ける。

さあ、リーダーさん。ラストダンスといきましょうか。

九　終焉の舞踏会

私のラストダンスのお相手は眼帯ミノタウロス。敵のリーダーだし、ペアとしては申し分ないね。他の敵は全て排除した。残るのはこのミノタウロス一頭のみ。対するこちらも被害は甚大です。ハチさん軍団は半数以上がやられちゃったし、蝶々様の取り巻きも何匹も帰らぬ蝶に。

仲間を失って怒っているのはミノタウロスも一緒だったみたい。憤怒の形相で、燃え盛る斧を振りかぶりながら突進してくる。炎魔法が込められた斧が厄介だね。どうやって対処しようか。

羽根付きふわふわ扇子という名の斧で口元を隠しながら、私は考える。とりあえず、あの炎の斧が私に直撃したらお終いだね。斧を投擲されても困るから、盾用の茨を何十本か正面の地中に忍ばせておきましょう。あと数本の予備を残して、地上と地下から茨で一斉攻撃。

眼帯ミノタウロスは炎陣を発生させ、茨を防ぐ。炎の渦がミノタウロスを囲った。

うぅ、火には敵わないね。これじゃ茨を突き出しても燃えちゃうよ。

でも、斧なら貫通するよね。私はひょいと扇子を投げ飛ばします。炎の向こうで鋭い音がする。残念、どうやら防がれたみたい。その間に周囲に蔓を伸ばす。さっき私が投げた二本の斧を回収です。これで扇子も補充できたよ。鉄製のフェザーファンに見惚れていたら、炎の渦の中から斧が飛んできた。眼帯ミノタウロスが斧を投げ返してきたのだ。すかさず茨の壁を作り出す。けれども炎の斧は、やすやすと茨の壁を貫いてきた。

うひゃあっ⁉　飛んできた炎の斧を、小道具の扇子でガード。斧には斧を。危なかった。扇子がなかったら私、真っ二つだったね。やっぱり舞踏会に扇子は必要だよ。今度から常備しなくちゃ。

炎の中から眼帯ミノタウロスが姿を現す。私が投げた斧を奪い取ったみたいで、手に装備していた。新しい斧にも魔法を使ったようで、すでに炎の斧へと変化している。私も飛んできた斧を拾って、再び扇子を装備。投擲では決着がつかないと思った眼帯ミノタウロスは、こちらに進んでくる。

どうやら接近戦で決着をつけたいみたい。でもそんなことはお構いなしに、私はまた鉄製の扇子を投げつけた。案の定、炎の斧でまた防がれます。

私はアイテムを相手にぶつけるという技を覚えた。でも、そのアイテムは何も一つじゃないの。ミノタウロスから奪ったものは他にもあるんだよ。そう、斥候ミノタウロスからの戦利品の、痺れ薬と眠り薬だ。私はミノタウロスの死角である眼帯がある左側からこっそりと蔓を忍ばせて、この二つの薬を瓶ごと投げていたのだ。

眼帯ミノタウロスが飛来する斧を弾いたのに一瞬遅れて、二つ瓶が舞い込んでくる。さすがのリーダーさんもこれには反応できなかったみたいで、瓶が兜に当たって割れる。中身の痺れ薬と眠り薬が空気中にばら撒かれた。これで眼帯ミノタウロスも動けなくなるはずだね。

薬が効いたのか、眼帯ミノタウロスが体をよろめかせた。よし、いけるよ。

しかし次の瞬間、驚くことに眼帯ミノタウロスは自分の左腕に炎の斧の刃を当てて体を焼き出したのだ。肉が焼ける匂いがしてくる。己自身を焼肉にした痛みによって眠気から覚醒し、眼帯ミノタウロスが体勢を立て直した。流石はリーダー、すごい根性だよ。

そして痺れ薬の効果が全身に回る前に、ポーチから小瓶二本を取り出して飲み込んだ。いまのは、眠り薬と痺れ薬用の解毒薬みたいなものだろうね。せっかくの作戦が台無しである。

もう手持ちの薬はないし、どうしよう。私は倒れたままのミノタウロスに視線を向ける。すると以心伝心してしまったようで、眼帯ミノタウロスは仲間のポーチから薬を頂戴しはじめた。

さすがはラストダンスのペア。私の考えることはお見通しってわけね。

ならこちらからいただきましょうと、ウシ型モンスターに蔓を向ける。縄で括りつけられた荷物をゴソゴソと漁ります。うん、眼帯ミノタウロスが止めようとしない。ということは、こっちには薬はないのかな。ウシの荷物は食料や水ばかりだった。肉食だからか、動物の肉ばかりだよ。

あれ、でもこれは葉っぱだ。ミノタウロスも薬物を食べる趣味があったんだね。いや、でもこれはただの葉っぱじゃない。トラオム草といって、この世界では眠り薬の原料として使われている。こちらはファオル草。同じく痺れ薬の原料だ。私がさっき投げつけた眠り薬と痺れ薬はこの草から作られたものなの。実は誰かに薬を使おうとしているなら、予備として原材料を持っている可能性があると思っていたの。トラオム草とファオル草を私の手元まで持ってくる。

眼帯ミノタウロスは「無駄ダ」と声を上げた。その通り。これはあくまで原材料であって、これだけでは大した効果は発揮しない。このまま薬を食べさせても、ちょっと眠くなって、手足が痺れるくらいだろう。加工しなければ戦闘に使えるほどのアイテムにはならない。

そう、だから加工しちゃえばいいんだよ。体の中でね！　トラオム草とファオル草をパクリ。品種改良のお時間です。毒花粉から毒を分離させて、トラオム草とファオル草の成分を個々に融合。

植物生成完了しました。

早速発射してみようと、眼帯ミノタウロスに青色の花粉を放ちます。これは眠り粉。続けて黄色の花粉を吹き出させる。こちらは痺れ粉。蝶々様の鱗粉と効果は一緒だね。

痺れ粉と眠り粉が眼帯ミノタウロスを襲う。けれども斧を振りかざし、炎の渦を作って防御。

やっぱりただ正面から放っても効かないか。これじゃ埒が明かないね。このまま進んでも、お互いが均衡したまま。それどころか炎魔法のせいで、少しこちらが押されているよ。私の弱点である炎の斧が扱える時点で向こうは有利だったのだ。

こっちから何か仕かけなければ、やられてしまう。幸い、ミノタウロスから奪った斧が手元に三本もある。刃物がたくさんあるわけだし、これにちょっと細工してみましょうか。

私は細工した一本の斧を投擲する。これまたミノタウロスはガード。すでにこのやりとりも三度目だね。眼帯ミノタウロスが炎の渦から出てきた。手には、私が投げたばかりの斧を持っている。斧の二刀流だね。また斧を投げてくるかなとは思ったんだけど、投げずに二本とも持つとはね。いままでのように私に斧を投擲するのではなく、装備する道を選んだみたい。

でも、それが運命の分かれ道だとは知らなかったみたい。

突然、眼帯ミノタウロスが斧を落とした。腕が痙攣している。なぜ、というようにこちらを見つめるリーダーさん。その理由はね、いまあなたが落とした新しい斧にあるの。

斧の柄に麻痺性の毒を発する茨を巻き付けていたのだ。痺れ粉が出せるならと、毒と同じように麻痺の効果を持つ茨の棘を生成したの。その茨を斧の柄に巻いて、もう片方の斧で茨を切断。これで斧に茨が巻き付いたままになる。茨付きの斧を眼帯ミノタウロスの死角側に投げつければ、ほら完成。眼帯があるせいで見えづらい角度からだというのと、炎の渦が邪魔で、斧の柄に茨が巻き付いていることに気がつかなかったみたい。それで斧を持った時に棘が刺さって、毒の効果で痺れてしまったというわけ。仮に斧に巻き付いた茨に気がつかれても、茨を剥がそうと手にした時点で棘が肌に刺さる。それだけでも、麻痺の効果は現れるはずと考えていたの。

斧を投げるのは三度目だったけど、三度目の正直ともいう。これで終わりにしましょう。斧がないいまなら炎の渦で防ぐことはできないはず。眼帯ミノタウロスが斧を落としている隙に、花冠から痺れ粉を発射。同時に眼帯ミノタウロスの四方から茨にマンイーターを咲かせ、毒花粉を散布。眼帯ミノタウロスの周囲に二種類の花粉が密集する。眼帯ミノタウロスは解毒薬を取り出そうとするけど、前回と違って腕が麻痺しているせいでうまく瓶が取り出せないみたい。

そういえば舞踏会はまだ終わっていなかったね。最後くらいしっかりとパートナーをリードしてあげなくちゃ。眼帯ミノタウロスの腕を麻痺性の茨でしっかりとホールド。さあ、そんな解毒薬の瓶は置いてしまいましょう。ダンス中の飲食はいけませんことよ。

魔法を使う余力もないのかな。気力を振り絞って意識だけは保っているみたいだけど、もう何も抵抗はできなくなっているね。眼帯ミノタウロスが、がくりと腕を落とす。おっと、パートナーさんや。倒れる前に訊きたいことがあるのですが。

「森に、なんの、よう?」

魔王軍の兵士が森にやってきた理由。森の主としてこれを知っておかなければ、あとあと困るの。

「……森ニ用ハナイ。コノ先デ仕事ガアッタダケダ」

「仕事、って、何？」

眼帯ミノタウロスからの返答はない。代わりに、最後の力を振り絞って咆哮を上げ出した。眼帯ミノタウロスの右腕が燃え出す。炎魔法を使ったのだ。信じられない、武器がないからといって自分の体を燃やし出したよ。炎が上がることを確認すると、眼帯ミノタウロスは小さく言葉を発する。

「グリューシュヴァンツ様、オ許シヲ……」

そうして私と眼帯ミノタウロスとのラストダンスは幕を閉じた。舞踏会も終わりである。

ふう。なんとか乗り切ったね。今回は本当に危なかった。火で燃やされると思って一度死を覚悟したね。相性も悪かったし、かなりの強敵だったよ。まさかここまで炎魔法が脅威だったとは。

それでも、戦士型の相手でよかった。もし魔法特化の魔法使いのようなミノタウロスだったら、勝ち目がなかったかもしれない。遠隔から炎魔法を放たれ続けたらひとたまりもないからね。

ん、炎？

そういえば最後に、眼帯ミノタウロスの右腕が燃え出したけど………あぁ、どうしましょう。

緊急事態です。あの眼帯ミノタウロス、最後の最後にやってくれました。

眼帯ミノタウロスの右腕の炎が近くの木に引火しているのだ。火が眼帯ミノタウロスの全身に回る頃には、その木はしっかりと炎上していた。

嘘でしょう。信じられない。あいつ、最後に私に一矢報いようとしたんだ。

森を燃やせば、私も燃えて助からないから。

こんな終わり方ってないよ。とんでもないダンスパートナーだったよ！

これが舞踏会の真の閉会。まさに終わりの始まりである。

炎上する木だけでなく、隣の木の枝までもが燃え出していた。このままでは炎が連鎖してしまう。

そうなれば起こる未来はただ一つ。森が火事になる。それだけはまずいの。

火事になれば、私は逃げることができない。だって植物だから。歩けないの。

だからお願い、鎮まって。私も、燃えちゃうから！

そこの木！　燃え移らないで！　頑張って!!

あぁあああああ!!

燃え移っちゃったよ……。

どうしよう。私も、燃えちゃうかも…………。

十　森が燃えちゃう

やめてぇえええ！　燃えないでぇえええ!!

私の近くの木が二本燃えている。このまま放っておけば火が広がるのは間違いない。

まずいよ、森が火事になってしまう！　そうしたら私だけでなく、森のみんなが悲しい運命をたどることになる。女騎士であるハチさんも、蝶々様たちてふてふも、みんな住処をなくしてしまう。せっかくミノタウロスとの戦闘で生き延びたのに、また命の危機に晒されてしまうなんてあんまりだ。森サーのみんなは飛べるから、なんとか逃げられればいいんだけど。

もっと悲惨なのは植物。逃げることなんて最初からできないからね。こちらは全滅が必至。私も含めて、燃えずに生き残る未来はない。

なんでさ。なんで植物は歩けないの？　歩こうよ、火事なんだから。

もう何度目だかわからないね。移動できないのが本当につらいよ。

歩けないのは私だけでなく、森の全ての木が同じ。つまり燃える時も一緒だ。

森の主として、森を失うことは断固として許すことはできない。なんとかしなければ。

まだ火災は始まったばかり。木も二本燃えているけど、まだそれだけだ。炎が広がる前のいまなら、まだ対処ができるはず！

私は燃え盛る木の根元付近に、数十本の蔓を巻き付ける。燃えにくいように何重にも巻いて強度を上げていった。それでも火が蔓にも移ってきた。熱いけど我慢。それよりも蔓が燃え尽きる前に、早くなんとかしないと。

とりゃぁああ!!

蔓を大きくしならせて、木を根っこごと引き抜きます。木を丸ごと飲み込むことは何度もやってきたので、抜根するのは慣れているの。引き抜いた木を私の近くまで移動させる。私の周囲十メートルほどは草木があまり生えていない。私がみんな食べたからね！　でもそのおかげで、燃え移る対象がないの。だからここに燃える木を移してしまえば、森に火が移ることはないでしょう。

私が一本の木を抜根している間に、残る木からさらに他の木へと火が燃え移っていた。炎上する木はまた二本に逆戻り。これ以上時間をかけると、燃え移るスピードが上がって取り返しのつかないことになる。私は二本とも同時に蔓を巻いて、根っこを地中から引き抜いた。それを空き地と化している私の近くへと放り投げる。

でも、まだ安心できない。恐ろしい光景なのだけど私にはいま、導火線が大量につながってしまっていた。燃えている木を掴んでいたから当然なのだけど、私の蔓たちもみんな燃え出していたのだ。数十本からなる蔓から、火が私本体へと近づいてくる。

でも、ご心配なく。そこで扇子の出番です。扇ぐのではなく、切断します。鉄製のフェザーファンこと斧で、蔓を次々と切り落としていきます。切り離された蔓はその場で燃え尽きるのみ。反対に、切られた球根側の蔓は、超回復を使って再び元の状態へと成長させていく。すぐに蔓を伸ばすことくらい簡単なの。これで元通り。なんとか全て間に合ったね。

轟々と燃え盛る炎の中から、赤い火の粉が飛び出て宙を舞っている。火の粉は私の目の前にまで飛んできた。熱いのは嫌なの、と蔓で弾き落とします。

もし運悪く炎が広がっていたら、私がいまの火の粉のようになっていたかもしれないね……。燃える三本の木は、そのまま真っ黒な炭へと燃え果てていった。運命の歯車が噛み合わなければ、あそこで燃えていたのは私かもしれない。

とにかく、これで一段落。三本の木が犠牲にはなったけど、森が火事になることはなかった。

――危なかった。大ごとにならなくてよかったよ。もしもこの木を抜根する前に他の木に引火して、森が火事にでもなったら終わりだった。少しくらいの炎なら、私の周りには木がなくて空き地みたいになっているから火が燃え移ってくる心配はない。おそらく私は無事でしょう。けれども、森全体が大火事になるような惨事になればそうはいかない。周囲全てが火に囲まれれば強烈な熱風と激しい火の粉に全身が襲われる。それでいて地面も燃えてしまうような火事になれば、植物である私などひとたまりもないの。大火事になってしまえば、少しの空き地スペースがあってもきっと私は燃えてしまう。よかったよ、火事にならなくて。私もまだ燃えたくないからね。

もっとこの森で、のんびりと植物ライフを送りたいのだ。

ガサガサと茂みの向こうから音がする。ミノタウロスたちがやってきた方向だ。

視線を向けると、一頭のミノタウロスが森の奥へと走っていくのが見えた。ウソでしょう。まだ一頭隠れていたの？　もしかして後詰めのミノタウロスがいたということかな。

そういえばウシ型モンスターに荷物が括りつけてあった。ウシの数は五頭。対して私が出遭ったミノタウロスは四頭だった。一頭、荷物運びのウシが余る。つまりはその残ったウシの持ち主が、あの逃げているミノタウロスということだ。盲点だったよ。最初から気がついていれば、気配を探して先に仕留めることもできたかもしれないのに。

そんなことよりも、早くしないと逃げられてしまうね。鉄製のフェザーファンこと斧を投擲します。逃げるミノタウロスのすぐ横の木にグサリと斧が刺さる。外れてしまった。

後詰めミノタウロスはそのまま逃げ去り、森の奥へと消えていきました。

あぁ、逃げられちゃった。さすがに遠いと的には当たらないよね。しかも蔓を伸ばしても届かない距離まで斧を投げてしまった。もう回収は不可能。歩いて取りに行けないこの身が悲しすぎるよ。

おかげで戦利品として手に入れた斧は四本から三本に減ってしまった。まあ仕方ないでしょう。

それにしても、なんでこんなところにミノタウロスがいたんだろう。眼帯ミノタウロスは、この先で仕事があると言っていた。やっぱり、あのおばあさんの絵となにか関係があるのかな。

ミノタウロスたちの進行方向には何があるっけ。

たしか蜜狂いの少年が滞在していた村がそっちのほうにあるはずだよね。とはいえ、わざわざ森を越えて小さな村を襲う理由なんてない。村なんて他にいくらでもあるからね。村の先となると、塔の街という結構大きい街があるはずだ。そちらに用があったのかな。

でも、不思議なのはそれだけじゃない。ミノタウロスが何をしに森を通過していたのかも謎だけど、なぜこの森に魔王軍が現れたかということも謎なの。

このあたりは魔王軍の支配地域ではない。やつらが棲んでいる場所はもう少し奥になるわけ。この森を国境沿いに進むと、城塞の街と呼ばれるところがある。そこはガルデーニア王国と魔王軍との戦いの最前線。もともと勇者一行であった私たちは、魔王の配下が棲むといわれる山岳地帯の魔境の山に向かい、そのあと城塞の街に入城する予定だった。だから、いくら魔王軍の所領が近いとはいえ、城塞の街を越えて魔王軍がやってくることは滅多にないの。それほど堅固であり、兵の質も数も多い城があるから。そのせいで、魔王軍は城塞の街を簡単に越えることができないようになっている。

それなのに、魔王軍のミノタウロスが城塞の街の先であるこの森までやってきていた。もしかしたら、前線で何かあったのだろうか。そうとしか思えないよ。

でも、私には何も知ることはできない。

森に住む一介の植物モンスターには、外の世情を見聞きすることは叶わないのだからね。

万が一だけど、城塞の街が魔王軍に落城させられていたらどうしよう。

そうしたらこの森の先は、すでに魔王軍の所領となっているかもしれない。

どうしよう。

あの後詰めミノタウロスを逃がしたのは、やっぱり失敗だったかもしれないよ。

仕事があると言っていたし、今度はもっと強い仲間を引き連れて森に押し寄せてくるかも。眼帯ミノタウロスは最後に「グリューシュヴァンツ様」とかつぶやいていたけど、あれきっと上司の名前だよね。強くて狂暴な魔族だったらどうしよう。

そしたら今度こそ、私には勝ち目がない。なにせ、私はただの植物モンスター。移動して他の場所で待ち構えることもできなければ、逃走することもできない。私は望まなくとも、この場所で生き続けなければならないのだから。

いつ何時、あのミノタウロスが復讐に来るかもわからない。突然、私の攻撃範囲外から炎魔法で敵から狙われたらどうなるだろう。それだけで私は燃えてお終いになる。抵抗もできないし、戦って相手を退けることもできない。私は弱点である火に敗れ、邪魔者として焼却処分されてしまう。

うぅ、それはちょっと嫌だな。

私はただ静かに植物として暮らしていたいだけなの。だから怖い思いはしたくない。

魔王軍、もう来ないといいね。

来ないといいな……。

十一　アルラウネの夢

森に平和が戻りました。

ホント、生き延びられてよかった。それでも、こうして生き残ることができなかった仲間もいる。女騎士ことハチさんと、蝶々様の取り巻きのてふてふたちだ。だいたい半数よりも少し多いくらいの数がやられてしまったみたい。残されたハチさんと蝶々様たちが彼女たちの上でひらひらと舞っている。

みんな、ごめんね。守ってあげられなかったよ。助けに来てくれてありがとう。

おかげで森は守れたし、私も燃やされずにすんだよ。

地面に伏したままのハチさんとてふてふを蔓で丁寧に一カ所へと運んだ。このままにしておけないからね。どうしようかと悩んだけど、倒された女騎士ことハチさんと蝶々様の取り巻きは、土に返すことにした。私の栄養にすることでみんなと一つになるという供養法もあるのではと思ったけど、それは選ばなかったよ。

みんなはこの森で生まれて、この森を侵略してきた敵と戦い、この森で散ったのだ。

なら、生まれ故郷であるこの森に返してあげるのが一番だと考えたの。

茨でせっせと穴を掘る。一本の茨では固い土を掘り起こすことはできなかったけど、茨を何本も束ねて縄状にしてみたら強度が上がった。束ねた茨をスコップ状に並べて、土を抉る。

私は地面に穴を掘ることを覚えた。

ハチさんとてふてふを穴に埋めて、静かに土をかけてあげる。墓標代わりに私の茨を一本斧で切り落として、それを刺す。そしてマンイーターの花を咲かせて、それも斧で切り落とす。

みんなに花も添えられたし、これでいいかな。多分この森で私の次に大きな花だよ。喜んでくれればいいんだけど。最後に私の蜜を墓標に垂らしてあげた。

みんな、私の蜜が好きだったよね。またいつでも舐めにきていいからね。

残されたハチさんと蝶々様たちに、私は蜜を与えた。

ありがとう、みんな。森サーのみんながいなかったら、私はあのミノタウロスたちには勝てなかったよ。土に返った森サーメンバーも、生まれ変わったらまたみんなで舞踏会をしようね。私も転生できたのだ。もしかしたら森サーのみんなも、と願わずにはいられない。

たとえそれが現実的でないとしても、私はそう思わずにはいられなかった。

ハチさんや蝶々様たちと一緒にいられて、私は幸せだよ。改めてありがとうね、みんな。

これからもよろしく。

蜜の採集を終えると、女騎士と蝶々様たちは森の奥へと帰っていった。ハチさんたちは倒したウシさんをお土産に持っていく。きっと家族のもとへと戻ったのだろう。

みんな、自分たちの巣があるのだ。でも、私はここで一人ぼっち。

ああ、今日は本当に騒がしい一日だったね。

いつになくいろいろあってにぎやかだったせいで、つい思い出してしまった。

他人の温もりのありがたさを。

ハチさんと蝶々様の気持ちが温かい。助けに来てくれたとわかった時、心が沸騰するかと思うくらい熱くなった。人は一人では生きていけない。みんなで助け合って生活していたのだ。植物として一年近く生きていたせいか、すっかり忘れてしまっていた。ボッチ歴が長すぎたのだ。

でも、おかげで誰かとともに過ごすということの幸せを、思い出しちゃったよ。

「あぁ、寒いな……」

季節は春。ぽかぽかした陽気によって、夕方になっても暖かいままま。

それでも、私はそうつぶやかずにはいられなかった。

故郷の王都は遥か先。親類縁者は死んだ私のことを少しずつ忘れていき、私を裏切って殺した張本人である勇者様と後輩の聖女見習いは二人で新婚生活を送っている。私のことなどすでに覚えていないだろう。前世の日本については二度と戻れない夢の彼方の世界。かつての両親の姿も、朧《おぼろ》げにしか思い出せない。

いまの私は世界で一人きり。

森サーの友人や白い鳥という来客はあっても、あくまで他人。誰も身内のものはいない。私には頼れる家族が誰も存在しない。それどころか、話し相手すらいない。

ただ、一人で森にぽつんと生えているだけ。

これまでも、そしてこれからも変わることはない。

私は世界で一人きりのまま。

――そんなのってないよ、あんまりだよ。

そうだよ、実は私はいま、アルラウネになっている夢を見ているのだ。

さあまぶたを閉じましょう。

次に目が覚めればきっと私は聖女に戻れる。そうすればお父様やお母様たち家族だっているし、婚約者の勇者様だって私を迎えに来てくれる。

私の居場所という温もりがあそこにはある。

だからこれは夢なのだ。目を開けば、きっと夢は覚める。

勇気をもって瞳を開きましょう。

まぶたを開けるとそこには薄暗い森が私を待ち構えていた。

落胆なんてしなかった。胡蝶の夢のようにどちらが夢なのかなんて悩んだりしない。

現実逃避をしても無駄だ。過去は変えられない。

私は、アルラウネなのだ。

一人ぼっちの、アルラウネ。

「寂しいよぉ……」

この一年、心の中では何度も唱えたこの言葉。

それでも、実際に言葉にして発したのは、これが初めてだった。

「本当に、寂しい………」

ハチさん、蝶々様、白い鳥。

誰でもいいから、私と一緒にいて。私を慰めて。

それで水やりとかしてくれたら、嬉しいな。

*

春だからか、最近はとてもいい気候が続いている。あの大寒波の大雪が嘘のよう。

太陽がいつも以上に輝いて見えるよ。

あぁ、光合成楽しいな。雪解け水が十分に地中に溜まっているおかげで、水不足に悩まされる必要もない。お水おいしい。

でも、なんだか退屈だね。誰か来ないかなー。

そういえば最近、白い鳥を見かけないよね。

あの大寒波の厳しい冬ですら、二、三日に一度は顔を出していたのに、それがもう一週間以上会いに来ていない。もしかして何かあったのかな。ちょっと心配だね。

会えなくなって、やっと理解した。私はあの白い鳥のことを、結構気に入っていたのだ。

白い鳥、初めはいけすかない鳥だと思っていたけど、長く付き合ってみるといい鳥だとわかるんだよね。いろいろあったけど、別に私に対して悪気があっての行動ではなかったといまでは思う。

まさか私があの白い鳥のことをここまで想うようになるとは。

どうしよう、ちょっと胸がもやもやするよ。早く会いたいなあ。

またあの下手な声で「チュン」と鳴いてほしい。そうしたらうまくなれるよう、応援してあげるから。一緒に練習しようね。

けれども、それからいくら待っても、白い鳥は現れなかった。


ふいに何か違和感を持ってしまった。全身が熱くなるような感覚がする。

何か恐ろしいものの気配を察知してしまったようで、体が急に緊張状態になった。

なんだろう、何かが急に変わった気がする。

うーん、なんだか暑いよね。急激に温度が上昇している。

太陽がいつも以上に眩しく見えるよ。それにほら、なんだか太陽の距離が近い気がするし。

太陽だって普段は一つしかないのに今日にかぎって二つもあるよ。しかも、そのうち一つはこっちに近づいてくるし。この世界も太陽は一つしかないはずだったんだけど。

そんなこともあるんだねー。不思議だねー。

――え、太陽が二つ？　しかも動いているってどういうこと？

よくよく見てみると、一つは私もよく見知った太陽なのは間違いない。けれどももう一つは違う。

何か大きな光の塊が遠くからこちらへ近づいていた。塊の輪郭がそろそろわかりそうだという距離で、その塊が強烈な光線を発射する。

眩しいっ！　あたりが真っ白になって、何も見えなくなった。

目を開けると、あの光はどこかへ消えていた。いったいどこへ行ってしまったのかな。

それにあの光の玉、どこかで見たことがあるような気がする。なんだか去年の夏のアレに似ている気がするね。日照りになる前に現れた、あのＵＦＯ。私が雨乞いの巫女に就職したあの夏に現れた不思議な物体のことだよ。

あの未確認飛行物体もいま見たものと同じですごく光っていた気がするの。まるで燃えるように。

前と同じように気候も嘘みたいに変わっていた。まるで夏のよう。しかも日照りが起きそうなくらいの強烈な猛暑だ。あの時と全く同じ出来事が起きている。

夏を呼ぶＵＦＯ。雨乞いをする前に冗談で思ったことが、まさか真実だったなんて。

そして私は後悔することになる。

ＵＦＯは未確認だからいいのだ。

その正体を知ってしまうと、知らなければよかったと目を背けたくなるのだから。

覚書　とある兵士の証言

あの日のことは何かの悪夢だったのでは、といまでもよく思う。

むしろ、なぜあの大惨事の中で俺だけ生き残れたのかわからない。

辺境の村で発見された魔女を討伐するため、俺は魔女狩り部隊の一員として王都を出発した。

魔女が出たという村に到着したところまではよかった。

村から脱走した魔女を、魔女狩り部隊のリーダーが見事に捕獲したのだ。

箒《ほうき》に乗って空を飛ぶ魔女をどうやって捕まえたのかはわからないが、リーダーは宮廷魔導士部隊の副長でもある。一流の魔法使いはやはり違うということなのだろう。

けれども、そんな一流の使い手でも、あいつには敵わなかった。

あれは、村の広場で魔女を磔《はりつけ》にしようとしていた時のことだった。

俺たちは突如、空からやってきた巨大な化け物に襲われてしまったのだ。

その化け物は、恐るべきことに吐き出した炎の一息で村を灼熱の海に変えた。

村人や仲間の兵士が身を焦がすなか、俺は悟った。

人間が太刀打ちできない生き物が、この世には存在しているのだと。

そもそも、モンスターと人間は体の構造が全く違う。まともに戦っても相手にならない。

あんな化け物の相手ができるのは、国で最強といわれる勇者とその仲間くらいなものだろう。

四年前に魔王軍の幹部を倒した勇者パーティーのことが脳裏に浮かんでくる。

勇者一行が魔王を討伐してくれると、誰もが信じていた。

だが、当代一の聖女様が亡くなられたことによって、パーティーは解散してしまった。

国民から愛され、歴代最強と称えられた聖女様の死は、国を飛び越えて大陸中を震撼させた。

俺は昔、その聖女様を一度だけ見たことがある。

聖女様は傷ついた兵士を治療していた。驚くべきことに、欠如していた兵士の腕が、聖女様の光回復魔法によって再生したのだ。

まさに神のなせる御業。きっと聖女様は女神様に愛されていたのだろう。

あれほど力を持った聖女様が非業の死を遂げさえしなければ、勇者とともにこの化け物を倒してくれていたかもしれないな。

そんなことを考えながら必死に身を隠していると、いつの間にか俺以外の人物はみな消えていた。

俺の仲間も、宮廷魔導士である魔女狩り部隊のリーダーもだ。

あの化け物はというと、白い何かに釣られて村から離れていった。

俺は、生き残ったのだ。

俺は村の跡地にみんなの墓を建てながら、あの日のことを思い出す。

あのどさくさにまぎれて、魔女は逃げてしまった。

いまも魔女は行方不明のままだ。

一人生き残ってしまった俺にできることは、この出来事を誰かに伝え残すことくらいだろう。

そして、願わずにはいられない。

勇者や聖女様の代わりに、誰かが魔王を討伐してくれることを。

第四章

一　破滅を呼ぶＵＦＯ

まだ夏の時期には早い気がするのだけど。でも、この暑さは夏そのもの。ＵＦＯとともに夏までやってきてしまった。気候を操れる存在なんているのだろうかと私が考えていると、突然遠くから爆音が聞こえた。なにごと⁉　もしかしてＵＦＯから爆弾でも投下されたの？？

でも、この世界にそんなものはないよね。

続けて、爆風が吹き荒れた。強烈な風によって森がざわめく。遠くのほうで煙が上がっていた。まるでキノコ雲みたい。いったい何が起きたの。

あんな爆発、上級魔法使いが複数名で発動する大規模魔法に匹敵するか、それ以上の火力だよ。もしかしてあのＵＦＯの仕業かな。発光する前に見た時と同じ方角だし。

たしかあのあたりには蜜狂いの少年が滞在していた村があったはず。村で何かが起きたのだ。

立て続けに、爆音が響いてくる。まるで戦闘でも始まったみたい。こんな大騒ぎをしなければならない敵なんて、そうはいないはずなのに。

しばらくすると、煙の量が増えていく。いたるところから立ち上る煙は、私の正面の方角全てに広がっていた。まるで前方の森が燃えているような景色だね…………。

うん、これさ。森、燃えているんじゃないかな？　そうとしか思えない煙の量だよ。

あ、見て。空に火柱が上がっている。あれほどの炎魔法の使い手はそうはいないよね。あんなのが暴れているなら、森に飛び火してしまうのも当然だよ。

ということはさ、やっぱり森、燃えているね。

——えぇ、どうしよう。

まだかなり遠くだけど、このままだと火は森全体に広がるかもしれない。

私は近場の木を全て抜根することにしました。火事になれば、これらの木から火が私に移ってしまうかもしれない。だから木をできるかぎり引き抜いて、私を中心とする空き地スペースを広げれば、たとえ炎に囲まれても生き延びることができるかもしれないよ。

あ、見てみて。あんなところにトウモロコシみたいなのが生えている木があるよ。

手前の木がなくなると、普段は見えなかった木が目に入るようになってなんだか新鮮だね。

火事の煙が少しずつ近づいてきた。このままでは森が全焼してしまう。

できれば消火活動をしたい。でも、それは許されない身の上。囚われの姫のように、私は王子様の助けを待つことしかできないのだから。

あぁ、私の森が燃えてしまう。せっかく森の主にまでなったというのに。いったい誰がこの火事を起こしたのでしょう。犯人はいますぐ名乗り出なさい。私がお説教をしてあげましょう。

私の怒りに応じたかのようなタイミングで、森の向こうから光の球が立ち上がったのが見えた。

いや、あれは球ではない。長くて太い棒のようなものが垂直に空へと伸びている。

それは灼熱に燃えながら強烈な光を放っていた。形はなんだか蛇の尻尾のようにも見える。

もしかしてあれがＵＦＯの正体かな。見たところ、いったい何なのか見当もつかない。

謎の尻尾のようなものを遠目で観察していると、光が一点に集中していった。光の球が尻尾の先で大きく膨れると、臨界点を迎えるように弾け飛ぶ。尻尾を中心に、光の束が全方位へと放たれた。まるでビームのよう。女子高生時代に見た、怪獣映画のワンシーンのようだった。

無数の光線が、森の木々を空中へと抉り飛ばす。光線に焼かれた木は、黒い灰となって風に流されていった。

――なななななな、なにいまのぉおおおおおおおおおッ⁉

あんなの見たことないよ！

直撃すれば街一つくらい簡単に消し飛んでしまうような威力だって。聖女としてこの世界で様々な強者と戦ってきたけど、あんな規格外の攻撃は見たことも聞いたこともない。

伝説に語り継がれる神話の出来事のような荒々しくも神々しい光だったね。

よかった。あの光線が私のほうに飛んでこなくて本当によかった。

いまのビームのせいで、森のかなりの範囲が灰塵に帰しただろうね。直接目撃しても、いまだに信じられないような出来事だったよ。もうあれだけで大惨事。

けれども不幸なことに、私を襲う恐怖はこれだけではなかった。続けて、前方から大きな炎の塊が飛んできたのだ。まるで怪物が放つ炎のブレスのよう。広大な火炎放射の波が森を襲った。

――ひぃっ⁉　何あの炎！

もしかしてＵＦＯから放たれているの？　まるでＵＦＯが戦場の兵器みたいだよ。殺処分されるように焼き払われちゃうよ。

も、もうやめてっ！　勘弁してよ。これ以上、私を虐めないで。

いやだよ。燃えたくないよ。あんな怖い炎なんて浴びたくないの。

だからもう許してください。こっちに来ないで。

そんな祈りは無視され、絶望の炎が踊るように私に近づいてきた。触れるだけで灰になってしまうような、灼熱の舞踏会のお誘いである。拒否権はなく、抱きつかれれば生存の未来もない。

もちろん、そんな命を捧げるダンスなんてしたくはない。

いやなの。燃えるのは情熱に焼かれる恋だけで充分。死へと誘う死神の炎とは踊りたくない。

だからお願いします。

どなたか、私を助けてください。

そうして私の手を取って、ここから救い出して。

二　白馬の王子様、あるいは王女様

このままではあの火炎放射によって森と一緒に燃やされてしまうよ。

まぶたを閉じながら心の中で叫びます。誰か私を助けて……！

でも、そんな都合のいい人は現れてはくれない。現実は非情なのである。

自分の身は自分で守らないとね。蔓で体をガード。植物の壁では、簡単に燃えてしまうかもしれない。それでも、私にはこれしかできないの。

だって植物は逃げられないのだから。歩けないから物陰に隠れることだってできない。

植物はただ迫りくる炎を浴びて燃やされる運命なの。

――目を開けると、私は無事だった。

どうやらあの火炎放射は私には当たらなかったみたい。

ギリギリ、炎の掃射から逸れたみたいだね。危なかった。

でもね、その代わり、私の左側の森が炎上していたの。私をかすめるように飛来した炎の激流は、森の一部を一瞬で灰にしてしまった。あと少しでも角度が違えば、直撃していただろう。そうなればいま頃、私もあの灰の仲間入りをしていたかもね。

この威力、ただの炎ではないよ。超高度な魔法攻撃、もしくはそれに準ずる何かでしょう。

森を燃やしている犯人さん。いえ、犯人様。先ほどはお説教をしてやるなんて生意気なことを述べてしまい、大変申し訳ございませんでした。お手数をおかけしますので、名乗り出なくて結構でございます。あなたは無罪です。どうかこのまま静かにお帰りいただけるようお願いいたします。

だから、もう火炎放射はしないでよね。怪獣みたいな光線もダメなんだからね。

あんな攻撃ができる存在は見たことがない。もしもあの炎が直撃でもしたら、植物の身である私はひとたまりもないよ。一瞬で消し炭になってしまう。

なんなのこれ。いったい何がどうなっているの。

誰が暴れているのかわからないけど、関わらないのが一番なのは間違いない。

それでも、森が火事になっているのだから他人事でもないのよね。

炎のせいでこんなに空気も熱くなっているし。体だって燃えるように熱いよ。

え、燃えるように？

下に視線を向けると、蔓が燃えていた。

それだけではない。炎はいつの間にか球根にまで燃え移っていた。

うぎゃぁああああああああ!!

火事だぁああああああああああッ!!

万事休すである。

誰か、助けて……っ！

どなたでもいいから助けてください。

白馬に乗った王子様!!　いえ、王女様でも構いません。

そうしたらあなたのために私はこの身を捧げましょう。

それくらいね、私は切羽詰まっているの。

うぅ、私に味方はいないの。

せめてお水が欲しい。もうね、全部燃えちゃいそうなの。球根の一部がこんがりと焼けてしまっている。このままじゃ野菜炒めにされちゃうよ。野菜じゃなくてただのお花だけど。

私が目から蜜を垂れ流しにして泣いていると、空に白い点が現れた。

その小さな白い物体は、こちらに近づいてくるにつれて徐々に鳥の輪郭に見えてくる。

白い鳥が、来てくれたのだ。

ああ！　白い鳥さん、あなたはやっぱり私の白馬……いえ、白鳥の王子様なのね！　それとも白鳥の王女様？　オスなのか、メスなのか。鳥さんの性別、わからないや。

でもね白い鳥さん。こんな大ピンチに駆けつけてくれるなんて、私はすごく嬉しいのだけど、ちょっと気になることがあるの。白い鳥さんが足で持っているそれって、バケツだよね？

なんで鳥さんがバケツを持って空を飛んでいるの？

私の疑問には答えてくれないらしく、白い鳥さんは私の頭上まで飛んでくる。

そして、バケツを落としてひっくり返した。

バシャーン。

水の塊が球根の炎に直撃する。バケツの水によって、火が完全に消された。

――た、助かったよ。

まさか白い鳥がバケツの水で消火してくれるなんて夢にも思わなかったね。

白い鳥さん、ありがとう。もうこの身を白い鳥に捧げてもいいくらい感謝しています。

でも、その前にちょっと訊きたいことがあるの。

あのね、鳥さん。気になるのだけど、ただの小さい鳥であるあなたが、どうすれば大量の水が入っているバケツを持ったまま飛べるの？　自分の体より大きいバケツを持つだけでも厳しいでしょう。

それなのに水で重くなったバケツを持って空を飛ぶなんて普通は不可能だよ。

ねえ白い鳥さん。やっぱりあなた、普通の鳥じゃないよね？

普通の鳥はね、バケツで消火活動とかしないの。仮にやろうと思ってもできないしね。

あなたはいったい何者なの？　私と同じように実は魔物だったりするの？　だから他の鳥より頭もよくて、力持ちなの？

謎は深まるばかりだけど、とりあえず私は鳥さんにお礼を伝えることにした。

「助けて、くれて、ありが、とう」

この白い鳥さんに命を救ってもらったのはもう何度目かしら。

それくらい、私は白い鳥に助けられている。

なんでこんなに気にかけてくれているのかはわからないけど、とにかくありがとうね。感謝しています。でも、さすがに言葉は理解してくれないか。

冬に花を取ってきてとお願いした時も、言葉だけでなくジェスチャー込みで伝えたからね。

今回も蔓を使って、私の感謝の気持ちを伝えましょう。

いくら白い鳥が特別だとして、鳥に人の言葉はわからないのだから。

でも、私は次の瞬間、驚愕の事実を知ってしまうことになる。

白い鳥が私の目の前まで飛んできて、その場で滞空を始めた。

そうしてその可愛らしい小さな嘴《くちばし》を開いて、鳴き出したのだ。

「隠れて」

――――――え。

ちょっといま、白い鳥さんが変な風に鳴かなかった？　たしか白い鳥さんは鳴くのは苦手だったはずだけど、この短期間でさらに下手になってしまったの？

それとも逆にうまくなりすぎちゃったの？　なんだか人の言葉のようにも聞こえたのだけど、もしかして火にやられて幻聴でも聞いちゃったのかな。

「早く隠れて」

白い鳥が私に話しかけている。やっぱり人の言葉にしか聞こえない。

今度こそ認識してしまった。この白い鳥は、人の言葉がわかるのだ。

「あいつが来る前に、隠れて」

白い鳥が、しゃ、喋ったぁああああああああああああああああああ!!

三　白い鳥の隠しごと

もう驚きだよ。でも、ちょっと待って。

なんで白い鳥さんは人の言葉が喋れるの？　だって冬には「チュン」としか鳴かなかったじゃない。それが春になったら「隠れて」に変わるなんておかしいよ。

男子三日会わざれば刮目して見よ、とは言うけど、ここまで成長するものなの？　オスなのかメスなのかわからないけどさ。

とにかく、もう下手とか上手とかそういう次元じゃないって。完全に言葉を理解しているよね。才能のレベルじゃないよ。この春にいきなり喋れるようになったのか、それとも前から話せたけども隠していたのか。どちらなのかはわからない。それでもこれだけは事実。

私は、白い鳥さんと会話ができるということだよ。

「鳥さん、喋れ、たの？」

白い鳥さんは黙ったまま私を見つめる。

「お願い、鳥さん、喋って、ほしいの」

「……隠していたのは謝る。けど、いまはそれどころじゃない」

隠していたということは、前から言葉が話せたのね。

でもね、謝らなくてもいいんだよ。むしろ私は嬉しい。あぁ、なんだか感動するよ。何度となく命を救ってくれたあの白い鳥さんと対話をすることができているなんて。いまでも信じられないね。

「鳥さんは、何者なの？」

「それは……」

白い鳥さんの嘴が止まる。

そして、私たちの会話を邪魔するような轟音が耳に入る。巨大な何かが近くに落下するような、重厚な衝撃が森に響き渡った。何かとんでもなく大きい存在が、森に降り立ったのだ。

その音の主は、一歩ずつこちらに近づいているようだった。ドスン、ドスン、と次第に音が大きくなっていく。白い鳥さんが焦ったように羽ばたきだした。

「あいつが来る。もう行かなくちゃ」

森の木々よりも上に行かないよう、低空飛行のまま白い鳥さんはこの場を離れようとする。

「喋る花、なんとか生き延びて。そしたら水やりしに来てあげるから」

「待って鳥さん、あいつって、誰？」

私の言葉を背にしながら、白い鳥さんは逃げるように飛んでいった。

そのまま木の間を滑空して、視界から消えていく。

なんだったの、いまのは。まるで夢のよう。まさか白い鳥さんとお話しする日が来ようとはね。

白い鳥さんは私のことを〝喋る花〟として認識していたんだね。私も白い鳥さんのことはずっと〝白い鳥〟と呼んでいたし、いまでは〝喋る白い鳥〟という認識だからお互い似たような認知の仕方だね。ちょっとおもしろい。

互いに呼び名が見たままの印象しかないのは、自己紹介なんてしたことがないからだ。できればゆっくりとお話を聞きたいところだけど、いまはそんなことを言っている時間はないみたいだね。

白い鳥さんは「隠れて」と私に告げていた。あいつが来るからだと。

あいつとはいったい誰のことなんだろう。白い鳥さんがわざわざ警告に来るほどの人物。もしかして、森に燃えるビームを放ったあのＵＦＯのことかな。

でもね、あいつが来る前に隠れてと言われても、どうやって隠れればいいのかな。私、移動できないから蔓で隠れることくらいしかできないのだけど。

というか白い鳥さん、この火事から生き延びることができたら私に水やりしてくれるの？　めちゃくちゃ嬉しいのですけど！　白い鳥さんは私のためにそんなことまでしてくれるのね。

ちょっと楽しみになっちゃった。で、白い鳥さんを含めた森サーのみんなとお茶会をする光景を想像します。女騎士であるハチさんと、蝶々様たちてふてふ、そして白い鳥さん。いままでとは違って、今度からは言葉を交わして談話をする相手までもいる。白い鳥さんとも一緒に舞踏会だってできるかも。なんて楽しくなりそうなお茶会かしら。

そうやってこの森で、私は静かに植物ライフを送るのだ。それはとっても、幸せなことだよね。

――さて、現実に向き合いましょう。

私がこの森で楽園を保つためには、この火事をなんとかしなければならない。

その火事の原因となったと思われる炎の塊が、こっちの方角に進んできているのが森の向こうから見えるのだ。これはチャンスかもしれないよ。きっとあれが放火魔に違いない。放火魔さえなんとかすれば、これ以上、火事が広がることもないはずだよ。

いくらあんなに怪獣映画みたいなことをする存在だといっても、きっと隙があるはず。こっちはパッと見はただの花だもん。伏兵のように花のフリをして潜んで、放火魔が来た瞬間に毒花粉を食らわせてあげれば勝機はある。

本当は地中に隠れたいところだけど、間に合うかな。数本の蔓を密集させて、穴を掘り出します。うーん、やっぱり厳しそう。蔓単体だけを地中に忍ばせることはできるのだけど、やっぱり大量の土を持ち上げるのは苦手なの。

ハチさんやてふてふみたいなサイズの穴ならそうは難しくないけど、私ほどの大きさとなると少し手間なのだよね。なにせ下の球根がでかい。数々のモンスターを一口で捕食してきた球根は、それなりの大きさを誇っているのだ。

ゆっくり時間をかければ掘れなくはなさそうだけど、すぐそこに巨大な何かが近づいてきている現状では、間に合いそうにない。

こんな短時間で私全体が入れるような大きな穴は掘れないか。穴を掘るのが得意な植物とかだったら平気だったのだろうけど。この巨大な何かをやり過ごしたら、穴を掘るのもいいかもしれない。そうすれば少しは火事から身を守れるよね。

だからいまは蔓で繭を作って、その中に隠れましょう。繭の中からでも、突然の来客の歓迎くらいできるんだから。これからが正念場。少し気合を入れて、頑張りましょう。

さあ、お茶会のお時間です。森の主として、たとえあなたが放火魔であろうとも大事なお客様として対応させていただきますわ。まず招待状をお送りいたしましょう。二度と帰ることはできない、天国へと昇る至高なお茶会となることでしょう。

お客様の進行方向の地中に茨を潜ませます。これで歓迎の準備は完璧ね。

私がお茶会の主催者としての下ごしらえを終えて満足していると、いきなりすぐそこの森が空に飛び上がった。森の木々が薙ぎ払われたのだ。

その時、放火魔の体を覆っていた炎が揺らぎ、炎の塊の中身が露わとなりました。

放火魔の正体。それはドラゴンでした。

四足歩行で森を進み、大きな翼が動くたびに風が吹き荒れる。十メートルもあったクマパパよりもでかい。地に手足を全てつけてこれなのだから、ドラゴンが二足歩行で立ち上がったらもっと大きく見えるのだろう。ドラゴンの体は全身がマグマのように燃えていた。そして灼熱に包まれた光る尻尾を持っている。

こんな神々しくも恐ろしいドラゴンは初めて見た。このドラゴンはただのドラゴンではない。炎龍だよ。通常のドラゴンよりも上位の種族。その炎龍の中でも、おそらく最上位の個体でしょう。それほどまでの圧倒的な炎の圧力を感じるの。つい龍王と呼びたくなるような威厳を持ち合わせているよ。絶大な力を秘めていることが察せられる。

そういえば放火魔はＵＦＯでもあった。つまり夏を呼ぶＵＦＯの正体は炎龍だったのだ。

季節を変えるドラゴン。なにそれ、絶対強いじゃん。

それに、先ほどの太陽みたいに光り輝いていた姿にも納得がいく。さらには怪獣映画のビームを発したのは、きっとあの光る尻尾だろう。あの尻尾から森に光線が放たれたのだ。

うん、なんだか納得だね。怪獣映画みたいだとは思っていたけど、まさか本当に怪獣が出てくるなんて。こんなに強大な存在は初めてお目にかかるよ。

私は聖女時代、魔王軍の幹部を倒したことがある。幹部は尋常ならざる相手だった。あの時も死

ぬかと思うような激しい戦いを経験したけど、それでも敵を滅ぼすことができたの。その魔王軍幹部のことが可愛く思えてしまうほど、目の前の炎龍は遥か高みの生物だった。

幹部より強いって、どういうことなのさ。もしかして魔王軍の四天王なの？　四天王で最強の存在だったりするの？　それとも、それ以上のお方……？

あ、これは、無理だわ。

ピーピー！　緊急事態警報を発令します。お茶会は中止です。計画変更ですわよ。このドラゴンとはお茶会はできないよ。だって大きすぎて私の蔓の椅子では支えきれないもの。それに偉大な種族であるドラゴンの上位種であらせられる炎龍様を森サーの庶民派お茶会に歓迎するなんて、大変失礼なことですものね。下賤《げせん》の者であるわたくしが炎龍様の視界に入るようなことがあっては、粗相になってしまうわ。だから炎龍様がやってくる前に退場いたします。ごめんあそばせ。

――って、どこかに逃げたいです。でも、逃げられないの。

だって私、植物だからぁ…………。

四　炎の王

大ピンチです。もう毒花粉を浴びせるとかそういう相手ではない。その辺の雑草を引きちぎるように、蹂躙されてしまうのがオチだよ。これは鳥さんの助言通り、隠れるのが一番だね。

さあ、花になりきって隠れましょう。全身を蔓で包み込んで、蔓の繭をさらに厚くします。ついでに蕾も閉じちゃうよ。だって怖いんだもん。

炎龍が近づいてきた。せまい蕾の中で、私は体をぎゅっと抱きかかえる。

炎龍が歩く振動のせいなのか、全身が震えているのがわかる。いや、これは地面から伝わる振動のせいじゃない。私が震えているのだ。

尋常ならざる恐怖を感じさせる炎龍が私のところへとやってきている。いきなり燃やされてしまうかもしれない、それとも踏み潰されてしまうかもしれない。もしかしたら食べられてしまう可能性だってある。それが怖くて、恐ろしくて、もう泣いちゃいそうで。蕾の底に少しずつ蜜が溜まっていった。

——ん、踏まれたら？

あれ、ちょっと待ってよ。よく考えてみて。隠れても蕾のまま踏まれたりしたら、それでもダメじゃない？

それかいきなり火を噴かれでもしたら、私燃えちゃうよ。

でも、こればっかりはもうどうすることもできないね。いまは目の前の炎龍様が私を踏まないでこの場を去ってくれることを祈るのみだよ。蕾の中で神々に祈る私。

でもね、私はもう知っていたよ。

神様なんていないの。いたらとっくに、私を救ってくれていたはずだからね。何度となく祈ったのに、助けは来なかった。森で命をかけたサバイバルが続いたままだ。

もちろん、今度もそんな祈りは運命にへし折られてしまったの。

だってね、炎龍がいきなり話しかけてきたのだから。

「おい、そこのアルラウネ」

――――え？

炎龍が喋った。まあこれは驚かないよ。だってドラゴンは魔族の一種。人語を理解するのは当然だもの。それよりも、なんで私がアルラウネだって知っているの？　そっちに驚いちゃった。

だって炎龍さん、あなたから見たら、私は蔓の塊にしか見えないんだよ？　たとえ蔓から体がはみ出ていたとしても、蕾を閉じているかぎり、ただの赤い花にしか映らないのだから。

「隠れていても無駄だ、早く出てこい」

どうしよう。出てこいって催促されているよ。まさかこんなことになるとは思わなかった。いきなり炎龍から話しかけられるなんて誰が予想できただろうか。いや、無理でしょ。このまま居留守とかしちゃダメかな？

「なんだ、美しい花だと聞いていたが、姿を現さないのならこのまま燃やしてしまうまでだ」

なんでございましょうか炎龍さん、いえ炎龍様。私はすぐさま蔓の繭を解いて、蕾を開かせます。

ごきげんよう、ドラゴンさん。やっぱり大きいですね。そして体がめちゃくちゃ燃えていましてよ。

灼熱に燃えて光り輝く尻尾も眩しい。かなり圧迫感があるね。スケール的にも、炎的にも、そして存在の強さ的にも。

炎龍が私の姿をじっくりと観察する。地面に伸びている蔓、丸くて大きな球根、赤くて綺麗な花冠、そして雌しべである人の姿の私。

「なるほど、たしかに美しいアルラウネだ」

どうしよう。炎龍に褒めてもらっちゃったよ。意外といい奴なのかな。ちょっと嬉しい。

「ごき、げんよう」

とりあえず挨拶をしましょう。燃やされてしまわないよう、少しでも仲良くならなければ。

炎龍が小さく頷きながら大きな口を動かした。

「いや、ここまで美しくも可憐な植物モンスターは初めて見た。持ち帰って我が家の観葉植物にしたいと思えるほどにな」

うそ、ドラゴンの観葉植物？　そういえばミノタウロスにも似たようなことを言われた気がするね。もしかして私、かなり大人気？

「蜜が旨そうとのことだったが、たしかにとてもいい香りがしてくる」

こ、これはまさかのデザート兼愛玩用の観葉植物コースなの？　ミノタウロスの時は抵抗してやろうという気概が私には残っていた。ミノタウロスなんかに隷属して、蜜を舐められ続ける人生なんて絶対にごめんだったの。でもこの炎龍相手には、そんな反抗精神はすでに灰となって霧散してしまっていた。まともに戦っても、私では勝ち目がないからね。

さすがの毒蜜でも、この巨体のドラゴンを一口で死に誘うことができるかというとちょっと不安だね。ということは、少しずつ毒で侵していくことが無難かも。ただしそのためには、私はこの炎龍に幾度となく舐められてしまう羽目になるのだけど。

捕まって舐められることさえ我慢すれば、たとえここで炎龍に囚われの身となっても、いつかは倒すことができるかもしれない。もしかしたら、また私が生きる道は残されているかもしれないよ。

炎龍が覗き込むように、私に顔を近づけてくる。そして鼻から大きく息を吸った。

私の腰から生えている赤い花冠が風圧によってひらひらと揺らめいた。

「なるほど、瞳から蜜が零れているのか。其方《そなた》の見た目は我の好みだが、蜜はさらに我を楽しませてくれそうな匂いがする」

炎龍の口から大きなよだれが落下した。地面に付着したよだれはそのまま発火しはじめる。

なんて恐ろしいよだれなの。って、ちょっと待って。よだれなのに燃えているのですけど。てことは、私がこの炎龍に舌で舐められたら、私燃えちゃうんじゃない？　そんな恐ろしいペロペロがこの世に存在していたなんて……。それじゃ蜜は一口しか食べられないよ。

炎龍を毒蜜で倒すこともできなければ、私が生き残ることもできない。やっぱり炎龍のデザート兼愛玩用の観葉植物にはなりたくないね。

「だが不思議だ。其方がディックコプフを倒したというのはにわかには信じられぬ」

え、いまなんとおっしゃいました？　ディックコプフ？　なんなのその言葉。全く聞いたことないのですが。会話の流れ的に、もしかして名前のことかしら。そんなお方、存じ上げてはいないのです。もしかして何かの間違いではないでしょうか、炎龍様。

「人、違いです」

私は花ですけど。

「そんなことはない。部下のミノタウロスが報告しにきたのだから間違いはないであろう」

部下のミノタウロス⁉　もしかして、ディックコプフってあのミノタウロスのリーダーだった眼帯ミノタウロスのこと⁉　あの眼帯ミノタウロス、そんな名前だったんだ。というか名前があったんだね。いや、私が知っているわけないよ。だって自己紹介とかしないで舞踏会が始まったからね。

あのミノタウロスたちの知り合いということは、やっぱりこの炎龍は魔王軍ということかな。ちょっと大きさも規格外すぎてびっくりだけど。ということは、もしかしてディックコプフさんこと眼帯ミノタウロスが最後につぶやいていた〝グリューシュヴァンツ様〟って、この炎龍のことじゃないの？　お名前から強そうなお方だとは推測していたけど、ここまでとは想像が足りませんでした。というかミノタウロスの上司が炎龍って間、飛ばしすぎじゃない？　もっと中間管理職の魔族いるでしょ。なんでいきなり社長みたいなお方がやってきてんのさ。

　だってさ、どう見ても私たち勇者パーティーが倒した魔王軍の幹部より強いんですけど。本当、どなたなんですか。幹部なのは間違いないと思うけど。

　私、そんなお偉いお方に来られてしまったら恐縮してしまいますの。わざわざ当方までお越しいただきありがとう存じます。ミノタウロスのディックコプフさんでしたっけ。彼ならここにはおりませんよ。たしかあっちのほうへ行きました。部下のミノさんたちと一緒に、どこかへ去っていったのです。だからここにはいませんよ……？　だってわたくし、ミノさんたちなんて食べてなんかいませんからね。牛肉よりも熊肉のほうが好みですの。

「せっかくこの森まで来たのだ。勿体ないが致し方ない。ついでに一仕事していこう」

　お仕事ですか。ご苦労様です。ちょっと気になるのですが、私には関係ありませんよね……？

「逃げ帰ったミノタウロスから全てを聞いた。お前は我の部下であるディックコプフの仇である」

　――――へ？

「ゆえにここで死んでもらおう」

　炎龍が口に炎を蓄えだした。あれ、私、もしかして仇討ちされようとしていない？　しかも全部知られているし。誤魔化すことはできないみたい。あの後詰めミノタウロスから情報が漏れたのね。まさかミノタウロス一頭逃がしただけでこんなことになってしまうなんて……。

「お、お慈悲は、ないの、ですか？」

「我は大事な部下を失った。そのため其方の命をもって償ってもらうことで、あやつの無念を晴らそう」

なに、この仲間想いのドラゴンは！　魔王軍ならもうちょっと悪い感じでいてよ。わざわざ仲間のために私を探しに来ないで、もっと遠くで暴れていてよね！

「さらばだ、美しき花の魔物よ」

炎龍様。私、まだ死にたくないです。炎に焼かれて灰にもなりたくないのです。

なんだったらデザート兼愛玩用の観葉植物になってもいいです。毒蜜だって封印します。

だからですね、お願いいたします。どうか、どうか――

お、お許しをぉおおおおお!!

五　どうか私をその大きな舌で舐めてくださいませ

野蛮なミノタウロスと違って、この炎龍は知的な印象を受ける。会話だって成り立っているしね。しかも外見はかなり怖いのに意外と仲間想い。好みの花である私を敵だからと容赦なく燃やそうとするところから考えると、仲間には優しいけど敵には厳しいタイプのドラゴンさんな気がするよ。

そんな炎龍の考えを改めさせて、燃やされないようにするためにはどうすればいいか。私の価値を吊り上げるしかないね。ちょうど、炎龍は私の見た目も蜜の香りも好みだと言っていた。ならば本当は燃やしたくはないのかもしれない。その小さな気持ちに付け入るしかないでしょう。

「苦しませないよう、一瞬で灰にしてやろう」

「お待ち、ください、炎龍様」

私の言葉に、炎龍の動きが止まった。

「どうか、一口でいいので、私を舐めては、くださいません、でしょうか？」

「なん、だと……？」

あぁー！　恥ずかしいよー!!　私から相手に蜜を舐めてほしいとお願いするのは初めてのこと。だからね、めちゃくちゃ恥ずかしいの。

「私の蜜で、必ずや、炎龍様を、満足させて、みせます」

私は蔓にかぶりついた。そしてたっぷりと蜜を舐めつけて、炎龍様に差し出します。蔓には滴るほどの大量の蜜がついている。キラリと輝く蜜を視界に入れた炎龍が、ゴクリと生唾を飲み込んだのがわかった。いける。ドラゴンにとっても、この蜜は魅力溢れるものみたい。

「ふむ、燃やしてしまったら二度と味わえなくなるのだし、最後に一口だけ蜜を舐めてやってもいいだろう」

なぜか上から目線の炎龍様。でも、そんなの気にしないよ。

強さの格だって、大きさだって、炎龍のほうが上だからね。

蜜付きの蔓をガブリと丸ごといただく炎龍。蔓も一緒に食べるとは豪快なドラゴンさんだね。

「こ、これは……」

炎龍の目が見開いたのがわかった。釣り針に獲物が食いついたみたいだね。

「少量すぎてよくわからないが、いままでに味わったことのないようなとても甘い液体であった。

美味である」

ねえ、聞いた？　炎龍様からお褒めの言葉を頂戴いたしましたよ。

なんとか蜜を餌にして、命だけでも助けてもらえるように交渉しないとね。

「我の寝床の近くに其方を置いておくといいかもしれぬ。起床したら其方の美しい姿が視界に入り、朝食に其方の蜜を堪能する。うむ、悪くないかもしれぬな」

あれ？　まだ私が何も言っていないというのに、炎龍様が具体的な生活プランを考えはじめたよ。

そこまで気に入ってくれたのなら花としても本望なのだけどさ。怪獣のように恐ろしい姿をしている炎龍からは想像もできないような生活感溢れる話が聞けちゃって、ちょっとビックリしちゃうね。まさか私が魔王軍のドラゴンの朝食用デザート兼愛玩用の観葉植物になる日が来ようとはね。ホント、聖女時代の私からしたら全く想像もできないような事態だよ。

でも、これでしばらくは命を繋ぐことができたね。炎龍の寝室に配置されるみたいだし、徐々に蜜漬けにして毒殺することだって可能かもしれない。まあ、仮に炎龍の住処で毒殺が成功したとしても、そのあと逃げられないんだけどさ。だって私、植物だから……。

「ふむ？　アルラウネよ。それはなんだ？」

炎龍が私の根っこ付近を凝視する。

「それはミノタウロスの大斧だな。もしやディックコプフの持ち物では？」

はい、たしかにあの眼帯ミノタウロスの大斧ですよ。だって私の戦利品ですからね。

「ディックコプフの亡骸は、どうした？」

「…………埋め、ました」

違うんです。勘違いしないでください。私が食べたんじゃないんです。だからそんな疑いを向けるような視線で睨まないでください。うぅ、本当は美味しくいただきましたよ。パクリとね。だって戦闘で栄養不足になっていたんだもん。仕方ないでしょう。

「其方はその人間の口以外にもう一つ口があるな。そちらは随分と肉食で食欲旺盛に見える」

「実はわたくし、こう見えて、食が細いのです」

慎ましそうな淑女の顔でアピールをします。わたくし、か弱いお花さんなのです。大食いなんてそんなはしたないことはいたしませんことよ。

「では、なぜ埋めたはずのディックコプフたちの鎧までそこに置いてあるのだ？」

——ギクリ。

装備品は丸呑みして消化するのは大変だから、何かに使えるかもと思って収集しておいたんだよね。だから剥ぎ取った鎧や兜は大斧のそばにいつも置いてある。それだけでなく、ミノタウロスの鎧の下に着ていた服やベルトなんかもできるかぎり押収してあるの。ちょっと戦利品を回収しすぎたかもしれないね。

「やはり部下のミノタウロスたちは其方が捕食したということか」

どうしよう。汗の代わりに目から蜜が漏れちゃいそう。

「信じられぬ。アルラウネ一匹でミノタウロス四人と配下のエーレシュティーア五頭を食べたということか。そんな食い意地が張っている花など見たことがない」

——はい、実はかなりの食いしん坊さんです。十メートルあるクマパパと八メートルあるクママを数日で平らげてしまうような大食いです。でも、勘違いしないでよね。ウシ型モンスターのエーレシュティーアはハチさんが二頭お持ち帰りしました。だから私が栄養にしたのはミノタウロス四頭とエーレシュティーア三頭なの。あんな大きなウシさん五頭も食べたりしないんだからね。そこのところ誤解しないでくださいませ。私はちょっとだけお腹が空きやすい体質なのであって、大食いをするのが趣味というわけじゃないのですから。これは生きるためにやっているのです。

「やはり其方をこのまま連れ帰ることはできぬ」

炎龍が私に非情な宣告を下す。

「一度きちんと部下の無念を晴らしてやらねば我の気が済まぬ。というわけで、やはり其方には燃えてもらおう」

炎龍が炎のブレスを吐き出した。

えぇー!?　ちょっと、待ってよ！　さっきまでお持ち帰りコースだったじゃない。いくら部下が私に食べられちゃったとはいえ——まあそれもわからないでもないんだけどさ、ともかくそれを簡単に覆さないでよ。

炎龍の炎のブレスが直撃する。すぐに蔓の繭で防御。繭の外側にも蔓の壁を二重に設置するのも忘れない。でも、これじゃきっとすぐに燃えちゃうね。

だからミノタウロスの大斧を並べて、鉄の盾を作ります。鋼鉄製の大斧なら、いくら炎龍の炎がすごくても耐えられるはずだよ。ついでにミノタウロスたちの鎧を体に装着させる。完全防備です。

そしてこれらの大斧と防具は、蔓の壁の内側に配置しているの。最初は蔓に、そしていまは自分の炎の吐息に隠れて、私の大斧という名の防御壁は見えてはいないはず。つまり、このまま私が燃えたと勘違いしてもらって炎龍にお帰りいただければ、私は生き延びることができるかもしれない。

問題は、大斧が炎龍のブレスに耐えられるかということだ。

灼熱の炎が、大斧を真っ赤に染め上げる。けれども大斧も負けてはいない。炎龍のブレスを受け流している。少々ブレスのほうが優勢だけど、攻撃と防御が拮抗していた。驚くことに、三本のミノタウロスの大斧を壁にすることで、炎のブレスは私まで届いてはいなかった。

これならなんとかなるかもしれないよ！　周囲の蔓は全て燃え盛っているけど、数本だけでも残れば問題ない。せっかくだから、その炎上している蔓を体の外側に出して、「私、いますごく燃えています」と炎龍にアピールしちゃうよ。炎龍からは、燃え盛る蔓の繭が見えているはず。まさか中身は全く燃えていないとは思ってもいないでしょう。私は力尽きたことを知らせるため、まだ燃え切っていない蔓をガクリと地面に倒れさせる。

炎のブレスがやんだ。同時に、大きな足音が離れていくのがわかった。

きっと、炎龍は私が燃えているのを見て、仇は取ったと満足してくれたのでしょう。普通だったら、炎龍の炎のブレスをまともに受けた植物が無事でいられるとは思えないよね。

ともかく、炎龍はこの場を去った。これもミノタウロスの大斧が三本もあったから成し得た偉業だね。炎魔法を使用する眼帯ミノタウロスの持ち物だったからか、それとも上司が炎龍だったからなのか、かなりの耐熱性を備えている大斧と鎧だったみたい。けれども、高温の炎を受け続けた大斧は最後には耐えられなかったみたい。鉄の部分が溶けて、ただれていた。斧としての効力はもうないね。それでも、まだ刃物は他に持ち合わせがあるので問題ないの。ミノタウロスの持ち物の中にナイフがあったから、それを頂戴しておいたからね。

私を隠すように覆っていた燃える蔓を解体するよ。燃えている蔓を全て切り落とします。そうして燃える繭から脱出です。視界も開けて、よく見えるようになった。
ああ、炎の外に出られるということは、なんて素晴らしいのでしょうか。とにかく、なんとか生き残ることができたよ。いくら大斧があったとはいえ、よくも燃えずに済んだと思う。もしかしたら、少し手加減されていたのかもね。

炎龍は一度、私のことを気に入ってくれたのだ。持ち帰って自分のものにしたいと即断してしまうほど好いてくれたのだから、燃やすのにはちょっと罪悪感があったのかもしれないね。あの炎龍、意外と仲間想いだったし。

とりあえず、これで炎龍は私が燃えたと勘違いしてくれるはず。あとは火事から身を守るだけだね。まずは穴でも掘りましょうか。そうして地中に隠れれば、なんとか火事を乗り切れるかもしれないよ。大丈夫、炎龍の襲来だってなんとかなったんだもん。だから森が全焼するような大火災にだって、私は耐えられるはず。これまでもなんとかなったのだから、次も平気だよね。

よーし、頑張って大穴をこしらえてしまいましょう。

「驚いたぞ」

――――へ？

突如、頭上から声をかけられる。

顔を上げると、そこにはじっくりと私を見つめる炎龍様がいらっしゃいました。

「まさか我の炎でも燃えないアルラウネがこの世に存在しているとは」

うそでしょう。ねえ、帰ったんじゃなかったの？

炎龍様、まだこの場にいるのですけど！

六　ドラゴンからプレゼントをもらうのは初めてなのに全く喜べないのはどうして

この場を去ったはずの炎龍が、再びこっそりと戻っていたのだ。炎龍が帰ってきた足音はしなかったよね。忍び足という特技があるのか、それとも空を飛んで無音で着地したのか、私にはわからないよ。タネはわからないけど、これだけはわかる。

炎龍は私のことがいいにしろ悪いにしろ気になっていたのだ。

だから本当に燃えてしまったのか、確認しようとしたのでしょう。

その結果、私と炎龍がまた視線を合わせることになってしまったのだから……。

炎龍が驚くような声を出し、私を見下ろし続ける。

「もしやと気になり戻ってみれば、まさか我の炎でも燃えない植物が存在していたとは」

そんな気になるだなんて滅相もございません。わたくしめはただの卑しい野のお花でございます。高貴なる存在であらせられます炎龍様のお気を煩わせるようなことはしたくありません。ですからわたくしのことはただの雑草だと思っていただいて、このままお帰りいただきたく存じます。

「こんな愉快なことは初めてだ。其方に我の炎を受けて生き延びた褒美をやろう」

え、ご褒美ですって？　もしかして炎龍様、私を見逃してくださるのですか？　なんて慈悲深いドラゴンなのでしょうか。えぇ、私はわかっていましたとも。この炎龍様が気に入ったお花を焼却してしまうような悪い龍ではないということを。きっと自然を慈しみ、蜜を愛する心優しくも気高いドラゴン様なのね。森は火事になってしまったけど、そういうことにしておきましょう。

「ひと思いに灰にするのはやめた。じっくり時間をかけて確実に燃やしてやろう」

ううん？　ちょっと、どういうことなのー!?

何もご褒美ではないのですが。結局燃やされる定めじゃない。

「勘違いするな、我が其方に与える褒美とは時間のことだ。燃え尽きるまでの短い最後の時をじっくりと味わうといい」

炎龍の光る尻尾から、小さな青い炎が飛んできた。その小さな青い炎は、私の球根に付着する。

見ればわかる。これは魔法の炎だ。

「この青い炎を消すことは其方にはできぬだろう。水をかけても消えない、特別製の炎だ」

たしかに、この青い炎はすぐに燃え広がる気配を見せなかった。けれども、ゆっくりと着実に燃える範囲を広げていく。そんな不思議な火だった。

「火力は抑えたのでじわじわと燃えていき、すぐに全身に炎が回ることはない。残された生の時間を噛みしめながらゆっくりと灰になるがいい。其方に時間を与えたのは我からの蜜の礼とも思ってくれ」

　むしろ、お礼はさっきの炎のブレスだけにしてほしかったのですが。というか炎龍様、一度この場を去ったよね。なのにこっそりと戻ってくるとか、どれだけ私のことが気になっていたのさ。それだけ気になっているのなら、もうこのまま私を持ち帰ろうよ。朝食用のデザート兼愛玩用の観葉植物でいいからさ。私をおそばにおいてください。燃やされるよりはいいのです。

「時間はかかるが、間違いなく其方を燃やして息の根を止めることであろう。さて、我は忙しい。まだ仕事の途中だからな。まあこの有り様ではもう殺してしまったかもしれぬが……」

炎龍が森をぐるりと見回した。どこから探すか、とつぶやきながら大きな巨体を動かし出す。

「では本当にさらばだアルラウネ。蜜、旨かったぞ」

炎龍様はのしのしと体を揺らしながら、森の奥へと去っていった。

今度こそ、私は一人に戻ったのだ。

さてと、どうしましょう。炎龍が蜜を気に入ってくれたおかげで、この場で焼却処分されることだけは防げたね。絶望的な状況だったことから考えると、ある意味それだけでも勝利といえるでしょう。ただし敗北もしている。

なにせ時限装置付きの魔法の炎を装備させられてしまったからね。この火は水でも消えないと言っていた。そうして青い炎は、静かに私の体を侵食していく。この調子だと、火事がこのあたりにまで広がってくる頃には、私の全身が青い炎に包まれていることでしょう。

つまり残された時間はかなり少ない。女子高生時代の感覚からすると、おそらく一時間もないだろうね。これじゃ地面に穴を掘って、火事から身を守ろうという私の計画がご破算だよ。

土に潜っても、きっとこの青い炎はなくならない。ためしに土を火にかけてみたけど、消せなかった。もうどうしようもないよ。なんなの、このご褒美は。最後の時を噛みしめろって？　もうすぐ燃やされて灰になる未来がわかっているのに、何を堪能すればいいのさ。

まるで命のロウソクみたいだよ。ロウソクが燃え尽きると、その人の寿命も尽きるってやつ。私がロウソク自体になっちゃったけどね。いまの私にできることは何もない。

考えることといえば、森サーのみんなの安否くらいかしら。

そんな私の思考が通じたのか、まだ燃えていない右側の森からヘリコプターのような重音が聞こえてきた。私の女騎士ことハチさん軍団がやってきたのである。そのうしろからは、大きな蝶がゆらゆらと舞っていた。蝶々様と取り巻きのてふてふたちの姿だ。

みんな、無事だったのね。本当によかった。森サーのみんなが私のところに会いに来てくれた。うぅ、私は嬉しいよ。こうして森が火事になっている中で心配してくれる友達がいるんだから。

ごきげんよう。ハチさん、お姉さまはご無事ですか？　そう、ハチさんの巣はあの火炎放射から免れたのね。でも、火事によって巣を追われることになってしまったと。

ふと、森の上に視線を移す。ハチ型モンスター、ツォルンビーネが群れを密集させながら飛んでいた。あれは分蜂《ぶんぽう》だね。ミツバチは巣に新しい女王蜂が誕生すると、古い女王蜂が半数ほどの働き蜂を連れて引っ越しを行う習性があるのだ。そのことを分蜂という。女王蜂はフェロモンを出して、群れを統率することができる。そのため、みんなで仲良く一緒にお引っ越しができるのだ。ということは、あの先頭にいる大きなハチさんがお姉さま。女王蜂なのね。

お初にお目にかかります。ごきげんようお姉さま。こうしてお会いできて嬉しく存じます。火事から逃げるために、仕方なく群れの全員を引き連れて分蜂をしているのかな。うん。それがいいよ。このまま森に残っていても、火事に巻き込まれてしまうだけだからね。

ということは、蝶々様たちもお引っ越しかな。ハチさんたちの後についていくところを見ると、森サーの仲間として仲良くしているみたいだね。森サー設立者として、私は嬉しいよ。

早く森から脱出しないと火に囲まれて逃げられなくなってしまうのに、みんなはわざわざ私のところまで来てくれたんだね。まったく、ハチさんも蝶々様も、みんなおバカさんだよ。植物である私はここから移動できないことはわかりきっているというのに。この火事で取り残されて燃えてしまうのは明白。それなのに、こうしてわざわざ貴重な時間を使用して、会いに来てくれたんだ。

――あぁ、どうしよう。目から蜜が垂れてきちゃったよ。

ホント、もうしょうがないね。森サーが発足した当初は、蜜と餌を交換するギブアンドテイクの関係だったのに。そうやって共生する仕事上の付き合いだったはずが、気がついたら魔王軍のミノタウロスに命をかけて一緒に戦ってくれるようなお友達に変わっていたのだから。

ホント、しょうがないよね。だからね、この最後の蜜はハチさんと蝶々様にあげるよ。ほら、早く蔓から蜜を採集して。大事に味わってね。私からの最後の贈り物だよ。あぁ、そんな悲しそうな顔をしないでちょうだい。みんなが森を去っても、私はこの森に残るから。

ちょうど炎龍から時限爆弾みたいなのを付けられちゃったしね。たとえここから逃げられても、私は燃えてしまう運命なの。だからこの森の主として、植物として、ここで最期を迎えるよ。でもね、そんな運命にみんなは付き合うことなんてないの。だからこんな危ないところで油を売っていないで、早くここから逃げて。

さあ皆さん、今生のお別れです。今日をもって、この森サーは解散です。

ハチさん、いままで女騎士として私のために戦ってくれてありがとうね。ハチさんたちとは長い付き合いだからいろいろとあったけど、友達になれて本当に私は幸せだったよ。

蝶々様、ミノタウロスたち魔族との舞踏会では大変助かりました。またみんなで踊りましょうね。もちろんお茶会もセットでしてよ。

さあ、早くお行きなさいな。火事がもうすぐそこまで来ていましてよ。私のことは気にしなくていいから。だから皆さん、今度こそごきげんよう。

名残惜しそうにしながら、ハチさん軍団と蝶々様たちは、森の奥へと飛んでいった。

さようなら、私のお友達。アルラウネになって初めてできた、友達だったね。

できれば他の森に逃げ延びたとしても、たまにでいいから私のことを思い出してほしいの。

せめて記憶の中だけでも、とある森に一人のアルラウネがいたということを忘れないでいてくれれば、嬉しいな…………。

森サーのみんなとの別れは済んだ。この森に残っているのはもう私だけ。

どうやら右側の森にも火が回ってきたみたいだね。もうそろそろ、私の周囲は全て炎に包まれてしまう。炎龍からプレゼントされた青い炎が私を燃やし尽くすよりも、火事が襲ってくるほうが早かったみたい。まあどうせ、燃えることには変わりはないか。

あぁー。これで私の人生も終わりかー。

前世の日本では女子高生時代に死んでしまって、この世界で聖女としても十七歳で死んでしまった。そうしてアルラウネとしても約一歳で享年を迎えてしまう。

思えば本当に、散々な人生だったね。

それでも、森サーのみんなや白い鳥さんに出会えたことだけは本当に幸せだったね。

森の主にもなったし、私はこの森に愛着を持っていたのだ。

女子高生時代に観た映画で、沈没する船と運命をともにしようとする船長がいた。いまならその船長の気持ちがよくわかる。

私はアルラウネとして転生して、再びこの森で生を受けた。この森が私の新しい故郷。そして、この森には私の同類たる植物たちが大勢茂っている。そんな森の木々や植物たちが、いま燃えているのだ。でも、私たちは動けない植物。もうどうしようもないよね。ならば、私もともに逝こうじゃないの。どうせ火事から逃げることもできないのだし、炎龍の青い炎を消すこともできない。

だから私は、森と運命をともにします。仲間である森の植物たちと一緒に。炎によってみんなで燃やされる。そうなれば私たちは灰となって一つになれるのだ。

もう、寂しい想いもしなくて済むよね………。

最後に一つ。

白い鳥さんは大丈夫かな。炎龍から逃げていたみたいだけど、無事だといいんだけど。

白い鳥さん。せめてあなただけでも生き延びて。

七　私、燃えたくないです

アルラウネに生まれ変わってからの体感はまだ一年くらいだ。

でも、聖女の私が勇者様と聖女見習いのクソ後輩に裏切られて殺されてから、外の世界ではもう四年が経っている。だから、死ぬのがちょっと四年だけ遅くなったというだけなのかもしれないね。

私は、聖女として裏切られたあの日、すでに死んでいたのだ。

アルラウネになって生きたこの一年間は、ボーナスステージのようなもの。それがいま、炎によって終わろうとしているだけ。そう思えば、少しは気持ちも楽になるかな。

――いや、ならないよ。

だって、私、まだ生きているし。

ボーナスステージだろうが、まだゲームは終わっていないのと一緒だよ。私は一度死んだかもしれないけど、転生してこうやって生きている。

元聖女として、一度死んだからわかる。

死ぬということは、すごく怖い。あんなこと、もう二度と味わいたくないの。

だから私は、死にたくなんてない！

まだアルラウネとして生きたいの！

光合成をしながら静かに植物ライフを送る。それがアルラウネとしての私の夢。

夢を実現するため、私はまだ諦めるわけにはい――痛っ！

私が夢への抱負を語っていると、顔に何かがぶつかってきました。

ちょっと痛かったね。

それで、なにこれ。植物の種かな？

どこからか種が飛んできたみたい。でも、なんでこんな時に？

指で種を掴み、じーっと観察します。すると、視界の奥に、一本の木を見つけました。

あれは火事が発生した直後に、私が空き地の増設をしていた時に見つけた変なトウモロコシみたいなのが生えていた木だね。ちょうど、いままさに炎によって燃えはじめたところみたい。

そんなトウモロコシの木には、よく見ると他にも不思議な物体が生えていた。黄色いトウモロコシだけでなく、赤いトウモロコシもある。いや、よく見てみると、あれはトウモロコシじゃない。花だね。トウモロコシというか、ブラシのような形をしている変わった花だった。

その花の近くには、茶色のゴツゴツした実のようなものも生えている。パックリと開いた貝のようなものがたくさん密集しているように見える、謎の実だった。

なんだろう、どこかで見たことあるような気がするんだよね。

ふと、私は手元の種に視線を移します。火事によって、飛んでくる種。そんな変わった花を、私は知っていた。あ、これ、バンクシアの種だ。

思い出したよ。女子高生時代に読んだ植物図鑑で、これに似た花のことを見たことがあったの。

普通、森で火事が起きるということは植物にとって災難となる。けれどもその火事を利用して種を飛ばし、発芽するのがバンクシアという花だ。バンクシアの実は、火事の炎で熱せられると中の空気が破裂して割れ、外に種を飛ばすの。そうして種は、燃えていない地面へと落下する。火事が終わったあと、バンクシアは残された大地で最初に発芽し、他の植物が何も生えていない中で栄養も太陽光も全て独占して成長することになる。だからバンクシアは火事があっても、種を残し続けることができるのだ。

あそこで燃えているあの木は、バンクシアのような性質を持った木なのでしょう。成長スピードから考えると、魔木だったとしても驚かない。バンクシアの木から私までの距離は十メートル以上もあるのに、ここまで種を飛ばすのは異常なことだと思うから。

ともかく、これはバンクシアの種と言っても過言ではないね。この世界のバンクシアの魔木の種なら、きっと火にも強いはず。ここの地面に種が落ちてしまえば、きっと火事で燃えることもないでしょう。

――あ、なるほどね。そう、私は気がついてしまったの。

絶望的と思われたこの状況を打破する解決策を思いついてしまった。

私、もしかしたらここで死ななくて済むかもしれない。

森を覆う火事も、炎龍の消えない青い炎も、この方法を使えば簡単に解決してしまう。

無理ゲーと思われた超難問を、簡単に飛び越えることができてしまうかもしれない。

実は、あることについて前々から密かに気になっていたの。

私に他人の雄花の花粉が付着すると、私は受粉して種になってしまう。その種から生まれた私は、いわば私と知らない雄花との間にできた子供のようなもの。つまり二人の遺伝子を受け継いだ、赤ちゃん。それはもう私ではないはず。私の存在は、きっとそこにはない。

では、相手が知らない雄花でなかったらどうでしょう。そして、その雄花と雌花からできた種は、いったいどの部分から種に変化するのか。

私はバンクシアの種をじーっと見つめます。もし、私にもバンクシアと同じことができたら、きっと私は生き残れる。迫る森の火事、そして体をむしばむ炎龍の青い炎。どちらもこの方法の前では私を燃やすことはできなくなる。

けれども、確実性はない。それに、かなりの勇気もいる。それでも、やる価値はあるよね。

なにせ、このままじっと待っていても、私は炎に焼かれて死んでしまうのだから。

だからね、私、決めました。

光合成をしながら静かに植物ライフを過ごすという夢を叶えるためには、ここで燃え尽きてしまうわけにはいかないよ。生き残るためなら、もうなんだってする。

藁をも掴む思いで、私はバンクシアの種を握りしめた。

ハチさんと初めて出会った時は、嫌だった。無理やりされるのはもちろん許容できない。知らない相手の花粉を付けられるのも無理。

だからいまでも怖いよ。それでも、私は覚悟をする。

だってもう、これしか残された未来はないからね。

バンクシアの種を下の口に食べさせます。まだ青い炎で燃え切っていなかったのが幸いしたね。

でも、これできっとできるはず。私はバンクシアの能力を手に入れることができたのだから。

相手は知らない雄花ではない。

私には食べた植物を生成する能力がある。そして、品種改良をしてそれらを掛け合わせることができる。そのベースとなる遺伝子は、なにも食べた植物しか使えないわけじゃない。私という存在の遺伝子だって、活用できるはずなの。

はい、もう決めました。

私、受粉します。

八　私、受粉します

私はバンクシアの特性を使用することができる。私が種になることができれば、目の前の空き地部分へと飛んで移動することができるの。

そこで新しいアルラウネの体として生まれ変われば、私は救われる。そうなれば炎龍の青い炎から脱出することができるよ。なにせこの青い炎が燃やしているのはアルラウネである私の体。外に飛び出した種まではその範囲外でしょう。

それに、この森が全焼して炎が消え去った頃に、種から芽を出すこともできるかもしれない。

ただし、この方法を取るには二つの新たな問題があるの。

一つ目だけど、私は種となるために受粉しなければならない。

受粉するのは嫌。ハチさんに無理やり受粉されそうになった時は、この世の全てを呪いたくなったからね。でも、今回はあの時とは話が違うの。

実は、リンゴの雄花と雌花を生成して受粉させ、リンゴを作ることに成功した時にちょっと思ったのだ。もしこれを、アルラウネである私の雌花本体でやったらどうなるんだろう、と。雄花の雄しべというデータを持っているのだから、それを組み合わせて品種改良をすれば、アルラウネのDNAを持った雄花を作り出すことが可能な気がするの。

じゃあ、そのアルラウネの雄花を、雌花である私に受粉させたらどうなってしまうのか。

植物として一年生きてきたせいか、私も自分の体についての認識は少し変わっている。人ではなく植物の体であり、根本的な生態系が違うというのもかなり受け入れつつあるの。

とはいえ、いまでも他人の雄花を体に付着させられるのはまっぴらごめんだよ。拒否するね。

それでも、その花粉が自分のだったら、話は少し変わる。

雄花（他人）×雌花（私）で受粉すれば、他人のDNAが入っているのだから、種子は私と同じ存在にはなれないでしょう。でも、雄花（私）×雌花（私）で受粉すれば、きっと種子は私の遺伝子だけを受け継ぐことができる。品種改良で調整もできるしね。

不安なのは変わらないけどさ。でもね、これは自家受粉という花の生態の行為なの。一つの花の中で受粉が行われて種ができるという、植物としてはとても自然なこと。

それにいまは緊急事態。燃えて死んでしまうことと受粉をすることを天秤にかけたら、躊躇している暇はないよね。全ては生き残るため。そうして植物としてのスローライフを満喫する。その夢のためなら、私はもう受粉だってしてみせる。

そして二つ目の問題。それは、私と私からできたアルラウネの種子の意識は、はたしてどうなっているかということなの。

私から生まれたアルラウネの種子。その種が発芽してアルラウネとして成長した時に、そのアルラウネの意識には私がいるのか、いないのか。それがすごく心配。

もしかしたら、新しいアルラウネは全くの別人かもしれない。そうしたら、元聖女であり、前世は日本の女子高生であったというこの私の意識というか魂は、受粉した瞬間に消えてしまう可能性だってある。それがね、すごく不安なの。

だけど、私は一つの仮説を立てた。

被子植物である私は、果実の中に種子ができる。果実は雌しべの子房が成長するとなるの。このアルラウネの人間の体は、雌しべそのものであり子房も備えている。つまり、果実とは私自身。ついでに種子も私の一部が成長するとなるわけ。受粉しても花冠から下の球根はそのまま変わらないけど、人間の体部分である私は種になる。

おそらくだけど、元聖女としての意識は、この雌しべに存在していると思うんだよね。

だっていつも雌しべとして私は語っていたわけだからね。つまり、雌しべである私の子房が果実となって種になる。その種から発芽したアルラウネの新芽は、また私である可能性が高い。

なにせ、私が種になるのだ。母親が出産して子供を産むという、人間の子孫の残し方とは全く違う。しかも、その種の両親はどっちも私。

それなら、見た目ごと新しく生成する種に精神を移すことができるかもしれない。移すというよりは、私の体が種子に変化するといってもいいでしょう。植物生成で品種改良もできるのだし、受粉時に私の意識を種子に移動するように操作すれば、より確実性は増す。

私のこの仮説が正しければ、私は再び元聖女のアルラウネとして生きることができるはずだよ。

実際になってみないとわからないけど、もう迷っている暇はないね。

いまにも私は炎龍の青い炎と森の火事に焼かれてしまいそうなのだから。

よし、腹を括りました。

仮に私の種子から生まれたアルラウネが私じゃなかったとしても、子孫には変わりない。私の代わりに頑張って生きてもらいましょう。それでも、新しく生まれたアルラウネが私だったら、それが一番完璧だね。

蔓を顔の前にまで持ってきて、全神経を集中させます。そうしてアルラウネの雄花を生成です。

うん、できました。

見た目はただの小さな赤い花。雄しべが人の姿をしているわけでもない。けれども、これはれっきとしたアルラウネの雄花なはず。この雄花の雄しべを、雌花の雌しべに付着させれば受粉が完了となるの。正確には、雌しべの柱頭に雄しべの花粉を付ければいい。雌しべとはこの人間の体部分のこと。そして、アルラウネの柱頭は口になるの。

私は、生成したアルラウネの雄花を優しく摘み取ります。そうして、上の口で雄花にしゃぶりつく。必要なのは、雄しべの花粉。雄しべの花粉は葯《やく》で作られている。葯とは、雄しべの先端部分にある、小さな袋のようなもののこと。花粉が詰まっている雄しべの葯を、私は舌で絡め取ります。そのまま舌でめいっぱい花粉を吸い取って、ごくんと飲み込む。

実は、植物の受粉は、この時点で完了となるの。雄しべの花粉が雌しべの柱頭に付くと受粉したとみなされるわけ。これで受粉は完了したね。

でも、まだ終わりじゃない。むしろ私にとってはこれからが始まりなの。

受粉すると、雄しべの花粉は子房内の胚珠を目指して花粉管を伸ばしはじめる。基本的に、雌花の子房は、雌しべの根元付近に存在します。根元とは、お腹から腰にかけてのあたりのことだね。子房である私のお腹の中には、胚珠がある。受粉後、口から入った雄花の花粉は子房内の胚珠を目指して移動する。そうして子房は成長して果実となり、胚珠は種子となる。

私は、雄花の花粉が胚珠に到達したことを体で感じてしまった。教科書上では雌しべに花粉が付くことを受粉というのかもしれない。けれども、本当の意味で受粉したのはこの瞬間だと思った。

私の子房部分であるお腹が、次第に膨らんでくる。果実になろうとしているのだ。この膨らんだお腹の中に、私の種子がある。いや、その種子に、私がなるのだ。

この中にアルラウネとしての新しい種が入っているのだ。膨らんできたお腹部分を手で優しく撫でる。そうして超回復魔法を使います。これで成長スピードが飛躍的に向上するはずだ。

この時点でもうすでに、青い炎は球根部分を焼き尽くしていた。葉っぱも燃えはじめ、いまにも花冠に火が移りそうだ。この雌しべの体も青い炎に包まれてしまうことになる。そうなればもう、種子として転生することもできない。

私は自分のお腹あたりにさらに超回復魔法を込め続けます。早く種子になって、炎から身を守るため。もっともっと超回復魔法を発動します。これは種子になったあとに使う分。地面に落ちた種子がなるべく火に耐えられるよう。そして種子がなるべく早く発芽するように。そんな願いを込めながら、私は回復魔法を貯め続ける。

超回復魔法を使用すれば、私の植物の体は急成長する。お腹はそのまま風船のように急激に膨張していった。胸、首、そして顔が子房に包まれていく。

視界がなくなった。五感が次々と消失していく。あぁ、意識も遠のいていくよ。私という体と精神が、一つの小さな箱の中に押し込められていくのがわかる。きっとこれが種子なのね。子房は果実となった。そして、その中には種子が誕生している。

このあと、炎龍の青い炎が花冠を燃やしはじめるはず。その炎は、果実にも向かう。そうなれば、バンクシアの能力が発動することになるはずだ。炎から逃げるように果実がぱっくりと割れ、実の中から種子が飛び出るの。そうなれば種子は地面へと落ちていく。

元のアルラウネの体は燃えてしまうけど、新しい体が宿るアルラウネの種は無事なはず。でも、私はその光景を目にすることはできない。なにせ、いまの私には目がない。感覚もない。それだけでなく、もう意識もなくなりそう。だって、いまの私は花ではないのだから。

ただの植物の種。アルラウネの種だ。

真っ暗な世界が、私を優しく包み込んだ。

意識が完全に消える。

そうして、私は種になった。

九　私、幼女になりました

小さな暗闇の世界に、私の意識が存在していた。何も考えることができない。

そんな真っ暗な世界に、突如ヒビが入った。天井のヒビから光が漏れてくる。その光を目指して、体の一部が伸びていった。もしかしたらこれは発芽しているのかもしれないと、少しずつ私の意識が戻ってくる。

体が急激に成長する。これが超回復魔法の効果だと気がついたのは、私が何か薄いものに包まれて座っていると感じた時だ。

この感じには覚えがあるね。私はこのあと、花として咲くのだ。

立ち上がるように体が起き上がる。そして、私を包み込んでいた花びらが、ゆっくりと広がり出した。蕾が開くのだ。

私が、開花する。

五感のうち初めに意識したのは嗅覚だった。焼け焦げた炭と灰の匂いがする。

視界に光が入ってきた。眩しいよ。次第に目が見えるようになる。

気がつくと、私は黒い灰の上に立って――いや、生えていた。

上半身は人間の体。腰からは赤い花冠が咲いており、下半身は捕食するための植物の口を持つ球根です。球根からは地中に根が伸びており、地下の水分を必死に求めているのがわかりました。

そう。私の体は、よく見慣れたアルラウネの姿でした。

――私、生きていたみたい。

そう、私だよ！　元聖女であり前世は日本の女子高生である私！

よかった、私の意識は残ったままだったよ。どうやら私の仮説は正しかったみたいだね。うまいことに、私の意識は種子の中へと移動していた。それで、その種から発芽したアルラウネに、再び私が宿ったのだ。

うわぁあああい！　やったよー！　めちゃくちゃ嬉しいのですけど！

あの絶望的な危機的状況から生還することができたんだよ。だって、見てよ。

周囲をぐるりと見回してみます。けれども、そこに生物の存在は確認できなかった。森の木は一本も残らずに全て燃えてしまったみたい。火は消えていた。代わりに、真っ黒な炭と灰が、広大な大地を埋め尽くしていた。その中にぽつんと私だけが生えているの。

よくもあの惨状から脱せられたと褒めてあげたいね。森を覆う火事、そして炎龍の青い炎も、もうここにはない。その引き換えに、私の前の体の残骸と思われる黒い塊が近くに落ちていた。

一年間ありがとうという気持ちを込めて、祈りを捧げましょう。

私の身代わりになって燃やしてしまってごめんなさいね、私の元体。これからは、こっちの新しい体で元気に生きていきます。森の植物である仲間たちにも悪いけど、私はこれからも生活を続けるよ。みんなの分も、植物として頑張るからね。

そこで私は違和感を覚えた。

なんだかね、地面までの距離が近い気がするの。

これまでの私はかなり大きかった。なにせ球根が巨大だったからね。人間部分が腰から上しかなかったとはいえ、おそらく二～三メートルくらいは身長があったと思うの。

なのに、いまは一メートルにも満たないくらい低い。

というか、私の手、すごくちっちゃいのですが。まるで子供の手みたい。

でも悲しいことに、子供になっているのは手だけじゃなかった。

な、ないの！　私の胸が……なくなっている！

アルラウネとなって成長したはずの私の胸が、ぺったんこになっていたの。

どう見ても完全に幼児体型だね。体型というか、全体的に幼児そのもの。

どうやら私、幼女になったみたいです。

触ってみたけど、やっぱり顔も小さいね。腰から咲いている花も小ぶり。

というか、見てよこれ。下半身の球根がスイカみたいになっちゃっているんですけど。凶悪に見えたあの球根も、スイカくらいの大きさしかない。とんでもなく縮んでいる。これじゃハムスターくらいしか捕食できないよ。あと、虫とかだね。球根は小さい代わりに、すごくピカピカしていて艶があった。まるで新芽みたい。

あ、なるほど。

種から発芽したばかりなのだから、新芽のアルラウネになっているんだ。

私は受粉して種になり、新しい体を手に入れた。ということは、この体はまだ一度も受粉したことがない。清い体のままということ。一度受粉してしまったとはいえ、そこはちょっと安心したかも。元聖女的に少しは気になるのだ。うん、よしとしましょう。新芽になるということは、体が新しく生まれ変わるということだから、そういうことだよね。

それなら幼女になってしまった理由がわかるよ。きっと、また成長すれば元の大きさに戻れるというわけだ。そうなれば胸も無事大きくなるでしょう。

こんな時だけどね、私は私を裏切った聖女見習いのクソ後輩に負けたくないの。胸さえもう少し大きければ、婚約者の勇者様に捨てられることだってなかったかもしれないのに。勇者様はあの後輩の胸に誘惑されたに違いないのだから。許すまじ、後輩！

怒りをパワーに変えて、せっかくなのでちょっと実験です。

少しいろいろと試してみます。どうやら前の体の時と一通り同じことができるみたい。蔓も茨も、毒花粉、そして蜜なんかも出せる。いままでの私と何一つ変わらない。

そこで、改めて思ってしまいました。

アルラウネとして自分の種子を作り出す、という行為を私は成功させた。記憶の性質も引き継いで、新しい体に自分を作り替えることができる。

もしかして、私はとんでもないことをしてしまったのではないでしょうか。

きっと同じことをすれば、私はまた生まれ変わることができるでしょう。

私は植物としての体を新しいものに作り替え、生き続けることが可能かもしれない。

手が震える。

やはり、私はもう人間ではないのだと再認識してしまった。

受粉して種になって、そこから発芽して新しい体を得るだなんて、人間では不可能だよ。

私は、植物モンスターのアルラウネなのだ。

そう、いままで以上に強く意識してしまいました。

でも、この震えは恐れからというだけじゃなかったの。

ちょっとね、失敗してしまった。こんな時に実験だと植物生成を連発するんじゃなかったよ。

いまね、私はすごく栄養不足だったみたいなの。なにせ種から発芽したての赤ちゃんみたいなものだからね。発芽して成長するのにたくさんのエネルギーを消費したみたい。手っ取り早く栄養となる獲物が欲しいけど、こんな焼け焦げた大地には生き物は何も存在していない。

それにね、不足しているのは栄養だけではないの。

お水欲しい。

火事によって、地中の水分が極端に少なくなっているみたい。しかも発芽したばかりの私の体は成長期。だからね、いまめちゃくちゃお水欲しいの。

生まれたてだけどさっそく雨乞いの巫女に就職したくなるくらい、お水欲しい。

もうへろへろです。発芽したてだけど、もう枯れちゃいそう。

だ、誰か、お助けを……。

いまの私の状況を救ってくれる存在なんて普通はいない。

恵みの雨が奇跡的に降ってくれれば別だけど、空は晴れていた。火事が起きたあとは上昇気流が起きやすいから、雨が降る確率は高いはずなんだけどね。すぐには降らないか。

唯一の希望は、白い鳥さんである。

私にバケツの水をかけて火を消してくれた命の恩人である白い鳥さん。

その白い鳥さんが去り際に「なんとか生き延びて。そしたら水やりしに来てあげるから」と言っていたのだ。空を自由に飛べる白い鳥なら、きっとあの火事からも生還したはず。

それなら、約束通りに水やりをしに戻ってくれるかもしれない。

白い鳥さん。

それが、絶望的に水不足な状況の唯一の希望なのである。

あー。鳥さん、遅いなー。まだかなー。

ぼーっと太陽光を受け続けること数時間。

ここで私は気がついてしまった。

もしかして、もう白い鳥さんは来たあとだったんじゃないの？

私はついさっきまで、地面の上に種として落ちていた。それが急成長して発芽し、アルラウネになったのだ。もし発芽する前に白い鳥さんがここへ来ていたら、私の燃えた残骸を見て、私は死んでしまったと勘違いするはず。まさかその近くに落ちている小さな種が私だなんて、誰も思わないよね。どうしましょう。

もし白い鳥さんが去ったあとなら、もう誰も私に水やりをしてくれないじゃない。

うぅ。せっかく受粉して種にまでなったのに、結局私は枯れて死んでしまう運命なの？

私が意気消沈して下を向いていると、体に小さな影が重なった。もしかして雨雲が頭上に現れたのかもしれない。そう思って空を見上げると、不思議な光景を見てしまった。

空にね、人が飛んでいたの。

青い空の中に、黒いローブを着た人物が浮いていた。なにもせずに空中に立っている。ただ、その人物は空の上から私を見下ろしていた。

　空に浮くことができる人間なんているはずがないよ。仮に風魔法で空を飛ぶにしても、補助道具となる他のものが必要になるはず。それにそもそも、風魔法で空を飛べる人間などほぼ存在しない様ですら、ぽつんと空に立っているように浮遊することは不可能なはず。

のだから。できるとしたら、大陸一の魔法使いと呼ばれる、大賢者様くらいでしょう。その大賢者

なら、いったいあの人は何者なの？

外見は、黒いローブを纏ってフードで顔を隠しているね。体格は小さい。まさか、子供なのかな。

突然、一陣の風が吹き抜ける。空に浮遊する謎の人物のフードが、風によって取れてしまった。

隠れていた顔が露わとなる。すると、フードの中から白くて長い髪が風になびかれるように現れた。

空に浮いている謎の人物。それは白髪の少女だった。

白髪の少女は、風に流される髪の毛を、片手でゆっくりと押さえつける。そのまま、私と静かに目を合わせた。少女を見て、私はパズルのピースがハマるように一瞬で理解しました。

魔王軍のミノタウロスが持っていた、あの謎の絵。あれはてっきり、おばあさんの絵だと思っていた。あの時、ミノタウロスの絵は下手だったけど、小柄で、黒い女性用のローブを着て、白い髪をしている人間ということだけは認識できた。それなら、この人物はおばあさんだろうと思ったの。

でも、本当は違った。私の目の前に、絵の情報と完全に一致している人物が飛んでいるのだから。

あれは、おばあさんの絵ではない。

あの絵の正体。

それは、いま私の上で浮いている、あの白髪の少女のことだったのだ。

十　白髪の少女

空を見上げる私は、白髪の少女と目が合ったままだ。

なんとなくだけど、少女の瞳からは敵対的な視線は感じられなかった。

でもね、こんなに怪しい人物を前に無防備でいられるほど、私は優しくはないのです。

この一年で森の生物としてかなり鍛えられましたの。

じーっと睨み返してみせます。いまの私は幼女だから、もしかしたらあんまり怖くはないかもしれないけど、気にせず頑張ります。

そんな私の努力に気がつかないとでもいうように、白髪の少女が小さく首をかしげた。

「あれ、こんなに小さかったたっけ？」

小さくて悪かったですね。私はね、新芽なの。本当に生まれたてほやほやなのよ。

人間で考えれば赤ちゃんなんだから、小さいのは当たり前なの。

私は前世では女子高生として生きて、その次に聖女として十七年生きた。

だから子供相手のような反応をされると、ちょっと困るんだからね。

「まあ小さいけど、アルラウネには間違いないか」

白髪の少女はふむふむと納得するように私を検分する。

もしかして、私を捜していたの？　この少女の目的は私なのでしょうか。

魔王軍の紙に描かれている少女。まさか、魔王軍の仲間なのかしら？　ミノタウロスが捜していたわけだし、行方不明になった仲間という線があるよね。それか、ミノタウロスが眠り薬を持っていたことから考えるに、脱走した元仲間を捜していたという可能性もある気がする。魔王軍の者なら、この非常識な空中浮遊という技も納得できるね。

でも、それはそれで状況が最悪だよ。魔王軍でも、元魔王軍だったとしても、白髪の少女はきっと私にとっては敵になりうる存在の可能性が高い。どういうわけか私を捜していたみたいだし、もしかしたらこのまま魔王軍に献上されてしまうかもしれない。

そうなれば、まさかの炎龍様と再びのご対面である。部下のミノタウロスの仇として、今度こそ燃やされちゃうよ。せっかくこっそりと青い炎から脱出して生まれ変わったというのに、そんな未来はあんまりすぎるって。

私は警戒するように、空に向かって蔓を構えます。

せっかく生き延びた命。無駄にしないためにも、徹底抗戦するよ！

私が蔓をゆらゆらと漂わせていると、白髪の少女は何かに気がついたように目を見開く。

そして手を振ってきた。まるで「おーい」と挨拶するように。

違うって！　ちょっと蔓が小さいうえ短かったから強そうには見えないかもしれないけど、これは私の最大限の威嚇行為なの！　別にあなたに手を振っているわけじゃないから。そして私に手を振り返さなくてもいいから！

けれども、私の行為を見た白髪の少女は、安心したような表情になった。

そのままゆっくりと降下してくる。私から少し離れた場所で浮遊したまま停止すると、小さく微笑みながら声をかけてきた。

「やっぱりあのアルラウネなのね。小さくなっちゃったけど、燃えなくて済んだみたいで本当によかった……」

近くで目にする白髪の少女は、可愛らしい女の子でした。ぱっと見は、物静かそうな普通の女の子にしか思えない。ちょっと幸が薄そうな気もするけれども。

ともかく、一見するだけでは、空中浮遊を披露するような謎の危険人物には到底思えなかった。魔王軍の手先にしては可愛らしすぎるし、貧弱すぎる。まあ白髪、というのが気になるけどね。すぐ近くの距離になったからわかったけど、この少女はだいたい十歳くらいだと思うの。その年齢の子の髪が真っ白になることなんて、普通はありえないからね。

それでも念のために警戒は解かないでおきましょう。森では一つの油断が、死に繋がったりしたからね。蔓だけでなく、茨をウネウネと体の周りに漂わせます。

すると、白髪の少女がビクリと反応した。そのまま、そーっと浮遊しながら後退していく。

あれ、なんだか怖がられていない、私？　幼女である私に怯えるということは、この少女はあんまり強い相手ではないのかな。

ちょっと質問してみようか。

「どちら、さま、ですか？」

「わたしのことは知っているでしょ？」

質問を質問で返されてしまった。どういうことなの。

何もわからないけど、もうこの際だから気になること全部尋ねちゃいましょう。

「なんで、茨を見て、遠ざかって、いくの？」

「だって危ないから」

まさか私のことを、危ないと思っているの？　そんな危険な存在じゃないですよー。ただの森のお花ですよー。ついでに幼女だよー。

白髪の少女が、困ったような顔をしながら口を開いた。

「あなた、その茨でわたしを捕まえて食べるつもりでしょう?」

あ、これ、完全に警戒されているね。でも、なんで私が捕食する植物だということを知っているのだろうか。こんな幼女な見た目からでは、人間サイズの獲物をパクリと食べてしまうようなアルラウネには見えないはずなのに。

「もしわたしを食べないと約束してくれるなら、これをあげる」

白髪の少女が、背中から何か取り出そうとする。どうやら、ずっと何かを隠し持っていたみたい。

もしかしたら武器かもしれないね。私を油断させて、襲う戦法かも。

細心の注意を払いながら構えていると、白髪の少女の背後から一個のバケツが出てきた。

うーん。武器ではなさそうだね。どう見ても、ただのバケツです。

——え、バケツですって?

私は、そのバケツを一度目にしたことがあった。

森が火事になっていたあの時。球根に付いた私の炎を、あの白い鳥さんがバケツの水で消火してくれたのだ。その時に見たバケツと、よく似ている。

「わたし水をあげにきたの。約束だったから……」

白髪の少女が、恥ずかしそうにつぶやいた。

——約束。

私は人間の女の子と約束なんてした覚えはない。花違いではないかしら。

けれど、私は人間ではない相手となら約束をしたことがあるの。

「でも、驚いた。喋る花は絶対に燃えていると思ったのに、よく無事だったね」

——喋る花。

その呼び名も、一度聞いたことがある。白い鳥が私のことを、そう呼んでいた。

そういえば、白い鳥はなぜか喋れたのだったね。

「前まではわたしよりも大きかったのに、いまはこんなに小さくなっちゃって……しかもかなり可愛い」

無表情のままそう告げる白髪の少女。

おかしい。私は白髪の女の子と出会ったことなんて一度もないはず。

元聖女時代の記憶を含めても、こんなに目立つ子とは知り合ったことはないよ。

それに、私に水をあげると告げてきた相手は、人ではない。

私が警戒の視線を強めたせいでしょう。白髪の少女の動きが、きょとんと止まった。

「そうか……やっぱり人間の姿のままじゃわからないよね」

少し困ったように、白髪の少女が俯いた。

「でも、こうすればわかるでしょう？」

白髪の少女が小さく息を吐く。すると、少女の体が歪み出した。渦を巻くように全身が凝縮されていく。まるで幻覚でも見ているのかしらと、錯覚してしまいます。だって、とても現実だと思えない光景なのですから。

困惑しすぎた私が蜜をゴクリと飲み込む間に、白髪の少女は一羽の鳥になっていた。

そこに浮かんでいるのは、どう見ても人ではない。白い鳥である。

白髪の少女が、白い鳥に変化したのだ。
しかも、ただの鳥じゃないよ。
私がこの一年、何度も目撃してきたよく見知った白い鳥さんの姿なの。
「これならわかるでしょう？」
白い鳥さんが私に向かって、人の言葉で呼びかける。
私はやっと理解した。
私に水をあげると約束してくれたのは。そのバケツを使って消火してくれたのは。
そんなの、一人しかいないよ。一人というか、一羽というべきかな。
でも、信じられない。
人が動物に、動物が人に変身するなんて、全く考えられない出来事なのだから。
驚きすぎて口から蜜を垂れ流してしまうくらい、ビックリだって。
この少女は、魔王軍ではない。それどころか、敵でもない。
むしろ、味方だ。
私は呆然としたまま、彼女に問いかける。
「白い、鳥、さん？」
私の質問に対して、白い鳥さんは小さな嘴を開いてみせた。
「チュゥン」
その下手な鳴き声、間違いないよ。見た目どころか、中身も完全にあの白い鳥さんだ。
白髪の少女の正体は、白い鳥さんだったのだ。

普通だったら、人が鳥に変身するなんて非常識な光景を目にしたら警戒心を強めてしまうでしょう。でも、私は逆に緊張の糸を切り落としてしまった。

あぁ、なんてことでしょう。

白い鳥さん、私はね、あなたを見るとなぜか安心してしまうの。

私は、あなたに何度も命を助けられた。

たしかにちょっと不思議な鳥さんだなとは思っていたよ。

けれども、これだけは言えるの。

白髪の少女が白い鳥さんだったのなら、私はあなたを信用できる。

だってあなたは、私の白鳥の王子様なのだから。

十一　白い鳥の正体

私の白鳥の王子様は、女の子でした。

白い鳥さんの性別はわからなかったから、白鳥の王女様かもとは思っていたのだけどね。

でもまさか、白髪の少女の姿から白い鳥さんに変身するとは思わなかったよ。

私は、白色の小鳥姿の少女を優しく見つめます。

「あなたは、白い鳥さん、だった、のね」

人に変身できるなんてすごい鳥さんだよ。

「わかってくれたなら嬉しい」

白い鳥さんが静かに鳴いてくれた。

もしかして人の言葉を話せるから、普段は「チュン」とさえずらないのかな。

それにしても、白い鳥さんを目にするとつい見惚れちゃうのはなんでだろうね。

やっぱり小さくて、可愛らしい鳥さんだからかな。

可愛いだけじゃなく人にもなれるなんて、すごい鳥さんだよね。

「鳥さんは、人間に、変身、できるの？」

「違う、わたしは鳥じゃない。魔法で人から鳥に変身できるの」

再び体が歪み出す。そうして、元の白髪の少女に戻ってしまった。

「こっちがわたし本来の姿」

「鳥さん、じゃなくて、人間、だったの？」

「騙すつもりはなかったの、ごめんなさい」

そうか……白い鳥さんは、そもそも鳥じゃなかったんだね。

たしかに思い返してみると、鳥にしてはおかしい言動ばかりだったかも。

でも、まさか白い鳥さんの正体が人間の女の子だとは思わなかったよ。普通わかるはずないよね。

――ん？　ちょっと待って。

いまこの子、魔法で鳥に変身できるって言わなかった？

いやいやいや。そんな魔法、聞いたことがないよ。

空に浮遊できるのもおかしいのだけど、この白髪の少女はいったい何者なのかな。

未知の存在すぎて何もかも謎だよ。

まあせっかく会話できるのだし、気になることは訊いてしまいましょう。

「どうして、鳥に、変身、できるの？」

「だって、わたしは魔女だから……」

――――魔女、ですって⁉

「あ、ごめんなさい。森生まれのアルラウネに魔女だなんて言っても、なんだかわからないよね」

ううん、わかるに決まっているよ。

だって私は植物としては森生まれだけど、元は人間の聖女でもあるからね。

魔女はね、いわば聖女の天敵なの。だからか、白髪の少女が魔女だとわかった瞬間から、私の全身は緊張で固まってしまった。

魔女の見た目は人とそっくりでも、人間ではない。そう、教会に教わった。この大陸の人間の国は、どこもとある教会が国教なの。その教会が、魔女は魔王軍の魔物たちと同様に、人間の敵だと教えているのだ。

実際に、魔女による被害はたびたび起きている。そのたびに、魔女狩り部隊が派遣されていた。軍まで出動させるのだからすごい。

そして、光の女神を信仰する教会にとっての象徴の一つが、聖女である。聖女は光の女神に愛され光魔法が扱え、民からも信頼が厚い。対して魔女は、怪しげな魔術を扱い、教会や人間たちから憎まれている。だから聖女は魔女とは正反対の存在なの。

そのせいか、魔女は聖女を狙うことが多い。私の先輩の聖女も、魔女によって帰らぬ人となった。だから私は魔女と聞くと、敵対心が芽生えてしまうのだ。

「まあ魔女といっても、形だけなんだけど……」

「どう、いう、こと？」

「わたしは、元は人間だったの。六歳の時に魔女にされてしまったから、もう普通の人間じゃないけど」

　魔女にされた、ですって？

「元人間だから、両親も普通の人間。だから魔女の里で暮らしたこともなければ魔女の常識も知らない、ただのハグレ魔女なの」

　——元人間。

　その言葉に、私は同情してしまった。自分の境遇と重ねて親近感を覚えてしまったのだ。

　人が魔女になってしまうということは聞いたことがない。でも、この白髪の少女が嘘をついているようにも思えないんだよね。だって外見は魔女でも、中身はあの白い鳥さんだったわけでしょう。

　私だって外見は植物モンスターのアルラウネだけど、中身は元聖女なわけだし。外から見た姿だけで相手を敵だと決めつけるという行為は、なるべくはしたくないの。それをされた本人の心が、一番傷つくのだから……。

　白髪の魔女に抱きはじめていた私の敵対心が、氷のように溶けていきました。

「生粋の魔女ではないけど、それでもわたしは魔女。だから魔物であるあなたの敵ではないわ」

　白髪の少女はニコリと微笑んで、私を安心させようとする。

　魔女は魔物と敵対しないのだろうか。人間の敵同士、魔女と魔物は仲良くしているのかもしれないね。だからこの魔女は鳥に変身してまで、私がいる森に来てくれていたのかな。

「魔女だから、白い鳥に、変身して、私のところに、来ていたの？」

「喋る花のところに行っていたのは、わたしがそうしたかったから。鳥に変身できるのは、魔女の黒魔法が使えるから」

黒魔法。そう聞いて少しだけ納得してしまったよ。魔女だけが使用できる魔法、それを黒魔法という。黒魔法は特殊な力を体現することができるとされているの。しかし、その効力はほとんど不明。箒を使えば空を飛ぶことができる、ということくらいしかわかっていない。

だから、動物に変身できるということは、まだ知られていない黒魔法の力だったのでしょう。ということは、まだ秘密とされていたことが魔女にはあるはず。手ぶらで空中に浮いているのも、そのせいかもね。

「箒が、なくても、空を、飛べるの？」

「あれは、箒がないと空が飛べないと人間に錯覚させるためのフェイクなの」

そうだったのかー。すっかり騙されていたね。

驚くことばかりだけど、まだ気になることがある。

そう、この白髪の少女こと魔女っこの目的だよ。どうやら悪い魔女ではなさそうだけど、魔女には違いない。幼い見た目をして、かなり過激な性格しているかもしれないしね。

たとえば、魔女は怪しい薬を調合していると噂されている。貴重な動物やモンスター、それに珍しい薬草だとかを大鍋に混ぜて煮込んでいるイメージがあるの。だからもしかしたら、私は魔女の調合材料にされてしまうかもしれない。

そのために白い鳥の姿となって、私が枯れないように助けていたのかもね。私はかなり珍しい植物でありモンスターの自信があるの。そう考えると、悲しいけど辻褄が合ってしまうね。

コホンと魔女っこが小さく咳払いをした。

「それでね、ここからが本題なのだけど」

魔女っこが私に向けて、静かに語りかける。

「ねえ喋る花。あなた、わたしのものにならない？」

ほら、来たよ！　私を手に入れて、調合の材料にするつもりだよ！

うん、わかっておりましたとも。白い鳥さんがあそこまでして私を何度も助けてくれるなんて、おかしいと思っていたんだ。全ては貴重な材料である喋るアルラウネを摘み取るため。私のことなんて、ただの調合材料にしか見ていなかったんだ……。

でもね、いいよ。私は白い鳥さんが望むなら、調合材料にだってなってもいい。

たしかにせっかく生き延びることができたのだし、この命は惜しいよ。けれども、白い鳥さんがいなかったら、ここまでで何度も落としていた命だから。

だから、ね。白い鳥さんが望むのなら、私の全てをあなたに捧げましょう。

それが、私の白鳥の王子様へできる、唯一の恩返しだからね。

はい、わかりました。

そう私が返事をするよりも、魔女っこが話しはじめるほうが早かった。

そして私は、その言葉を聞いて度肝を抜かれることになったのだ。

「わたし、喋る花を飼育したいの。だからわたしのお花になって」

――飼育、ですって⁉

どういうこと。調合材料じゃないの？？

「わたし、アルラウネが気に入ったの。だから喋る花はわたしが育てる。ダメ……？」

いや、魔女っこさん。そんなに恥ずかしそうな顔をしないでください。

むしろ恥ずかしいのは私なのです。想定外だよ。

だって、育てるってどういうことなのー！

私、他人から飼育してみたいって言われるの、人生で初めてなのですがー‼

十二　魔女の狡猾な提案

もう、ビックリです。

たしかに私はただのお花だよ。ちょっと人の言葉を喋ることができたり、食虫植物のモンスターだったりするけど、基本的には植物だからね。それに十歳くらいの可愛い女の子が、お花を育てたいと言い出すのは違和感がない。でも、子供とはいえ魔女が、アルラウネを気に入ったから育てたいというのは、いったいどういうことなのー！

いまの私は新芽の幼女の姿になっているから、育てたいという意欲が湧くのはわからなくもない。

でもね、私はこれでも植物モンスターなのです。人間の幼女ではないのよ。

しかもだよ、中身は十七歳の元聖女なの。魔女っこよりも精神年齢は上なわけだね。

もう、どういうことかわからない。誰か、私に説明をしてくださいませ。

そうは思っても、私に解説してくれるのは目の前の魔女っこしかいないのだ。

魔女っこはゆっくりと語り出す。

「わたし、人間は嫌い。信用もできない」

魔女は人間の敵。そしてこの魔女っこも、人間のことは嫌いだという。

まだ幼い少女だけど、きっとこれまでの人生でいろいろとあったのでしょうね。

人嫌いになるのはわかるような気がするよ。

「でも、魔物の花であるアルラウネなら信用できる。人じゃないから」

――ごめんなさい。

隠しているのは悪いのだけど、私は元人間です。しかも魔女の天敵の聖女だったの。だから中身的には、かなり魔女っこが信用できない相手なのよ。それでも私のことが欲しいのかな。

「わたしはこの一年間、喋る花をずっと見守ってきた。あれだけ世話をしてあげたのだし、あなたはもうわたしのものと言っても過言じゃないはず」

なんだかすごい理論がきちゃいましたー！

たしかに、白い鳥さんには何度も命を救ってもらったし、助けてもらった。白い鳥さんがいなかったら、いまこうして私は生きてはいなかったからね。相当お世話をされた自覚はありますとも。

それでも、白い鳥さんのものになっていたというのは初耳だよ。

「わたしね、この一年ずっとアルラウネの飼育をしてきたつもりなの。だからこの先も、あなたはわたしのものになってお世話されるのが一番幸せだと思うの」

どうしましょう。

さすがに白い鳥さんの願いでも、私が十歳の女の子のお花になってお世話されるというのはどうかと思うの。しかももう所有物宣言しているし。

たしかに人間からしたら、自宅の花は自分の所有物という認識だよね。観葉植物も同じはず。

うーむ、これは悩むね。炎龍に燃やされそうになった時みたいに、自分の命と観葉植物になる運命を天秤にかけるわけでもない。

かといって、積極的に魔女っこの観葉植物になりたいかと言われると、そうとも思えない。いくら白鳥の王子様とはいえ、飼育されるのは考え物だよね。

私は森のアルラウネ。人に飼い馴らされるようなその辺の植物とは一味違うの。

しかも私、普通の花と比べるとお手入れとか絶対に大変だからね！

だから、魔女っこの観葉植物にはなれないよ。

元聖女としても、年下の女の子の所有物になるというのは抵抗があるし。

「喋る花、そんな警戒するような目で見ないで」

私の決意が通じたのか、なぜか魔女っこがニヤリと微笑んだ。

「ねえ喋る花。あなた、お水は欲しくはない？」

お水、ですって…………⁉

「水やりをしてあげるつもりだったから、このバケツにはお水がたくさん入っているの」

魔女っこがバケツを掲げる。その動きに連動して、ちゃぷんと中の水が波打つ音が聞こえた。

――ごくり。

お水欲しい。私ね、いま、すごく喉が渇いているの。

火事で大地は乾いているし、新芽として発芽したばかりだから、成長するためにたくさんのお水が必要なの。だからね、いまめちゃくちゃ、お水欲しい！　去年の日照りの時と同じくらい、欲しいの!!　なんだったら、お水くださいと上目づかいで懇願してもいいくらい、欲しているの!!

「わたしのものになるなら、水やりをしてあげる」

「お水、欲しい、の」

気がついたら、私は水を恵んでくださいと口にしていた。

だってしょうがないじゃない。砂漠で行き倒れているところに、オアシスがわざわざやってきてくれたようなものなんだよ。このまま水が貰えなければ枯れちゃうし、もう我慢できないの。

は、早く、お水を、私にください……！

「その、バケツで、私に、水やりを、してください」

「じゃあ、わたしのお花になるって約束してくれる？」

魔女っこがしつこく確認をしてくる。

うう、約束かー。お水と引き換えに、私の体は魔女っこのものになってしまう。

それは困るよ。でもね、お水、欲しいの。

ど、どうしましょう。

魔女っこの観葉植物になるか、それともここで枯れ果てるか。

なんて狡猾な提案をしてくるのでしょうか。私がこんなにもお水を求めていることを、知っていて提案してきているのかな。

究極の二択です。最近こういうの多くない？

うーんと私が悩んでいると、バケツを持つ魔女っこの腕にふと視線が移る。

魔女っこの手に、赤い火傷の跡が見えてしまった。よく見ると、手のいたるところに熱傷の跡がある。あの火事から逃げる時に、きっと火傷してしまったのでしょう。

魔女っこは、白い鳥さんでした。

そうだよ、白い鳥さんは、私のことを命懸けで何度も助けてくれた。

その火傷もきっとそう。もしかしたら私が燃えないように消火してくれた時に、火傷を負ってしまったのかもしれない。

私が返答を遅らせているのに我慢できないのか、魔女っこは言葉を続け出す。

「喋る花のように見惚れてしまうほど綺麗な花は見たことがないの。だからわたしはあなた欲しい」

あなたが欲しい。

そう言われたのはいつ以来でしょうか。もう私のことを欲しがる人なんていないと思っていた。

けれども、ここに一人いた。

私はまだ、世界中の人から見捨てられたわけではなかったのだ。

「わたしは喋る花と一緒にいたいの。喋る花を見ていると、なぜだか安心できるから……」

私も、白い鳥さんを目にすると、なぜか安心してしまっていた。

自分の身を犠牲にしてまで、私のことを救おうと思ってくれていたのだ。

そんな魔女っこに、心を開かないでどうするの。

一度はこの身を白い鳥さんに捧げてもいいと思ったじゃない。

だって魔女っこは、私の白鳥の王子様なのだから。

よく考えるのよ、私。このままこの焼け果てた黒い大地に一人取り残されるのと、魔女っこに飼育されるの、どちらがいい？

　仮にこの地に残ることを選んだら、きっと私は栄養不足で枯れてしまう。火事で水分がないうえ、餌となる生き物が消滅した。森が消えてしまったいま、これまでのように栄養を摂取することはできないでしょう。私は歩いて移動できない。きっとこのまま長い時間をかけて、ゆるやかに枯れていくのだ。

　対して、この魔女っこに飼われるとどうだろう。水やりをしてくれるから枯れないし、獲物となる栄養も運んできてくれるかもしれない。それだけでなく、この場所から移動だってできるかも。幸運なことに、いまの私は幼女だ。魔女っこが私を手に持って、空を飛んでどこか安全な地へと移動することだってできるかもしれない。そうなれば私は枯れないで、命は助かることになる。

　しかも、魔女っこは一年間私を飼育して気に入っていたみたいだ。私に悪いことはしないはず。むしろこれまで何度も命を助けてもらった。

　あの眼帯ミノタウロスのようにデザート兼愛玩用の奴隷になるのは嫌だよ。けれども、こんなに可愛らしく、優しそうな魔女っこに水やりされながら生活するのは意外と悪くない気がする。というか、それしか生きる道がない。

　私の元聖女としてのプライドは、白い鳥だったという魔女っこによって緩和されていく。

「ねぇ、魔女さん、なんで私と、一緒にいたい、の？」

「それは」と、魔女っこは音もなく瞼を閉じる。

「わたしの両親は殺されたの。だからこの世界にもうわたしの味方はいない。わたしはね、もう一人ぼっちなの」

目をつぶったままの少女は言葉を重ねる。

「でも一人はもう嫌。誰かと一緒に過ごしたい、そう思った時に最初に浮かんできたのが、喋る花、あなたなの」

魔女っこは穏やかな表情をしながら、目を開いて私のことをしっかりと見つめる。

「いまのわたしにとって、あなたはこの世界で一番大事な存在。人間じゃなくて花だけど、そんなことはわたしには関係ない」

私の心に何かが刺さった。

それは小さな棘だったのかもしれない。それも毒が染み込んだ、危険な棘だ。

じんわりと、私の全身に何かが回っていく。とても心地いい、猛毒のようなものが。

「お願い、喋る花。わたしと一緒にいてほしいの」

そうして魔女っこは黙ったまま私のことを注視する。返答を待っているのだ。

——思うの。

白い鳥さんは、私の白鳥の王子様だった。その白い鳥の正体である魔女っこなら、きっと私の凍りついた寂しい感情を溶かしてくれるはずだと。

寒々しくて代わり映えのない私の世界に、温かい居場所を与えてくれるかもしれない。

だってこの子は初対面であって、初対面じゃない。

あの白い鳥だったのだから。

大寒波の大雪の日にだって、私に会いに来てくれた。

日照りが続いた夏の日には、水をかけてくれた。

今回の大火事の時でさえ、バケツを持って助けてくれた。

私が大変な時には、いつも白い鳥が近くで見守っていてくれたのだ。

白い鳥じゃなくて白髪の女の子だったけど、見た目は変わっても中身は同じ。この子となら、一緒に過ごしてもいいかもしれない。

「私も、あなたと、一緒に、いたい」

気がついたら、私は魔女っこの提案を承諾していた。

このまま死ぬよりはマシだしね。それに、万が一の時はこの魔女っこをどうにかしちゃえばいいのだ。多分だけど、戦えば私のほうが強い。魔女っこは私の命を握っているつもりみたいだけど、こちらも魔女っこの命を握っているのだ。

でも、それはあくまで建前の話。私の本音はこちらです。

これでやっと、私は寂しい想いをしないで済む。

そう思うだけで、いまにも目から蜜が溢れてしまいそうなの。

寂しいと言葉に出して、蜜を流した夜もあった。

一人きりの時間が永遠のように続いて、気がおかしくなってしまったのではと思った日もあった。

こんな生活、もうイヤ。誰か、私に水やりをして慰めてほしい。そうやって虚しい気持ちを青空にぶつけながら、私は一人ぼっちのサバイバル生活を続けていた。

そんな苦行の日々が、ついに終わりを迎えるのだ。

——あぁ、一年待った。

寂しくて、心が潰れちゃいそうで、しなしなに枯れそうになった時もあった。

そんなつらい孤独から私はついに解放される。

もう、私は一人でいなくていいのだ。白い鳥さんとなら、きっと平気のはず。

この子と一緒に生きよう。そう、決めた。

もう寂しいと蜜で頬を濡らすこともない。

凍えきった絶対零度の心が、太陽のような人肌の温もりによって溶けていくのがわかる。

アルラウネに転生してしまってから一年という、長い長い冬が終わりを告げる。

そして私の心は、ついに春を迎えたのだ。

十三　蜜の味を知った魔女

「それじゃ約束通り、水やりしてあげる」

魔女っこが私にバケツの水をバシャリとかけてくれた。

あぁ、お水、おいしい！

地中に水が沈んでいき、そこから私の根が水分を吸収していくのがわかる。

生き返った気がするよ。できればもっとお水が欲しいけど、お代わりをお願いしてもいいのかな。

あとで言ってみましょうか。

最後の一滴になるまで、魔女っこは几帳面にバケツをひっくり返す。

そして満足したようにして、バケツを地面に置いた。

「これで喋る花はわたしのお花になったたね」

お水と交換に、私は魔女っこ所有の観葉植物になったのだ。もう後戻りはできないね。

魔女っこがニコリと笑顔で話しかけてくる。

「これからよろしくね」

魔女っこはゆっくりと私の体を観察するように視線を動かすと、私の胸のあたりでちょっと困ったように目を逸らした。

――あ。

私、気がついちゃったよ。

いまね、私、全裸なの。新芽アルラウネとして生まれたばかりだから当たり前なのだけど、いまの私は蔓で胸を隠していなかった。

時すでに遅し。魔女っこに生まれたての姿を全て見られてしまったよ。

幼女だから胸はないようなものだけどさ、そういう問題じゃないよね。

うかつだったよ。これからは魔女っこという他人の目があるのだし、こういうところはきちんと気を配らないと。公爵令嬢の元聖女としても、そこのところはとても気になりますの。

私が自分のぺったんこな胸を凝視していたからでしょう。

魔女っこが言いにくそうに、教えてくれました。

「あのね、植物のアルラウネは知らないだろうけど、人間の女の子は服を着て胸を隠すんだよ」

へ？

「植物だから羞恥心がなくて、肌を露出させることに抵抗がないのはわかるよ。そんな常識もないのもわかる。でもせっかく可愛らしい人の姿をしているんだし、これからはきちんとしたほうがいいと思うの。ね？」

　どうしましょう。

　私、十歳の魔女っこに憐れまれているのですけど…………。

　うぅ。意識するとダメだね。めちゃくちゃ、恥ずかしいよ……。

　こうやって他人から、しかも精神的には年下の女の子から注意されてしまうなんて。

　元聖女として立ち直れる気がしません。このまま森の土になりたいです……。

　でも待って。待つのよアルラウネ！

　冷静に考えるの。いまの私は人間ではない。ただの植物のお花なのです。

　つまり魔女っこが言う通り、私には羞恥心なんてそもそも存在しなかった。肌を露出させるのが恥ずかしいという常識も知らない、ただのお花だったの。そう思えば、これまでのことは全く恥ずべきことではないでしょう。むしろ野生の植物として当然のこと。その辺の花が服を着ていたら、逆に変だからね。そっちのほうが悪目立ちしますよ。

　だから、私は元聖女として悔やむことなんてないの。大丈夫、あなたは立派にアルラウネしていましたよ。全裸でも、半裸でも、植物だから何も問題はないのです。

　人じゃないから、恥ずかしくない！

　はい、決めました。

　私、絶対にこの魔女っこには前世が人間だったとは言いません。

　魔女っこに私が元人間だとバレた時、私は社会的に、そして精神的に枯れてしまいます。知られてしまったら、きっともう生きていける自信はないでしょう。

そうならないためにも、何があっても前世のことは隠してみせます……！

「喋る花、突然泣き出したけど大丈夫？」

「泣いて、ない、ちょっと蜜が、目から、出ている、だけ」

そう、これは目から蜜が溢れているだけ。植物にとっては普通の自然な現象なの。

――あ。

頬から垂れた蜜が、私の胸に落ちちゃったよ。

ん、胸ですって？　そういえば幼女になってからは全裸だけど、前の大きかった時の姿は蔓で胸を隠していたよね、私。ということはだよ。いまは全裸でも、これまでは半裸だったわけだよね。

魔女っこめ、前の格好の時のことを忘れていたのかしら。それとも、前の格好も、魔女っこ的にはアウトだったりして……？　うん、たしかめるのは怖いから、この件については不問にいたしましょう。それが一番精神的にいいことなのです。

「喋る花は目からも蜜が出せるんだ。実はね、前からその蜜がどんな味するのか気になっていたの」

すーっと魔女っこが地面に着地する。

そうしてしゃがみ込むように、私の顔を覗き込んだ。

「蜜、舐めてもいい？」

「ええっ⁉」

私がダメと返答する前に、魔女っこが指を突き出す。

そのまま私の頬を流れる蜜を指ですくい取り、パクリと蜜を舐め取った。

「なにこれ……めちゃくちゃおいしいんだけど………」

魔女っこの赤い目が輝いていた。すごく喜んでいるのがわかるね。

指についた蜜を入念に舐め取ると、再び私の顔に視線を戻す。

そして、両手で私の顔をがっちりと押さえ込んだ。

「ま、魔女、さん。な、なにを？」

「もっと蜜ちょうだい」

「蜜を？」

「そう、これは飼い主命令です。私のために蜜を出しなさい」

そこまで蜜が欲しいと言われるのは、悪い気はしないね。

いままでも森サーの女友達には私の蜜をたくさん与えていた。女騎士ことハチさんや蝶々様たちてふてふもみんな喜んでいたよね。友情の証し、それが蜜でもあるの。

だから新しい隣人であるこの魔女っこにも、蜜くらいあげてもいいよね。

水やりもしてくれるらしいし、そのお礼にあげましょうか。

ついでに、魔女っこにもう一つお礼をプレゼントしましょう。

私は両手をお椀の形にして、口から蜜を垂れ落とす。そうして両手に溜まった蜜を、どうぞと魔女っこに差し出した。魔女っこは私の両手に顔を近づける。

あれ、もしかしてそのまま舐めるつもりなの？　指ですくうんじゃなくて？？

魔女っこが、私の手の中の蜜をペロリと舐めた。

ひと舐めして味をたしかめると、そのまま大きく口を開けて「うん」と言いながら私に何か催促する。そのまま流し込めってことなのかな？

私、ちょっと楽しくなってきました。やり方が間違っていたらごめんあそばせ。妹をあやすお姉さん気分で、私は両手の蜜を魔女っこの口に注ぎます。少し口から零れてしまったけど、それくらいは大目に見てくださいまし。

いかがですか？　わたくしのお茶会で大好評の、アルラウネの蜜でございます。お気に召してくださいましたかしら？

私が感想を求めると、魔女っこは目をパチパチさせながら返答します。

「こんなおいしいものがこの世に存在していたなんて……！」

まあ、魔女っこさんはお上手ですね。そこまでお褒めいただくと、わたくし照れてしまいますわ。

私が幼女姿でおほほほと上品に笑みを浮かべていると、魔女っこの体が光に包まれはじめます。

「体が光ってる⁉」

魔女っこが慌てはじめた。そう取り乱さなくても平気でしてよ。ちょっと魔女っこの体に光回復魔法がかかっているだけなのですから。そう、蜜に回復魔法を込めたの。

だって魔女っこ、火傷をしていたしね。白い鳥さんとして私をバケツで消火してくれた魔女っこ。もしかしたら、私を助ける時に負傷してしまったのかもしれない。だから、魔女っこの傷を癒やしてあげようと思ったの。バケツのお水のお礼です。

「火傷が、治ってる⁉」

魔女っこも気がついたみたいだね。

私の蜜には回復効果もあると伝えると、魔女っこが信じられないものを見るような目で見返してきた。そんなに驚かれても困るのです。

個人的には、魔女っこが白い鳥さんに変身できるほうが驚愕すべきことだと思うけどね。

「ねえ喋る花。蜜、もっと欲しい……ちょうだい？」

おねだりするように魔女っこが私の顔を見つめてくる。

そんなにお願いされても、これ以上はあげません。なにせ、私はまだ栄養不足の新芽なの。お水だってまだ足りないし。

私は蔓でバッテンを作って拒否します。

それでも、魔女っこはめげずに私と目を合わせ続ける。

あれ、なんだか魔女っこの視線がおかしいね。まるで恋する乙女のような瞳で、私の目を凝視しているのですけど。しかも、よだれも垂らしているし。

ちょ、ちょっと。そんなに見つめられると恥ずかしいよぅ。

もしかして、私まだ泣いているのかな。

それで目から溢れている蜜を狙ってじーっと見ていたとか。

どうしましょう。

もしかして私、これから毎日こうやって魔女っこから蜜をねだられるんじゃないの？

なんだか覚えさせてはならない味を魔女っこに教えてしまったかもしれないよ。

過去に私の蜜を過度に舐めまくった相手は二人しかいない。蜜狂いの少年と、クマパパだ。

どちらも正常な判断ができなくなっていた気がするんだけど、魔女っこは平気かなあ。

魔女だからきっと、大丈夫だよね……？

「もっと蜜を、出して！」

魔女っこの手によって、私の口が強制的に開かれる。

えぇええええ!?　ねえ、そこまでして蜜が欲しいの？

あんなに蜜を飲んだのに、まだ満足できないってこと？　それとも蜜をたくさん飲んだから、もっと飲みたくなっちゃうの？　もう、私にはわからないよ！

強引に口が開いているせいか、私の口から蜜がだらーんと垂れてきた。

魔女っこはその蜜を素早く指に絡ませ、パクリと舐め取った。

「甘すぎて変になりそう……喋る花、蜜もっとおかわり」

だからもうダメだってば！

必死に蔓でバッテンをしながらアピールをします。これ以上蜜を採取されたら、私枯れちゃうよ！

それに魔女っこ、ちょっと変だって。蜜を舐めてから人が変わったように積極的になったし。

魔女っこをこんなにも豹変させてしまうなんて。これはおかしいよ。普通じゃない。

もしかして、私の蜜が…………めちゃくちゃ甘いからでは？

そうだよ、魔女っこも女の子だ。甘いものには目がなかったのでしょう。

きっと村では魔女だとバレないように慎ましく暮らしていたのでしょうから、甘いものを食べる経験があまりなかったのね。ということは、もしかしたら私の蜜の甘さを知って、感動しているのかもしれない。それなら仕方ないね。

私の蜜はクマさんを変態のペロリストに変貌させてしまうほど甘いの。だから魔女っこもあまりの甘さに驚いて、ちょっと我を忘れているんだよね。うん、そういうことにしておきましょう。

まさか蜜に中毒性のある成分とかが入っているわけはないからね。

私の体からそんなものが分泌されているなんて、元聖女的には信じられないし。

「わたし、喋る花の蜜、好きになりそう……」

魔女っこが頬を紅く染めながら、おかしなことを口走り出したよ。

ねえ。やっぱり、私の蜜っておかしくない？

いくら甘いといっても限度がある気がするのですが。

なんか変だとは思ってはいたけど、この蜜いったいどうなっているの！

十四　新居にお引っ越し

どうやら私の蜜は、人を虜にしてしまう魔性の蜜のようでした。変だと思えるくらい、とても甘くて美味しい蜜みたいなの。そりゃペロリストが量産されるわけだよね。

魔女っこが動く。私から無理やり蜜を奪おうとしているのだ。

ちょっと、ダメだって！　これ以上蜜を魔女っこにあげるわけにはいかないの。

まだ私は栄養不足。発芽したてで新芽だから、あまり余裕がない。それに、さらに魔女っこへ蜜を食べさせてしまうと、取り返しのつかないことになるかもしれない。

魔女っこがペロリストに目覚めたらどうするの！

そうならないためにも、なんとか魔女っこの意識を蜜から他に向けなければ。

そうだ、話を逸らしましょう。

「蜜はあとで、あげる。そのかわり、いますぐ、教えて、ほしいことが、あるの！」

魔女っこがハッと何かを思い出すように正気に戻った。

よかった。どうやらハチミツ大好きの変態ペロペロ少女に変身するのは阻止できたみたいだね。

まだ蜜中毒の初期症状だったから、手遅れにはならなかったみたい。安心したよ。

なんだか中毒患者みたいに蜜を求めていたから、一時はどうなるかと思ったんだから。

よーし、せっかくだから、このまま気になることを質問しちゃいましょう。

「このあと、どう、するの？」

このまま森の跡地で暮らすのだろうか。

会話の内容的に、魔女っこは近くの村に住んでいそうな気がするし。

「もちろん移動する。だってここはダメだから。魔王軍に知られているし、なにより村も燃やされちゃった」

「魔王軍？」

そういえば、ミノタウロスはこの魔女っこの絵を所持していた。あの恐ろしい炎龍様も、誰かを捜しているようなことをつぶやいていたね。もしやこの魔女っこを捜していたのかな。

「わたし、なぜか魔王軍に狙われているの」

魔王軍に狙われる魔女。ちょっと驚いたね。やっぱりハグレ魔女なのが理由なのかな。

ミノタウロスが眠り薬を持っていたことを考えると、殺すのは目的じゃないでしょう。ということは、連れ去って仲間にするとかかな。

でも、これで合点がいった。炎龍が捜していた人物は、この魔女っこだったのだ。

大丈夫、魔女っこが魔王軍に狙われていても関係ないよ。なんだったら、私が敵を撃退してあげましょう。大事な白鳥の王子様である魔女っこは、私が守るのだ！

もちろん、炎龍様相手では別です。怪獣がやってきたら逃げるのが鉄則。

でも魔女っこは逃走できるけど、私は置いてきぼりをくらうの。だって私、植物だから……。

「火事で全部なくなっちゃったし、この土地はもう終わり。だから、近場の森へ移動しようと思うの」

森ね。私は大賛成だけど、魔女っこはいいのかな？

いちおう人間なのだし、人里とかで暮らしたほうがいい気がするけど。

「喋る花も一緒だし、なによりわたしは人間が嫌い。街に住んだとして、また魔女だとバレたら、今回みたいに魔女狩りされちゃうから……」

魔女狩りかー。それは嫌だよね。

そういうことなら、森にしましょう。でもね、私、歩けないの。魔女っこはどうやって私と移動するつもりなんだろう？

「私、歩けない、移動、無理」

「それならこれを使えばいい」

魔女っこがバケツを取り出します。ただのバケツだよね、それ。バケツが私に足を生やしてくれるとは思えないのだけど。まさか、魔女の黒魔法で、どうにかできてしまうのかな。

少しくらい、期待してもいいかも。わくわくしながらバケツに望みをかけます。

すると、どういうわけか突然、魔女っこが地面に穴を掘り出したのです。

せっせと両手で土をほじくり出す魔女っこ。掘り返した土を、山のように盛ります。そんなに土を掘り出してどうするの？　黒魔法で何かに使うつもりなのかな。

穴を掘り終わると、魔女っこは最後にバケツの底に土を敷き詰める。そうして仕事を終えましたと、笑顔を咲かせた。どうやら穴を掘ることではなく、土を手に入れることが目的だったみたい。

バケツに土なんか入れて、どうするんだろう。

私が歩けるようになるビジョンは全く見えないのだけど。

「これは？」と、魔女っこに質問してみます。

「これはね、喋る花の新しいお家なの」

え、これ、私の家なの⁉　どどど、どういうこと？？

「大丈夫、新しい森に着いたら、きちんと地面に植えてあげるから」

……どうしましょう。

このバケツが何になるのか、なんとなくわかってきちゃったよ。

「いまからこのバケツに、喋る花を植え替える」

魔女っこが真剣な眼差しで私を見つめてきました。冗談を言っているようには思えないね。

「植木鉢にしてはちょっと見た目が悪いけど、大きさ的にバケツがちょうどいいはず」

思った通りー！　やっぱりこのバケツ、植木鉢の代わりだったー！

え、うそでしょう。

私、これからバケツに入るの？　バケツの土の中に、根を埋めちゃうの？？

バケツから生えている幼女アルラウネを想像します。

なにそれ、すごく恥ずかしいのですけど！

「植木鉢っていうのはね――」

魔女っこが植木鉢の意味を丁寧に説明しはじめてくれます。

この魔女っこ、やはり優しい。私のことを森生まれの野良アルラウネだと思っているとして、本当に物のように扱うつもりなら、ここまで大事にしてはくれないでしょう。

魔女っこは私のことを家族のように想ってくれている気がするの。

私が植物で、しかも外見が幼女のせいか、魔女っこはお姉さん頑張りますとでもいうように、やる気がみなぎっている。そんな慣れないお姉さん業を、元気にやり遂げようとしている魔女っこに、私は嫌だとは言えなかった。

これまで白い鳥さんにはよくしてもらったし、善意の行為をむげにはできないよね。

だから覚悟しました。

私、これからはあのバケツで暮らします…………。

魔女っこから最後通牒を突きつけられました。

「じゃあ、喋る花。植え替えるね」

「はい……」

ついにこの土地から移動できる、というような喜びはなぜか私の中には存在していませんでした。

これから私は、バケツの中に移されるのね。

そうして中にすっぽりと入ったら、根を隠すように土を被せられる。

そうすれば、鉢植えアルラウネの爆誕である。

あぁ。気が遠くなったら、公爵令嬢としての私の家族の顔が浮かんできたよ。

——拝啓

おだやかな小春日和が続いております。

お父様、そしてお母様。そちらはいかがお過ごしでしょうか。

ご家族の皆様にはますますご清祥のことと存じます。

わたくしは植物になりましたが、なんとか今日も元気に花を咲かせております。

それでですね、少し言いにくいのですが、わたくしお二人にご報告があります。

今度新居に引っ越すことになったのです。

驚かないでくださいね、なんとわたくしの新しいお家は、そこのバケツです。バケツなのです。

聖女になったあと、お二人の反対を振り切って魔王討伐に出てしまったことで、お父様とお母様が望むような従順な娘になれなかったのは謝ります。

ですからね、せっかくこうやって生まれ変わったのですし、今生ではわたくしはお父様とお母様が望んでいた箱入り娘になることにしました。

箱じゃなくて、バケツですけど。

バケツから生えている一人娘を見たら、お父様とお母様は喜んでくださいますでしょうか？

わたくしは目から蜜を流してしまうほど、想いが高ぶっております。

でも、ご安心くださいませ。

わたくしの蜜は、とても甘いのです。

だからこのバケツ生活も、きっと蜜色の甘い快適な暮らしになることでしょう。

ですからご心配なさらぬように。

わたくしは、これから、バケツの中で生きてゆきます。

花冷えの折り、お二人におかれましてはくれぐれもご自愛くださいませ。

――かしこ
「喋る花、持ち上げるよ」

どこか遠くへ飛んでいっていた私の精神が、魔女っこの言葉によって現実へ引き戻されました。

魔女っこによって、地面から根が離される。

子供を運ぶように抱えられた私は、そのまま新居へと移された。

あ…………。このバケツ、幼女である私のサイズにピッタリだ。

私は、魔女っこの手によって、バケツに植え替えられてしまったのでした。

そして同時に気がついてしまったの。

魔女っこの手を借りなければ、私は二度とバケツの外に出ることはできないでしょう。

それだけでなく、大地から水分を吸収することもできない。

仮にこのまま放置されれば、私は間違いなく枯れてしまう。

これが植木鉢で栽培される植物の気分なのかと、目の前が真っ白になりそうです。

でも、私はもうどこにも逃げることができない。

だって私は、魔女っこなしでは生きていけない体にされてしまったのですから。

「鉢植えのアルラウネも可愛くて似合っているよ」

「うぅ……」

こうして、私の鉢植え生活が始まったのでした。

日誌　魔女っこ、はじめての植物育成活動　夏

わたしの名前はルーフェ。十歳の魔女です。

このたび、新しくお花を育てることにしました。

わたしがこの喋る花を見つけたのは、いまから一年くらい前になるね。

あれは春の終わり。もうすぐ季節は夏になろうかという頃でした――。

もともと、わたしは王国の隣国である帝国で生まれました。そこで両親とともに三人暮らしをしていたの。でも、六歳のある日、全てが変わってしまった。

わたしは魔女にされてしまいました。

髪の毛も真っ白になって、代わりに黒魔法という特殊な魔法が使えるようになったみたいなの。

わたしは空中浮遊と動物への変身ができるようになった。

でもその代わりに、他の村人に魔女だと告発されてしまった。

家族と一緒に魔女狩り部隊から逃げて、何度か村を転々としながら最後にたどり着いたのが、この王国の辺境の村だったの。

わたしの両親は、わたしが魔女でも変わらずに愛情を注いでくれる。

でも、そんな生活も、あの日に全てが終わってしまった。

サルのモンスターに、お父さんとお母さんが殺されたの。わたしが魔女になっても変わらずにわたしを愛してくれた、世界でたった二人の両親を一度に亡くしてしまった。

許せない……！　よくもわたしのお父さんとお母さんを。復讐してやる。

両親がいないと、わたしはこの世界では生きていけなかった。周りの人間は全てわたしを魔女だと狩ろうとする敵なのだから。

わたしを一人ぼっちにさせたサルを捜して、両親にされたことと同じことをしてやるのだ。

サルの捜索のために、わたしは黒魔法で鳥に変身した。どういうわけか、わたしが変身すると白色になってしまうの。白色の髪が影響しているのかな。

サルのモンスターは森に生息しているらしい。サルなのに人間の剣や槍を持っていたから、きっと一目でわかるはずだ。

しばらく空を飛んでいると、森のとある場所から蔓が空に垂直に伸びているのを目撃してしまったの。なんだろうあれ、怪しい。近づいてみると、少し開けた場所が現れる。

そこでわたしは信じられないものを目にしてしまった。

人間のお姉さんと大きなハチが、サルどもを皆殺しにしていたの。女の人がこんな森の奥でモンスターを倒しているなんてビックリ。しかも、とんでもなく綺麗な人。わたしがいままで見てきた女の人の中で、一番の美人さんだと思った。

でも、わたしはすぐに誤解していたことに気がつく。人間の女の人だと思ったけど、それは上半身だけ。腰からは赤くて大きな花が生えていて、その下には狂暴そうな大きな口がついている球根のようなものがあった。この綺麗な女の人の下半身は、植物だった。人ではなかったのだ。

こんな不思議な生物が存在しているなんて、驚いたね。もしかして植物のモンスターなのかな。

こんな美しい花のモンスターがこの世に存在していたのかと、目をぱちぱちさせていると、サルの最後の一匹が討ち取られた。

わたしのお父さんとお母さんを殺したサルのモンスター。それを花の人が倒したのだ。

ごめんなさい、お父さん、お母さん。わたしの手で仇を討つことはできなかったよ。

でも、そもそもの話、わたしが戦ったとしてもあのサルには敵わなかった。黒魔法が使えても、わたしは強くないのだから。できることというと、飛ぶことと小動物に変身することくらいだしね。

とはいえ、このまま何もせずに帰ることもできない。せめて一矢報いようと、わたしは鳥の姿のままサルの亡骸まで飛んでいく。よくもわたしの家族を殺してくれたなと、復讐の気持ちを込めてわたしは攻撃します。動かなくなったサルを、くちばしで突っついた。

――うん、少しだけ気が晴れたかな。わたし自身の手で仇は討てなかったけど、代わりにサルには天罰が下った。

この綺麗な花の魔物がサル退治をしてくれたのだ。もしかしたらこの花の魔物はいい花なのかもしれない。わたしの代わりに両親の仇討ちをしてくれた、恩人でもあるしね。

だけど、そのあとわたしはまた驚かされたの。

いきなり、花の魔物がサルを食べ出した。突然すぎて怖かった。綺麗な外見をしていても、中身はやっぱりモンスター。サルのモンスターを捕食するなんて、凶悪な性格をしている。

でもいくらモンスターとはいえ、植物の花がサルよりも強いだなんて信じられない。もしかしたら、この花の魔物はすごい魔物なのかもしれない。

それにわたし、あの花に食べられそうになったの。蔓で狙われた気がする。鳥だったからすぐに飛んで逃げられたけど、これが人の姿だったら簡単に捕まっていたかも。そうしたら、わたしもあのサルみたいに食べられていたかもしれない。すごいだけでなく危険だね。人の姿でここに近づくのはやめておこうと、この時に決めたのでした。

こうして、わたしは人の姿をした花の魔物と出会いました。

わたしの両親の仇を討ってくれた、美しい植物のモンスター。わたしはなんだかあの花が気になってしまい、それから暇を見つけては鳥の姿で花の魔物を見に行くようになりました。

とはいっても、特に何かをするわけでもないの。鳥に変身したまま、近くから花を観察するだけ。

改めて見ても、やっぱりビックリするような外見だね。この魔物は、花から女の人が生えている。赤い花びらも鮮やかだけど、女の人もすごく綺麗。人間としての外見は、わたしよりも五、六歳くらい年上のお姉さんに見える。花なのに人間的にかなり整った顔つきで、すごく美人な人。

なのに残念。だってあの花の格好、すごいんだよ。

胸に蔓を巻いているだけだから、ほとんど裸なの。

そこでわたしは気がついた。花だから、どれだけ自分が恥ずかしい格好をしてるかわかんないんだね。可哀そうに。もし人間だったら、森でこんな格好していたら恥ずかしくてたまらないよね。

花の魔物が恥ずかしい格好をしていること以外の特徴というと、蔓を伸ばして獲物を捕まえること、毒の花粉を出せること、そしてお姉さんの口から甘そうな蜜が出るということくらいかな。

やっぱり人間じゃないね。人に見えても、体は植物。植物のモンスターなのだ。

そんな植物モンスターに、わたしは心惹かれてしまった。

もう少しだけ、観察してみよう。

そう思いながら、季節は夏になった。

今年の夏は一段と暑い。猛暑のせいか、もう何日も雨が降っていない。

日照りのせいか、花の魔物もへろへろになっていた。なんだかすごく元気がない。いまにも枯れちゃいそう。このまま花の魔物が枯れてしまうのはもったいないね。わたしの両親の仇を討ってくれた恩人だもん。それにこんなに綺麗な花がしなびてしまうのは我慢できないよ。

そうだ、水やりをしよう。村長が花壇で水やりをして、花を育てていたのを見たことがある。

きっと花は、人によって育てられるものなのだ。

とはいっても、人の姿になるわけにもいかないのが難しいところなの。

ここひと月ほど観察した結果、花の魔物は肉食だということがわかった。動物どころかモンスターでさえも、際限なく捕まえてパクリと丸呑みしてしまう。

きっとわたしも、近づけば捕食されちゃうね。人の姿だと、万が一の時に飛んで逃げることができない。だからバケツを持って水やりをすることはできないよ。

空中浮遊の魔法を応用すれば、鳥のままバケツを運ぶことも不可能ではないけど、それだと花の魔物に怪しまれる気がする。普通の鳥はバケツを運ばないからね。

こんな危険な花に変な奴と目をつけられでもしたら、わたしの命が危ないし。いろいろ考えた結果、わたしは鳥の姿のままで水やりをすることにした。川に入って水浴びをして、そのまま花の魔物のところへ急行する。そして羽についた水を花にかけるのだ。大した量にはならなかったけど、それでも花の魔物に水やりをすることができたよ。

うん、わたし偉い。初めて水をあげられたよ。

なんだか花の魔物の人も、嬉しそうな顔をしている。その表情を見て、わたしまで嬉しくなってしまった。水やりをしたかいがあったね。

この日から、わたしは花の魔物が困っていたら助けてあげようと決めました。

わたしの観察はまだまだ続く。

猛暑が終わると、村に旅人がやってきた。おじいさんと、男の子の二人組。どうやらおじいさんのほうは大賢者様といって、とても有名なお方らしい。

村長が大賢者様に、サルのモンスター退治をお願いしていた。そんなことしても、もう無駄なのに。あのサルは花の魔物が全部倒しちゃったんだから。でも、そのことはわたしだけの秘密。

あの花の魔物のことを村人が知れば、退治されちゃうかもしれない。それは可哀そうだから。人から命を狙われる恐ろしさは、わたしは誰よりも知っているつもりだからね。

花の魔物のところに行ってみると、男の子が捕まっていた。あの男の子は、さっきの大賢者様の孫だよね。

えぇ……なんであの男の子、花の魔物に捕獲されているの？　しかも、花の魔物、人の言葉を喋っているんだけど。いままで言葉を話したことはなかったはずなのに。

本当は喋れる花だったんだね。すごいよ、そんな花、初めて見たよ。

喋る花の魔物は、男の子を蔓で絡めながら仲良くお話をしていた。大喰らいなあの花のことだから、てっきり人間も捕食するものだと思っていた。でも、人は食べないみたいだね。むしろ、男の子に蜜を舐めさせている。この様子なら、わたしも喋る花とお話ができるかもしれない。

とても楽しそうで、うらやましい……！

でも、もう少し観察してからにしよう。もしかしたら、会話が終わったら男の子はもう用なしだと食べてしまうかもしれないしね。だから結果次第だけど、あと数日したらわたしも人の姿になって森に行こう。それで喋る花とたくさんお話をするのだ。楽しみだね。

三日後、男の子は村に戻ってきた。でも男の子の様子がおかしかったの。魂が抜けたように「ミツミツミツミツ」と、つぶやいている。こわい。もしかしたら花の魔物に洗脳でもされたのかも。

綺麗な人の姿をしていても、中身は魔物。危険な存在なんだ。

やっぱり人の姿で近づくのはやめておこう。

男の子が喋る花に捕まっている間に、収穫もあったの。村に滞在中の大賢者様に、人の姿をしている花のモンスターが存在するのかとそれとなく尋ねてみた。上半身は人間の女の人で、下半身は花の格好をしている、〝アルラウネ〟という植物モンスターがいるということを教えてくれた。

なら、あの喋る花はアルラウネという名前なんだ。

普通、アルラウネは人の言葉を話すことはできないらしい。人の姿を持ったモンスターとはいえ、結局は植物だからと大賢者様が言っていた。なら、あの喋る花は特別なアルラウネなんだ！

そんな珍しいアルラウネを、わたしは見つけてしまった。水やりだってしてあげた。そして、わたしの両親の仇を討った恩人でもある。

自分のことではないのに、なんだか誇らしくなってきちゃった。

けれども、あの喋る花は、あそこから動けない。

植物だから。

この前の日照りみたいに、目を離したらまた枯れてしまうかもしれない。

危なっかしい存在だね。見守っていてあげないと、こっちが心配になっちゃうよ。

そうだ。喋る花を枯らさないためには、わたしがお世話をしてあげればいいんだ！

きっと喋る花には、わたしが必要だよね。

そうしてこの日から、わたしはあのアルラウネを育てることに決めたのでした。

日誌　魔女っこ、はじめての植物育成活動　秋

ここ最近は、暇を見つけると鳥に変身して、アルラウネを観察しに行っているの。

あのアルラウネにはわたしが必要。だからわたしがお世話をしないといけない。

毎日のように魔女の黒魔法で白い鳥に変身していたせいか、わたしは鳥の飛び方を完全にマスターしてしまった。いまなら本物の鳥にだって遅れは取らない。仮に鳥では逃げられないようなモンスターに襲われたりしても、浮遊魔法を重ねれば逃げ切ることができるの。

魔女の力のおかげで、わたしは危険な森を自由に行動することができた。

全ては、わたしの両親の仇を討ってくれた、恩人であるアルラウネを観察してお世話するため。

アルラウネの一日の行動を見てみましょう。

日中の大半は、太陽を浴びて日向ぼっこをしているの。特にやることがなくて暇そう。ずっとぼーっとしている。時折、たまにやってくるハチのモンスターに蜜を与えていた。あとは近づいてきた動物やモンスターを蔓で捕まえて食べている。やっぱり食事シーンはちょっと怖いね。わたしも近寄ったら、きっと食べられてしまうから。花に溶かされるのは嫌だなー。

基本的に、植物は動けないから自分からは何もできないみたい。全て受け身の行動。自由がなく

てちょっと可哀そうだね。

そんなアルラウネは、稀に一人でぼそぼそと話し出すことがある。

蔓を人形のように動かして、何か独り言をつぶやいているのだ。目が放心状態になっているけど、どうしたんだろうね。そういう時は必ず、最後に泣き出してしまう。

声もなく静かに涙を流すと、死んだ魚のような目で空を見上げながら口をパクパクさせるのだ。

こんな変な行動をするなんて、もしかしたら喋る花は病気なのかもしれない。それとも寂しいのかな。喋る花はいつも一人ぼっちだもんね。

わたしと一緒。

なんだか似た者同士だね、わたしたち。魔女も魔物も、人間から嫌われている。

共通点がいくつかあったことから、自分勝手だけど、わたしは初めて友達というものができたような気がした。人間ではなく、植物のモンスター。それなのに、これまでの人生で出会った誰よりも、わたしはこのアルラウネに親近感を覚えていた。

花が友達。孤独なハグレ魔女であるわたしにとっては、お似合いの相手かもね。

ある日、アルラウネが巨大なクマに襲われていた。

助けなければ！　でも、どうやって？

必死に抵抗するアルラウネは、口から何かを取り出した。どうやら蜜の玉みたいなものを作ったみたい。クマは蜜玉に興味津々だけど、アルラウネは空に向かって蜜玉を投げてしまう。

森の茂みに飛ばしただけでは、このクマはきっと蜜の飴を追いかけない。遠くへ消え去った飴を捜すよりは、目の前のアルラウネから再び蜜を奪うほうが簡単だからね。

仕方ないと、わたしは行動に出ます。そして空中で蜜の玉を咥えることに成功しました。蜜の玉を咥えたまま、クマの周りを挑発するように旋回する。そうしてクマを誘導して、森の果てまで連れていくことができたの。

わたし、偉い！　わたしはアルラウネの命の恩人だね。もっと感謝してもらわなくちゃ。

そして喋る花は、わたしの両親の仇を討ってくれた恩人。

恩人同士、この調子で仲良くしましょうね。

わたしのお世話は続きます。

でも、こんなにわたしは喋る花のために頑張っていたのに、喋る花は結局野生の花だったの。

どれだけお世話をしても、わたしに懐いてはくれていなかった。

だってわたしを誘き寄せて、捕まえようとしたんだから！

クマを遠くまで誘導してから数日後。

様子が気になっていたわたしは、アルラウネの近くに着地したの。そうしたらいきなり地面から蔓が生えてきてビックリしたよ！　あともう少し浮遊魔法を使うのが遅かったら、わたしは蔓に捕獲されていたに違いない。いま頃はアルラウネの大きな口の中で溶かされていただろうね。

こ、こわすぎるー！　いくら捕食する植物でも、見境がなさすぎるよね。

もうわたしのことは認識しているだろうし、きちんと食べてはいけない鳥だと見分けてほしい。

そろそろ懐いてもいい頃だと思うのにね。

それでも、わたしは植物じゃなくて知性ある人間です。だからちょっとお世話をしている花に噛みつかれそうになったとしても、怒ったりはしないよ。できない子だと決めつけて、見切りをつけることは何があってもしたくない。魔女だというだけで悪だと決めつけて、同じ人間から狩られるようなものだからね。それはとっても悲しいこと……。

優しく接していれば、いつかきっとアルラウネも心を開いてくれるはずだよ。

わたしは温厚な魔女のつもりだったけど、喋る花はとんでもない暴れ花だった。

喋る花が、いつかの巨大なクマを倒しちゃったのだ。あのクマ、たしか森の主だよね。村長が森にはすごく危険なクマが棲んでいるから気をつけなさいって言っていたし。

このアルラウネ、人の言葉がわかるだけが特別じゃなかったんだね。あんなに大きなクマよりも強いなんて、もう絶対に普通の花じゃないよ。さすがはわたしが目をかけてあげている花だけのことはある。やっぱりわたし、見る目があるのかも！

でも、これからはもっと注意しないと。

わたしがアルラウネに近づいたら、簡単に食べられちゃいそう。

これだけお世話したのに、その花に食べられるなんて死に方だけは嫌だよね。魔女狩りにあって火炙りにされるのと同じくらいありえない。

いろいろと観察していたら気がついたんだけど、どうやらあのアルラウネは食べた植物の性質を自分のものにできるみたい。

蔓に何種類かの花を咲かせていたから、多分間違いないと思う。実際に、わたしがわざと落としてみた赤いバラや青い花をアルラウネが食べたら、そのあとに蔓に同じ花を咲かせていたからね。

そんな特殊能力を持っているなんて、やっぱりこのアルラウネはすごい！

でも、そんな特別なアルラウネも、結局はただの野生の花だった。

わたしが青い花を落とした時、空を飛んでいるわたし目がけて蔓を伸ばしてきたの。あれ、絶対にわたしを捕獲しようとしたよね。その証拠に、それからアルラウネは積極的に小鳥を襲い出した。わたしが捕まえられない腹いせだというように、鳥に対して毒を撒きまくったの。そうして地面に落ちた小鳥を、パクリと丸呑みする。

下手をしたら、わたしもあの小鳥のように食われてしまうかもしれない。

というか、わたし、狙われているよ！　どれだけ恩知らずな花なの!!

植物だから気にしないけどさ。花に食べられて殺されるなんてごめんだよ。まだ死にたくない。

それでも、わたしのプレゼント熱は止まることはなかった。

わたしの中で、あのアルラウネに対する想いがただの育成対象ではなくなってきたからだ。お父さんとお母さん以外に、ここまで他人のことを想ったことはなかった。これまでは両親以外に、大切にしたいと心から思える相手もいなかったから。両親がいないいま、この植物モンスターがわたしにとって一番大事な存在。アルラウネは、もうわたしにとって家族のようなものになっていたの。

一人ぼっちの魔女。そして、森で一人ぼっちにしているアルラウネ。

かたや人間の敵の魔女。かたや人間の敵の魔物。

どちらも、人から嫌われている。

わたしたちは、境遇が似ている姉妹みたい。

孤独を、お互いの存在で支え合っているの。

ずっとわたしは、アルラウネのためにお世話を頑張ってきたつもりだった。何度か命を救ってあげた。わたしはいつもアルラウネを助けていたのだ。

でも、いつの間にか、わたしもアルラウネに助けられていた。

アルラウネという存在が、自分の精神的な支えになっていたなんて全く気がつかなかったの。

大好きだったお父さんとお母さんが死んでから今日まで、わたしがこうして生きることを選んでいるのも、全てはアルラウネという花を育てるため。

アルラウネと出会っていなかったら、いま頃わたしはきっとこの世にはいなかったでしょう。

両親がいなければ、わたしは生きる意味がない。だから命を捨てるように、森のモンスターに身を捧げていた気がする。もしくは、両親の仇であるあのサルのモンスターに返り討ちにあっていたかも。そうならなかったのも、このアルラウネのおかげ。

わたしはアルラウネのために、これからも力を尽くそうと決めました。

だってアルラウネは、わたしにとってこの世でたった一つの、大切な存在なんだから。それに、これだけお世話してきたのだし、もうあのアルラウネはわたしのものみたいなものだよね。

わたしの大切なアルラウネ。

これからも、絶対に守ってみせる。

日誌　魔女っこ、はじめての植物育成活動　冬

季節は冬になりました。

今年の冬は大寒波がこの土地を襲ったの。

村長は百年に一度の大雪だと騒いでいた。夏には日照りもあったし、こんなに天候が乱れるのは

天変地異の前触れじゃないかとみんな怖がっていた。

　そんな大雪の中でも、わたしはアルラウネのところへ羽を伸ばしに行く。普通の鳥は飛べないような大雪かもしれないけど、浮遊魔法を使えば簡単に移動できる。羽ばたかなくても、飛べるからね。雪のせいでちょっと寒いけど、鳥の羽毛は毛布のように暖かい。そのおかげで、わたしは問題なくアルラウネのところに通えていた。

　でもある日、問題が起きたの。

　いきなり喋る花が「ねえ、鳥さん」と、わたしに話しかけてきたのだ！

　いったい何事だとアルラウネを凝視していると、必死に口を動かしながらわたしに尋ねてくる。

「鳥さんは、鳴かない、の？」

　——鳴く?

　そう、鳥は普通、鳴くのだ。そのことをわたしは完全に忘れていた！

　だって鳥に変身しているからといっても、そこまで鳥のふりはしなくていいからね。

　だからこれまで一度も鳥の真似をして、鳴いたことはなかった。

　どうしよう。ここで鳴かなかったら、変に思われるかな。こんなことを訊いてくるくらいだし、わたしが鳥のように鳴かないことを不審がっているんだよね。

　アルラウネとは良好な関係を築いていきたい。

　けれども、もしわたしが森の動物ではなく、人間だということがバレればその夢も崩れてしまう。

　モンスターにとって人間は敵。いま以上に警戒されてしまうかもしれない。

　こうなったらやるしかないね。鳥の真似をしよう。でも、鳥って普段なんて鳴いているんだっけ？

改めて考えるとわからないよ。そういえば家の近くの木によく留まっていた鳥は、「チュンチュン」と鳴いていた気がする。なら「チュン」でいいかな。

嘘だよね、恥ずかしい。ねえこれ、本当に鳴かないといけないの？

わたしの人生の中で、「チュン」と鳥のように鳴けと言われる機会はいままでに一度もなかった。

鳥真似なんてできない。でも、しないとアルラウネに怪しまれるし。

鳥のように鳴くことができるの、わたし？　やるしか、ないね！

「チュゥン」

あ、やっぱ無理。恥ずかしい。うまくできなかったよ。怪しまれたかな。

うまい下手は置いておいて、わたしはきちんと要望通り鳥のように鳴いた。それなのにこのアルラウネは、「もう一回」とわたしに再び鳴くことを要求してきたのだ！

何この花。厳しすぎでしょう鳥に。何か鳥に恨みでもあるの？

「…………チィュン」

ダメ、恥ずかしすぎてうまく鳴けない。というか、人間が鳥のように鳴いているところなんて見たことがない。わたし、とんでもなく悲しい行為をしているんじゃないかな。

「聞こえ、なかった」

――信じられない。いまのわたしの鳴き声、絶対に聞こえていたでしょう！　わざとなの？

この花、もしかして鳥に精神的な苦痛を与えるのが趣味な花なの？　加虐性のある植物なの？？

もう、最後までやりきるしかないね。

「………………チュン」

心を無にして、鳴きました。いままでで一番、鳥らしく鳴けたと思う。なんだか、わたしの正体は鳥だったんじゃないかと錯覚するくらい、鳥になりきった気がするよ。鳥に変身しすぎた弊害が出てきたのかもしれない。

うん……。そろそろ、村に帰ろうか。これ以上、鳥のように鳴きたくないからね。

そうしてわたしは、鳥真似というトラウマを背負うことになってしまった。

でも、わたしが落ち込んでいることは、自然界からすれば可愛いものだったの。

大雪のせいで、アルラウネが枯れそうになっていた。寒さに耐えられなかったのだ。

たしかにアルラウネは上半身裸の女の人の姿をしている。蔓を胸に巻いたくらいじゃ、防寒はできないよね。それに加えて蔓を体中に巻いて温めようとしているみたいだけど、この大雪の前では効果は薄かったみたい。

寒いのは嫌だよね。それは人も植物も変わらないんだと一つ学びました。

アルラウネも、生きるためには必死だったの。その証拠に、わたしに「花、取って、きて」とお願いをしてきたのだから。

このアルラウネは、食べた植物を自分の能力にできる。ということは、きっと冬に強い花を探しているんだね。この時期に咲いている花を食べれば、きっと大雪に耐えられるようになるはず。

それからわたし、頑張りました。

この寒いなか、元気そうな花がないかと森中を探しまわったの。頑張ったかいあって、喋る花は寒さに強い花を食べることができた。

わたし、偉い！　自分を褒めてあげたくなる！

でも、わたしの頑張りはまだ続きます。

いくら寒さに強くなってもアルラウネは所詮、ただの花。

気がついたらね、雪に埋まっていたの。

村長はこの百年に一度の大雪はきっと魔の道の者が悪さをしているせいだと騒いでいたけど、そんな大雪の時に生えてくるなんて運の悪い花だよね。

仕方ないから雪かきをしてあげました。まったく、世話の焼けるお花なんだから。

鳥の姿のままだと雪かきはできない。でも人の姿を見られると警戒されるだろうから、人目につかない時間にやっちゃおう。だからアルラウネが蕾になって寝ている間に、仕事を終わらせちゃいましたよ。空中に浮遊すれば、雪に足をつけないで作業ができる。しかもこの浮遊魔法の力を使えば、雪なんて簡単にどかせる。わたしは魔法の力で、手に持ったものも綿のように浮かせることができるの。村からこっそりとシャベルを持ってきていたし、準備は万端。どんなに重い雪も、魔女の力であっという間に雪かきできました。浮いたまま作業したおかげで、足跡一つ残らなかったね。

うん、わたし偉い。花の飼育主として立派な仕事をした気がする。

でも、また雪が降ってくるたびに雪かきするのは面倒だね。

雪に強い花がどこかにないかなと飛んでいたら、不自然に雪から芽吹いていた花を見つけた。触ってみると少し温かい。もしかしたら熱を持つ花なのかも。これを食べさせれば、あのアルラウネも雪を解かすことができるはず。

わたしの目論見通り、アルラウネはその花を食べたら発熱を覚えたみたい。花の品種改良も大分進んだね。自慢の喋る花になってきたよ。これでこそ育てがいがあるというものだね。

冬のわたしの頑張りのおかげでやっとわたしの好意に気がついてくれたのか、アルラウネも懐いてくれたみたい。この日以来、わたしを食べようとしなくなったから。

お利口さん。今度、水でもあげに来ようかな。

でも、わたしはこの日以来、水やりをしに行くことができなくなってしまった。

冬が終わる頃、わたしは村人に人から鳥の姿になるところを目撃されてしまったの。

わたしは以前、魔女狩りにあって無実の罪で殺された女の人を見たことがある。軍隊に捕まって、磔にされていた。そのまま火をつけられて、生きたまま燃やされて殺されたのだ。

わたしも、そうやって殺される。

冬の大雪はお前が原因だったのかと、顔を殴られた。わたしのせいじゃない、という言葉は誰も耳にしてくれない。村の大人に捕まり、地面に頭を押さえつけられながら、わたしは自分が火炙りにされるところを想像した。

ごめんなさい、アルラウネ。

もうあなたのお世話はできなくなりそう。

人間は嫌い。こうやってすぐにわたしを殺そうとするから。

わたしは世界を憎みながら、地面に涙を流した。

そうして村の納屋に捕まって数日後。わたしの処刑の日が決まった。

わたしは明日、燃やされるのだ。

魔女として。

日誌　魔女っこ、はじめての植物育成活動　春

今日、わたしは魔女ということだけで人間たちに殺されるの。

わたしは子供だというのに白髪で不気味な見た目をしている。それだけでも魔女だと突き出される材料ではあったみたいで、どうやら村人から疑われていたらしいの。

怪しまれて村人にあとを付けられ、黒魔法を使っているところを目撃されてしまった。人間が鳥に化けることは普通ありえない。なら、お前は魔女だと、すぐにわたしは拘束された。

魔女であるこの身が憎い。

それ以上に、わたしを化け物だと呼びながら石を投げてくる人間が憎い。

髪を引っ張られて、地面に叩きつけられたりもした。魔女なら石が食えるだろうと、口の中に小石を詰められたりもした。魔女は人間じゃないから何をしてもいいらしい。

ひどい。わたしは黒魔法が使えるという点以外は、普通の人間と変わらないのに。

わたしはついに人間が許せなくなった。

これまでは自分は魔女であるけど、同時に人間でもあるつもりでいたから。でもこの時、わたしは自分が人間ではないのだと思い知ってしまった。

魔女というだけで、人の仲間にはどうやっても加えてもらえないらしい。

他人を殺したくなるほど憎んだのは、両親を殺したサルのモンスター以来だった。

王都から偉い魔導士と兵士が村にやってきた。魔導士のリーダーらしき人物に、わたしは体を検分される。そうして、わたしは村の広場へと連れ出されることになった。

そこに待っていたのは十字に突き立てられた磔台。

わたしはこれから、あそこで燃やされるのだ。

その後わたしが逃げられたのは、魔導士が浮遊魔法の存在を知らなかったから。

どうやら魔女は箒がないと飛べないと思っていたみたい。もしくは鳥に変身しないと飛行できないだろうと油断していたんだろうね。

隙を見て、わたしは垂直に浮かび上がる。

そうして森へと逃走した。

そこで突然、事件は起きたの。

空から〝太陽〟が落ちてきたのだ。強烈に光るその物体は、太陽でなく巨大なドラゴンでした。

体中が炎で燃えていて、尻尾が光り輝く神秘的で恐ろしいドラゴン。

そのドラゴンが、光線を放つ。森の木々が、村の家が、村人が、そして兵士たちが、光線によって吹き飛ばされる。あとには何も残らなかった。

魔導士のリーダーが、「魔王軍か！」と叫ぶのが耳に入る。そうか、このドラゴンは魔王軍のドラゴンなんだ。ということは、わたしを捕まえに来たのかもしれない。

わたしはなぜか、魔王軍からも狙われている。魔王軍はわたしのことを殺そうとはしてこないのだけど、それでも捕まったらきっとただでは済まないはず。ともかく怖いの。

魔導士たちがドラゴンと戦っている間に、わたしはうまく戦場から逃げ出すことができた。

なんで魔王軍がわたしの居場所を知っていたのか、よくわからない。村人に魔女だと知られてから、まだそこまで日が経っていないはずなのに。

でも、そんなことより、いまは逃げるのが最優先。

そこでわたしは見てしまった。

森が、燃えているところを。

アルラウネが心配。この火だと、きっとあの喋る花は燃えてしまう。

わたしは逃げることをやめて、川へと向かった。

今度水やりをしてあげようと思って、事前に川にバケツを隠していたのだ。

鳥の姿に変身します。バケツを持ってアルラウネのもとへと急行する。

案の定、アルラウネは燃えていた。

燃えちゃダメ。この子はわたしが見つけた花なのに。

鳥の姿のまま、アルラウネに水をかけます。

よかった、間に合ったよ。なんとか火を消すことができたね。その代わり、アルラウネに怪しまれてしまったみたい。鳥がバケツで消火するなんておかしいよね。それでも、たとえアルラウネがわたしのことを嫌いになったとしても、アルラウネが燃えちゃうよりはいいよね。わたしは最善の選択をしたはずだよ。

とにかく、わたしはアルラウネが燃えなかったことに安心していた。

燃やされるのは嫌だよね。わたしも嫌い。

火は消したけど、このあとどうしよう。

森の火事はまだ終わっていない。それだけでなく、ドラゴンがこっちに飛んできた。

どうやらわたしの姿が見られたみたい。

早くこの場から離れないといけないけど、アルラウネはどうしよう。こんなに大きいアルラウネを掴んで飛ぶのは無理だよね。ダメ……くやしいけど、アルラウネは諦めよう。

苦渋の決断で、わたしは一人で逃げることにした。

アルラウネには悪いけど、狙われているのはわたし。一緒にいないほうが安全かもね。

これが最後になるかもと思い、わたしはついに喋る花に話しかけることにします。

ドラゴンが来るから、隠れるようにと。

やつに見つからなければ、生き残れる可能性はあるかもしれない。

「喋る花、なんとか生き延びて。そしたら水やりしに来てあげるから」

もし燃えずに済んだら、水やりしてあげる。

わたしも生き残れるかわからないけど。

それでも万が一、そんな未来があれば、わたしはアルラウネのために水を汲もう。わたしの大切なアルラウネのために。

それからわたしは、運よくドラゴンから逃げ切ることができた。

火事も終わり、森は黒の大地へと変貌している。火事で燃えなかった木は一本もない。

あの炎のなか、生物が生き残ることは不可能だ。

それでも微かな望みを信じて、わたしはアルラウネがいた場所に戻ることにした。

アルラウネの姿はない。代わりに大きな塊が燃えた跡が残っていた。

やっぱり、わたしのアルラウネは助からなかったんだ……。

しょんぼりと落ち込んでいると、黒い土の上に小さな花を見つける。

空に浮いたまま近づいてみると、驚くことにその花はアルラウネだった。

お花から小さくて可愛らしい幼女が生えている。

外見はわたしより年上だったはずのアルラウネが、子供になっている！

え、なんで⁉　何があればアルラウネが子供になるの？　しかも幼女に？？

どうしよう、可愛い。小さいアルラウネ、可愛すぎるよ！

とても嬉しいことに、このアルラウネはわたしのことを覚えていてくれた。

わたしに蔓を振って挨拶してきたのだ。

嬉しい。

生きていてくれたことが、なによりも喜ばしい。

それにこの子、すごく可愛いの。なんだか庇護欲が掻き立てられていくのがわかる。

それからわたしは、アルラウネと改めて会話をすることができた。

こうして喋る花の近くに寄れるなんて夢のよう。

わたしは自分が鳥ではなく、魔女であることを告白する。魔女はモンスターと同じで、人間の敵。

だから植物モンスターであるアルラウネとは仲間になれる。

わたしは、喋る花と一緒にいたいと告げた。

嬉しいことに、アルラウネはわたしの願いを承諾してくれた。

これでこのアルラウネはわたしのもの。

そして、この蜜も、わたしのもの……。

そうなの。

アルラウネから蜜を舐めさせてもらったのだけど、それが凄まじいくらい美味しかったのだ！

こんなに甘くて美味しいものは初めて食べたよ。いまにも脳が蕩けてしまいそう。

気がつくと、わたしはアルラウネから蜜をおかわりしていた。

別に問題はないよね。だってあなたはわたしのアルラウネなんだから。

まだ人間に馴れていないのか、アルラウネが泣き出してしまう。

涙も蜜だなんて、本当に花なのね。

それに、このアルラウネの目は金色だったの。初めは綺麗な色をしているなと思っていたけど、蜜を舐めたいまは違う感想が出てくる。この目は蜜と同じ。蜜色の瞳なのだ。

とても美味しそう……。

この蜜色の目を見てしまうだけで、蜜が欲しいと全身が蜜を求め出す。蜜欲が湧き上がってきて、口の中がよだれでいっぱいになる。

アルラウネは、魔性の瞳の持ち主だったみたい。

しばらくしたあと、蜜の美味しさから冷静になったわたしは、改めてアルラウネのことが好きになったことを確信する。

うん、この子はわたしが責任もって育てましょう。

水やりだってたくさんしてあげる。だって約束したからね。

そうだ、いいことを思いついたよ。

わたしはバケツを植木鉢代わりに使用することに決めた。そうすれば、アルラウネを持って移動することができる。この小さなアルラウネなら、持ったまま飛ぶことくらい簡単だ。

幼女になったアルラウネも、わたしの提案を泣きながら喜んでくれているみたい。

それほどこの場所から移動できることが嬉しいのかな。いままでずっと動けなかったもんね。

よかったね、喋る花。これからはこのバケツにあなたを入れて、わたしが運んであげるから。

アルラウネは植物のモンスター。だからわたしが魔女だからと忌避することはない。

わたしを化け物だと攻撃してくることもない。

花はいい。人じゃないから、きっとわたしを裏切らない。

わたしは、これまで精神的にアルラウネに支えられていた。

でも、今日からは違う。

精神的、そして肉体的に支え合って、一人と一輪で生きていく。

わたしはアルラウネと一緒に暮らすんだ！

だからわたしは、アルラウネのお姉さんになると決意しました。

この幼いアルラウネを、再び立派な花へと育ててみせる。

だってアルラウネはもうわたしの家族みたいなもの。こんなに幼くて可愛らしい、妹みたいなお花を、放っておくことなんてできないよね。

両親がいなくなってから、この一年。孤独だった一人ぼっちの魔女生活が終わりを迎える。

ともに行動する、家族を得ることができた。

命をかけて守りたいと思えるほど、大切な存在がわたしの中に芽生えたのだ。

心臓がドクンドクンと躍っているのがわかる。

わたしに、人生の春がやってきたのだ。

Special

キャラクターデザイン公開

plants.01

『植物モンスター娘日記～聖女だった私が裏切られた果てにアルラウネに転生してしまったので、これからは光合成をしながら静かに植物ライフを過ごします～』のキャラクターデザインラフ画を特別公開！

Illustration：riritto

アルラウネ

上半身は人、下半身は植物のモンスター。球根部に巨大な口がある。雑食。光合成LOVE。

小《こ》紫《むらさき》菖蒲《あやめ》

享年17歳。大人しい性格の女子高生。植物図鑑をよく読んでいた。

聖女イリス

享年17歳。稀代の力を持つといわれた聖女。胸周りが心もとないのが本人的に少々気がかり。

ルーフェ

10歳。魔女として命を狙われ続けてきたため人間嫌いな少女。感情を表に出すのが苦手。アルラウネのことは好き。白い鳥に変身できる。

ツォルンビーネ（ハチさん）

ハチ型のモンスター。成人男性くらいの大きさ。蜜大好き。

ルストシュメッターリング（てふてふ）

人間ほどの大きさの蝶のモンスター。リーダー格のものは模様がひときわ華やか。

ラオブベーア

超巨大なクマのモンスター。頭部の角で獲物を刺し、巣に持ち帰る習性がある。

グリューシュヴァンツ（炎龍）

灼熱の炎に包まれた光る尾を持つ巨大なドラゴン。飛行もできる。

ミノタウロス

頭部はウシ、体は筋骨隆々な人の姿をしたモンスター。言語を解す。

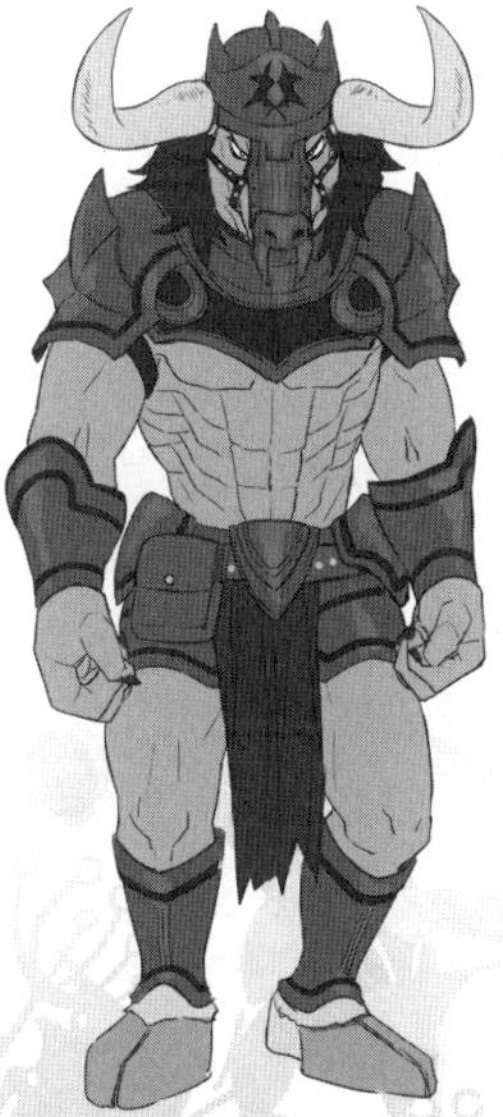

あとがき

はじめまして。ＷＥＢ版でお読みいただいていた方は改めまして。水無瀬と申します。

突然ですが、皆さまは植物に水やりをしていますでしょうか？

実は本作をＷＥＢで初投稿した日に、新しい観葉植物をお迎えしました。一目惚れだったのです。ですが、なによりその植物の名前に運命を感じてしまいました。なぜならその観葉植物の名前は、アデニウムといったからです。アルラウネにちょっと名前が似ていますよね。

砂漠のバラとも呼ばれるアデニウムの花言葉は「一目惚れ」。やはり、運命だったのでしょう。それから本作を執筆する時は、いつもアデニウムちゃんと一緒でした。アデニウムちゃんがすくすくと育ってくれることを願いながら、水やりをしてはアデニウムちゃんを眺めて執筆をする毎日。夏には元気に青々と葉っぱを茂らせていたアデニウムちゃんが、冬には葉を落として大人しくなってしまった時は寂しい思いをしたものです。ですが寒い冬を乗り越えて、春になったらまた元気になってくれました！

そんな植物に転生したらどうなるのか、というお話が本作となります。


『植物モンスター娘日記』は、私にとってデビュー作でもあります。

担当編集様と打ち合わせをした際、本作を一冊の本として考えた時に完成度が高いものにしたいと考えまして、二人が出会って一緒になるまでを一冊に入れることにしました。その結果、書籍二冊分に近い量になってしまい、なんとかそれをまとめたので、ある意味お得かもしれません。

ＷＥＢ版ですでにお読みの方はお気づきになったかもしれませんが、ページの都合で泣く泣く削ることとなったエピソードがあります。もしも二巻でまた皆さまとお会いすることができるのであれば、ＷＥＢ版で登場していたあの人やあの子を登場人物させてあげたいです。いったいどんなイラストになるのでしょうか。

この場をお借りして謝辞を述べさせていただければと思います。

イラストを担当してくださったriritto様、素敵なイラストを描いてくださり本当にありがとうございます。一日に何度イラストを眺めているのかわかりません。アルラウネちゃんの全身絵のラフを拝見した時には、可愛らしくもとても植物らしい姿に感動しました。もう一目惚れです。特に球根がすごい！

書籍化のお声掛けをしてくださった担当編集様、いろいろとご指導してくださりありがとうございます。また本作に携わってくださった関係者の皆さまにもお礼申し上げます。

ＷＥＢやＳＮＳで応援してくださっている皆さま、いつも本当にありがとうございます。おかげさまでこうして書籍にすることができました。たくさんの感想やファンアート、励ましの応援をいただいたからこそ、ここまで書き続けることができたと今でも思っております。

最後になりますが、本作をお手に取ってくださり、深く感謝申し上げます。

皆さまに一目惚れしてもらえるような小説を書けるよう、これからも頑張りたいと思います。

またお会いできる日を楽しみにしております。

水無瀬

植物モンスター娘日記
～聖女だった私が裏切られた果てにアルラウネに転生してしまったので、これからは光合成をしながら静かに植物ライフを過ごします～

2021年6月28日 初版発行

【著　　者】水無瀬

【イラスト】riritto
【編集】株式会社 桜雲社／新紀元社編集部
【デザイン・DTP】株式会社明昌堂

【発行者】福本皇祐
【発行所】株式会社新紀元社
〒101-0054　東京都千代田区神田錦町1-7　錦町一丁目ビル2F
TEL 03-3219-0921 ／ FAX 03-3219-0922
http://www.shinkigensha.co.jp/
郵便振替　00110-4-27618

【印刷・製本】株式会社リーブルテック

ISBN978-4-7753-1922-2

※本書は、「小説家になろう」（http://syosetu.com/）に掲載されていたものを、改稿のうえ書籍化したものです。